スタンダールのオイコノミア

〜経済の思想、ロマン主義、作家であること〜

柏木 治 著

関西大学出版部

【本書は関西大学研究成果出版補助金規程による刊行】

目次

目次

註

はじめに

今日の一般的な感覚からすれば、文学活動と経済活動は必ずしも親和的な関係にあるものではない。商売人のような作家というものがかりにいたとすれば、それは軽蔑の対象とされるのが普通である。これはいまにかぎったことではなく、一九世紀前半、文筆でのみ生計を立てようとする作家が出てくる時代においても、文学者が自身の生活と経済を結びつけることはむしろ積極的に忌避される傾向にあった。作家は経済的行為の外部にいて、金銭にまつわるさまざまな活動とその周囲で蠢く人間の欲望のありさまを他人事として客観的に描くことはあっても、その事実と書き手自身の経済活動のあいだには無言の隔壁があり、両者が互いに浸透しあうということは基本的になかった。それは、一種のモラルとして堅持されていたといってよいだろう。というのも、文人（homme de lettres）とは一端《いっぱし》の教養人であり、そのほとんどは他に生活の資を有する階級の人間であると同時に、ものを書くことはいわば余技としてみずからのステイタスと知性とを主張し顕示する社会的手段であって、そこに現実の生活と経済的に結びつく要素はきわめて少なかったからである。[1] かりに経済活動の側面があったとしても、それはむしろ隠されるべきものとして認識されていた。そもそも文筆が作家の生活を支える社会的経済的な制度はまだ整っておらず、小説家にとって著作権らしきものも一九世紀になるまで事実上存在しなかったといってよい(2)。したがって、経済活動は今日のそれと異なり、作家とパトロンとのあいだに生じる契約と履行がそのほとんどであった。

いまでこそ「筆一本で食う」という決意は、文筆を生業とする者にとって多少とも英雄的な輝きを放ち、文筆家の理想型のひとつがそこにあると考えられるが、それでもその重心が経済活動に移りすぎてしまうと「売文の徒」との誹りを受け、あたかも芸術という神聖な価値を穢す行いであるかのごとく、つれない批判に曝されることにもなる。しかしながら、「文」を「売る」という行為と、金銭的貧困に喘ぎつつも芸術の神に奉仕するという詩人的魂は、一見すると相反するかにみえるが、両者は同じ経済要因が生む事態の二面性であって、文学活動が経済活動のうちにあからさまに取り込まれる時代には、作品の発信者もその受容者も、文筆と金銭の関係に鋭敏にならざるをえない。文学が市場経済に組み込まれていき、一夜にして文壇の寵児となるがごとき現象を目にするようになると、そのような境遇への憧憬が生まれるが、それと同時に、経済市場から独立した純然たる芸術的価値としての文学への志向も生じるのである。その結果、「芸術家《アルティスト》」という観念が一般化していくことにもなる。さらに、芸術のもっとも重要な価値として創造性という観念が定着していくにしたがい、作家の独創性や真正性が問題とされるようにもなった。ポール・ベニシューのロマン主義論の第一巻『作家の聖別』(*Le sacre de l'écrivain 1750-1830*)の副題(「近代フランスにおける世俗の精神的権力到来をめぐる試論」[3]）が予測させるとおり、文筆家が世俗の権威を担うにいたる背景には、「芸術家」という反経済的な価値と、作品が商品として流通する市場経済的価値という相反する二つの価値の成立が不可欠であったといえるだろう。

スタンダールが小説家として文筆に精力を注いだのは、まさにこのような時期であった。バルザックのような一世代あとに生まれた作家が著作権の確立にむけて精力的に動いていく一方で、スタンダールはこの問題にはほとんど無関心であった、あるいは、考えようによってはむしろ逆の立場をとったといってもよい。それは、かれ自身、「文人」的価値観のなかに生きていたということでもある。もちろん、日々の生活のために国内外の雑誌に寄稿することもあり、いくつかの評論や小説の原稿を売り渡すことで一時的にまとまった金を得ることもあったが、それが生活を恒常的に保証するものではなかった。『ロッシーニ伝』（一八二三）の成功に気をよくしていたスタンダールは、一八二七年一二月一七日、友人マレストに宛てて、「《一八二四年のサロン》と『ジュルナル・ド・パリ』に載せる記事をまとめようと思いついた」[4]と書き送っている。これらの記事は、パリ・イタリア座で上演された演目についての紹介と論評が主な内容であったが、結局、それは果たされず、一八六七年になって従弟ロマン・コロンがその意思を実現することになるのだが、ここで注意すべきは、コロンがこの書を『一ディレッタントの覚書』（*Notes d'un dilettante*）という表題で刊行したことだ。かれの編集の粗雑さはともかく、著者を「ディレッタント」とよんでいることはじつに正鵠を射ているように思う。あとの世代が読む時代になってもスタンダールがディレッタントとよばれるにふさわしい人物であったことは、この一事からも察しがつくだろう。音楽、絵画に対してと同様に、著述家は文学においても基本的に同じような姿勢で臨んでいる。そのような意味でスタンダールは、敬愛してやまなかったシャルル・ド・ブロス（Charles de Brosses 一七〇九〜七七）のような一八世紀的ディレッタントであったといえよう。

ところで、よく知られているように、この時代は活字メディアが大きく発展した時代であった。まさにその生々しい現実をバルザックが『幻滅』（一八三七〜四三）という小説に仕立てたことはいまさら繰り返すまでもないだろう。小説の舞台は王政復古期であるが、出版業界の活況そのものは、七月王政期に入って衰えるどころかますます伸長した。もちろん、たとえばヴィクトル・ユゴーのような売れる作家であってもせいぜい初刷が二五〇〇部程度であり、二〇世紀以降の活字文化の市場規模に比べるべくもないが、それでも一八三〇年代の作家としてこれは例外的な数字とされ、これほどの部数を初版から刷れる作家といえばユゴー以外にはポール・ド・コック（Charles Paul de Kock 一七九三〜一八七一）しかいなかったのである。「一九世紀最大のヒット作」と当時考えられていたラムネーの『一信者の言葉』（*Paroles d'un croyant* 一八三四）のように、三年で一〇万部を記録した例もあるが、(5) 一般の文学ジャンルにおいて一万部を超えることはまずありえなかった。それゆえ、一九世紀後半から二〇世紀にかけてのベストセラーに比べればその規模は格段に小さいといわなければならないが、それでも同時代の人びとからすれば、産業革命の波に乗ってつぎつぎと新しい出版方法や形態が編み出され、それまでに経験したこともないような規模で経済が書物を支配するさまをいやがうえにも見なければならない状況になっていたのである。

一九世紀初期はまた、経済が「学」として自立し、銀行家や産業資本家の社会的影響力が著しく増大するにつれて、人びとの世界をみるまなざしがいくぶんなりとも経済的になった時期でもあった。文学をはじめとする芸術が部数で計られる比率が増えたということは、作品一つひとつがもっているそれ自体の内在的価値――独立した芸術的価値と言い換えてもよい――以外に、その価値とは関係なく、「売れる」ことによって創りだされる商品的価値の力をまざまざと見せつけられることでもある。とるに足りない内容であっても、商業活動のなかで一度火がつけば話題が話題をよび、雪だるま式に売り上げが伸びる。つまり、作者の労力や作品自体の質とは無関係に、市場を流通することによって獲得される価値というものの圧倒的な力のまえに、本来の内在的価値が影響を受けるような事態が生じてきたのである。流通のための装置、すなわち広告や書評、表紙のデザインや装丁の意匠、さらには発行部数の誇大喧伝にいたるまで、じつにさまざまな手段が商品的価値の増幅のために活用されたのであった。したがって本論でみるように、数量と流通が支配する市場経済のなかで文学を営むことの意味を正面から問い直すことがもとめられるようになったのは、いわば当然の帰結である。フーコーは富の分析において、物の外徴による価値の決定から、すべてが貨幣価値に置き換えられることで可能になった流通による価値の決定へと移行した事態を古典主義のエピステーメーのひとつと考えたのだが(6)、一般の商品に比べて識字率や出版技術の発達を前提とする書物という富は、ひと足遅れてこの時代に流通による価値の洗礼を受けることになったといえるのではないだろうか。いずれにしても、経済は人びとの日常に食い込む「学」として立ちあらわれてきたのであり、同時代の文学と文学者はそれに無関心を装い続けることはできなくなっていた。

さらにこうした経済的なまなざしは、産業革命とともにますますブルジョワジー興隆の思想的バックボーンとして力を発揮するようになり、いくつかの流派は産業をこそ人間社会の中核に据えるべき概念であると説くようになった。おそらくそのもっとも重要な人物はサン＝シモンとその弟子たちであろう。かれらの歴史観によれば、革命はいまだ継続しており、不十分な成果に終わった政治革命のあと、経済活動とそれを支える産業体制の再編成によって新たな社会組織が成就され、幸福な時代が実現されることになるのだが、そのように考える思想家たちにとって、経済は何よりも重要な出発点であった。王政復古期から七月王政期にかけて、銀行家を中心とする資力をもった実業家（＝産業者）がどれほど政治の中心で力を発揮していたかは、あらためて述べるまでもないだろう。実際、サン＝シモン主義者たちは、ときに危険視されつつも、師の遺志を継いで経済界をはじめあらゆる場面で権力と結びつこうと画策した。あとでみるように、かれらは文学や芸術とも連携をはかり、これを思想の中に取り込もうとさえしていたのである。

以上のように、フランスの一八二〇年代から三〇年代にかけては、文学をとりまく環境のあちこちで経済的な思考や精神的構え、さらには感性やまなざしが新たな意味を纏いつつ立ちあらわれてきた時代であった。文学史的にはまさにロマン主義の登場と重なりあう。冒頭に書いたように、本来文学と経済は結び合いにくく、馴染みが薄いものだ。しかし、これまで述べたように、この時代は経済学から産業主義、市場原理主義にいたるまで、社会のあらゆる層にそうした思想がいわば実体的厚みをもって押し寄せはじめた時期であり、文学や芸術もその波から逃れることはできなかった。

スタンダールはこうした時流のなかで、自己流ではあるが経済学理論と対峙しつつ、文学と市場経済の関わりについても独自の視点から持論を展開し、さらにはサン＝シモン主義とみずからを戦わせた。そして当然、こうした思想上の経済問題は、自身の生活上の経済問題とも無関係ではない。本書は、スタンダールの文学をさまざまな経済的要因からながめ、そこから見えてくるものをとおして同時代の文学状況を描き出そうとするものである。

ところで、本書の表題にいう「オイコノミア」とは、いうまでもなくギリシャ語の「オイコス」と「ノモス」の合成語で、「エコノミー」の語源となった語である。「オイコス」とは「家」を、「ノモス」は「掟、きまり」を意味するから、「オイコノミア」とは本来、家を秩序立て管理することをいった。歴史とともに意味の射程がしだいに拡大し、今日エコノミーといえば家族経済から国家経済までを収めるようになったが、本書では、スタンダールにみる経済思想にはじまり、原稿料や年金といった日常生活を支える細々《こまごま》とした経済状況にいたるまでを包括的に意味する言葉として比喩的に使っている。したがって、専門の経済史家がするような経済学の諸理論をスタンダールの著作のなかから洗い出し、これを検証するというようなことを意図していないし、そもそものような力量は筆者にはない。そうではなくて、さきに見た文学界をとりまく時代的趨勢にあって、さまざまな経済レベルで格闘するスタンダール――思想的な部分においても生活的な部分においても――を浮き彫りにすることがねらいである。すでに触れたように、ロマン主義の時代を生きた人間は、一見この思潮とは相容れないかにみえる経済というものに想像以上に影響され侵食されている。スタンダールとて例外ではない。一例を挙げれば、「分業」といった経済学の基本概念が自伝『アンリ・ブリュラールの生涯』のなかの、じつに些細なエピソードにさえその影を落としているのである。少年アンリは数学教師シャベール氏の自宅で数学をならっていたが、そこである問題を通じて代数の意味に気づく場面がある。

それがわたしの知性を拓いてくれた。代数学という道具を使うことが何であるかを理解したように思ったのだ。それまでだれもこのことを言ってくれなかったなんて！デュピュイ氏はこのことについて絶えず大袈裟な文章を繰り出すばかりで、「それはひとつの分業（*division du travail*）であり、これこそがあらゆる分業と同様、驚異の数々を生むのだ、そして、知性がそのすべての力を対象の一面にのみ、全性質のうちのひとつにのみ集中することを可能にするのだ」といった単純な言葉を一度も言わなかった。(7)

もちろんこれは、少年期に経済学上の「分業」という概念を想起していたという意味ではなく、後年、この自伝を書きながら少年期を回想しつつ、自分の理解したことがいわゆる「分業」の意味するところと類似的であったことに気付いた、というにすぎない。とはいえ、少年時代の思い出の一齣にも経済学は息づいているのであり、経済的なものの見方はこのようなところにまで浸透していたということのひとつの証左とみなすことができよう。

金銭の問題は、だれにとっても好悪にかかわらず無視することのできないものである。日常のきわめて卑近な金銭、産業の発達とともに背後から国家を動かすようになった実業家の財産、経済思想とともに論じられる資本、そして文学という「産業」を支配しはじめた金——本書では、このような金にかかわる現象の総体を「オイコノミア」とみなし、これらにスタンダールがどのように向き合ったかを検討し、これを手掛かりに、とくに王政復古から七月王政にかけて金と文学の関係がいかなるものであったかを考察することを目的としている。したがって、個々の作品、とくに小説の詳細な作品分析よりはその周囲の環境や書き手が置かれていた社会的地位といった問題のほうに多く視線が注がれることになるはずである。

（1）近代以降、文人といわれる人びとの多くは法律家、政治家、外交官、医師といった職業に就いていたのであって、その意味では文学の偉大なるアマチュアというべきである。一八世紀から一九世紀にかけての作家でも、シャトーブリアンは外交官・政治家であり、ラマルティーヌも軍籍にあったのち政治家・外交官となった。特定の職業をもたずに文筆のできたものは、遺産もしくは年金によってそのような生活が可能になったのであって、ごく例外的な場合を除いて著作物による収入ではなかった。したがって、職業も遺産も年金も頼みにできないものは、パトロンの庇護をもとめるか貧困に喘ぐかしかなかった。そうした状況はルソーの生活を想起すれば十分だろう。

（2）フランスはいわゆる「著作権」を産み出した国のひとつであるが、それが小説など、文学活動に影響のあるものとして実際にあらわれるようになるのは七月王政以降のことで、この運動に貢献した文学者は、一八三一年、三二年に総選挙に出て落選したバルザックをはじめ、七月王政期末期と第三共和政時代に国民議会議員を務めたユゴーらで、名のあったかれらは著作権について積極的に発言した。また、著作権立法委員会で活躍した文芸家協会会員で文部大臣のサルヴァンディや、同じく文部大臣をつとめたヴィルマン（同会初代会長）らはラマルティーヌ同様、直接政治的立場にいて著作権制度の確立に向けて尽力した。こうした人物たちの努力の結果、作家の著作権は実効性のあるものとなり、一八六六年七月一四日法によって、保護期間も著作者の死亡後五〇年間に延長された。一九世紀も後半になると、著作者と政治家が分業し、著作権の法律や制度の確立には政治家や役人が専門に関与するようになって、著作者自身がリーダーシップを取ることはなくなった。

（3）Paul Bénichou, *Le sacre de l'écrivain 1750–1830. Essai sur l'avènement d'un pouvoir spirituel laïque dans la France moderne*, José Corti, 1973.（『作家の聖別　一七五〇―一八三〇年　近代フランスにおける世俗の精

神的権力到来をめぐる試論』片岡大右、原大地、辻川慶子訳、水声社、二〇一五年）

（4）Stendhal, *Correspondance II*, Gallimard, coll. « Bibliothèque de la Pléiade », édition établie et annotée par Henri Martineau et V. Del Litto, p. 55. なお、Champion 版全集におけるアンリ・プリュニエールの「まえがき」でもこの手紙は言及されているが、そこに引かれた文章は若干違い、「『ジュルナル・ド・パリ』に載せるオペラ・ブッファに関しての〔中略〕記事をまとめようと思いついた」となっている。*Vie de Rossini II*, in *Œuvres complètes de Stendhal*, Cercle du Bibliophile, 1967–74, t. 23, p. 283.

（5）Theodore Zeldin, *A History of French Passions 1848–1945*, Clarendon Press, 1993, p. 358. 宗教書に関しては、一九世紀でもっとも売れたとされるエルネスト・ルナンの『イエスの生涯』（*Vie de Jésus* 一八六三年）のように、禁書扱いを受けると書店に出回らないよう教会によって買い占められ、それによって販売部数が伸びるという事情があり、少々特殊である。しかし、『一信者の言葉』については、フレデリック・ルヴィロワも三万部と書いているから（『ベストセラーの世界史』大原宣久、三枝大修訳、太田出版、二〇一三年、三三頁）、ゼルディンのいう三年で十万部という数字はほぼ正しいと考えてよいだろう。

（6）Michel Foucault, *Les mots et les choses. Une archéologie des sciences humaines*, Gallimard, 1966, chap. VI.（『言葉と物　人文科学の考古学』渡辺一民、佐々木明訳、新潮社、一九七四年、第六章）

（7）*Vie de Henry Brulard*, in *Œuvres intimes II*, Édition établie par Victor Del Litto, Gallimard, coll. « Bibliothèque de la Pléiade », 1982, p. 774.

第一章　活字メディアの台頭と書き手の境遇

（一）一九世紀初頭の書物の地位

一九世紀前半には出版界やジャーナリズムに飛躍的な伸長がみられ、産業革命による印刷技術の発達の機運に後押しされて書物が幅広い層に浸透していったが、現実にはさまざまな抵抗もあり、簡単に進んだわけではない。教育機会の拡大や識字率の向上によって活字文化が一般民衆の手の届くところまで下りてきたことは事実だが、このような傾向をよしとしない勢力もあった。活字の浸透が社会全体にとって利益になるとはかぎらず、むしろ悪弊となり害毒を撒く危険があると警鐘を鳴らす人びとも少なくなかったのである。活字メディアが本質的にイデオロギーを運ぶ媒体となる性格をもつ以上、これを危険視する立場があったとしても不思議ではない。フランス革命以降、十数年の単位で政体が変化するなか、出版文化もまた、ときの政治権力とイデオロギーの影響を多分に受け、甲論乙駁さまざまに入り混じる議論の対象になったのである。

ところで、書物に対する警戒は古くからある。紀元前七世紀、書記バルクに書きとらせた預言者エレミヤの言葉をユダの王エホヤキムが切り裂き、ことごとく炉の火で焼き尽くしたことは『旧約聖書』エレミア書第三六章に読めるし、秦の始皇帝時代の焚書坑儒は有名である。その後も、キリスト教の歴史のなかで、第一回ニカイア公会議(三二五年)はアリウス派を異端とし、コンスタンティヌス帝は関係書物を焼かせた。あるいはまた、キリスト教とユダヤ教のあいだでなされた長い論争史を例にとれば、ラ・ロシェルのニコラ・ドナン(Nicolas Donin 一二八〇年没)の告発書簡が直接の発端となって起きた裁判において、荷車二四台分のタルムードがパリのグレーヴ広場で焼却された(一二四二年)ことはよく知られている。このように、多くは宗教上の対立から、他者の教義を邪教または異端とみなし、それが蔓延することを恐れた結果、禁書や焚書にするということがたびたびあった。ごく少数の教養人しか文字が読めず、本そのものの流通が写本によるしかなかった時代、書物は圧倒的に宗教界に独占されていたが、みずからの教義に正当性をもたせ、それを堅固に守るためには、異他的な要素は偽としてこれを葬り去る必要があったのである。

時代が下るにつれて信仰を脅かす書籍の種類は当然広がってゆく。一六世紀初頭の対抗宗教改革運動の煽りもあって、ヨーロッパではさまざまな禁書目録がつくられた。ネーデルラントやヴェネツィアのそれにはじまり、トレントの公会議以降、ローマ教皇のもとで『禁書目録』(*Index Librorum*

Prohibitorum）が継続的に作成・改訂されていくようになり、この作業は二〇世紀半ばまで続けられた。歴史に残る革新的で前衛的な書物、あるいは公序良俗に反するとみなされた文学書や思想書の多くが禁書リストに載せられたのである。一方、政治イデオロギー上の統制から禁圧される書籍も多く、二〇世紀になっても、ナチスによってユダヤ関係書や反ゲルマン的価値へと傾いた書物、退廃芸術とよばれた文学などが焚書の憂き目にあったことは知られているとおりである。

1764年、ベネディクトゥス14世のもとで刊行された『禁書目録』

このように、書物のもつ危険性は歴史をつうじて権力者がつねに意識していたところだが、一九世紀初頭、王政が復古したときにもやはり宗教界から書物に対する厳しい対応が目立つようになっていた。一般に「啓蒙の世紀」とよばれる一八世紀においても、新しい思想の危険な影響力を声高に叫ぶキリスト教会、とくにカルヴァン派からの反対運動が出版に対する攻撃としてあらわれていたが、革命を挟んでナポレオンの失脚後、この運動は大いに勢いづいた。たとえばボルドーの司祭ジュリアン・バロー（Julien Barault 一七六六〜一八三九）[1]が中心となって、一八二〇年、「良書慈善事業団」（Œuvre des Bons Livres）[2]を立ち上げている。この司祭は、もともと良書を普及させる目的で自宅に図書室を設け、本の貸し出しを行っていたが、一八二〇年一一月一五日に大司教シャルル＝フランソワ・ダヴィヨ（Charles-Françcois d'Aviau 一七三六〜一八二六）[3]のお墨付きを得てのち、その活動は慈善団体となって発展し、関連する組織の中心的存在となった。近年の研究によって、ナポレオン体制崩壊以降、一般の人びと、とくに下層階級の市民における読書の広がりと王政復古期のカトリックの再興運動は深く関係しており、そのような運動のなかで生まれた宗教事業団体の活動が果たした役割の重要性に光が当てられるようになった。[4]

このような慈善事業組織は一見捉えにくい存在であるが、それらの活動はいわゆる「新聞連載小説」（roman-feuilleton）の普及と時期をほぼ同じくしていることに注意しなければならない。[5]王政復古から七月王政にかけての数十年は、世俗化（ライシザシオン）とカトリック勢力を中心とする宗教的感性への回帰とのせめぎ合いの歴史である。「良書慈善事業団」もその名のとおり、基盤であるカトリックの立場からみた「良書」を広める運動であって、見方を変えれば、ドイツを中心とするプロテスタント圏で一八世紀以降長く尾を引くことになった読書熱（Lesewut）[6]への敵意、すなわち、書物をとおして共和思想や革命思想が伝播・拡散することへの警戒の反映に等しいとみなすことができる。一九世紀前半、いわゆる「貸本屋」（cabinet de lecture）が思想的に危険視されることがたびたびあったことはよく知られているが[7]、いまだ限定的にせよ、書物が一般民衆の思想性を左右するものとして捉えられ、市民の教育的手段としての重要性を認識しつつも危険な政治的道具でもあることが広く意識されてきたわけで、新聞のようなメディアが小説まで読者に送り届けるようになったこの時期、それぞれの立場において「読むべき本」(「読ませるべき本」)の選択はきわめて緊急性を帯びた問題となったのである。もちろん、すでにみたように禁書や焚書の類は遠い昔から数えきれないほどあるが、一般市民層における読者の広がりとの関係でこの問題が考えられるようになったのはこの時代からであろう。(8)

いずれにせよ、書物の流通は「教育的」立場から推奨される部分とその目的に反する部分との対立を孕みながら、急速に拡大していくことになる。価格の下落、挿絵本の増加が、それまで読書行為から排除されていた民衆、女性、子どもを書物に近づけたことはいうまでもない。それゆえにこそ、一九世紀半ば以降、二つの利害の対立も明確な形をとっていくことになる。「四スー小説」(roman à quatre sous)(9)とよばれる廉価な大衆小説が発売されるようになったのが一八四八年の一月であり、カトリック勢力を中心とする保守派知識人らはこれを悪しき伝染病の仲介とみなし、阻止しようと躍起になった。そのひとつのあらわれが、アンリ・ド・リアンセ(Henri de Riancey 一八一六〜七〇)の運動からフランス立法議会で可決されることになった課税(一八五〇年七月一六日)である。(10)今日からすれば「愚の極み」(11)としか言いようがないが、このような施策も同時代的状況に立ってみれば一笑に付すことはできない。二〇世紀の学校教育によって堅固なまでに作りあげられたわれわれの文学史観では、一九世紀前半はシャトーブリアン、ラマルティーヌ、ヴィクトル・ユゴー、スタンダール、バルザックらの時代であり、いわゆるロマン主義全盛の時代であって、もはや古典主義は過去のものとされる。しかしながら実際のところ、こうした作家よりもはるかによく読まれていたのは、いまでは名前さえ忘れ去られた大衆小説家か、教育の場ではいまだ健在であった古典主義時代の作品であった。文学史に残る作品と実際に売れていた作品は異なり、経済的に大きなシェアを占めていたのはむしろ古典的な作品だったのである。スタンダールの『ラシーヌとシェイクスピア』(一八二三、一八二五)がある種の事件性を帯びたのも、王政復古時代にはまだ古典主義時代の作品が主流であり、それにもとづく文学的価値観が諸々の社会制度とも手を携えて、なお堅固な体制を維持していたからである。

王政復古期から七月王政期にかけては、文学史上ではロマン主義革命の時代に相当し、「新しい文学」が主流化するようになったといわれるのが一般的である。しかし、さきに見たように、一般の読者の大半は、後世にロマン主義文学の代表となるような作品を享受していたのではなく、一方に教育的配慮から推奨される読書(中心は古典的作品)があり、他方には今日忘れ去られた大衆小説が消費される状況のなかにあった。とくに後者については、一八三〇年代のジャーナリズムの伸長と深い関わりがあることは周知のとおりである。のちに「産業的文学」とサント=ブーヴがよんだ作品群は、芸術的価値において批評に耐えられなかったにせよ、文学が市場経済に取り込まれていく時代においては必然的な存在様式であり、一九世紀以降の文学を特徴づけるものであった。

（二）　出版界の攻防と作家の地位

　さて、ロマン主義文学の胎動は、一八世紀後半、安定した形式美や普遍的理性をもとめる古典主義的な価値体系と、少なからず教条主義に陥っていた哲学的議論のなかで、ときに二次的な重要性しか与えられていなかった個（individu）の唯一性にふたたび回帰しようとするところからはじまるといってよいだろう。理性の言葉によって語られ、万人の悟性に了解可能なものとして分有される価値ではなく、個々の多様な感性に宿る固有で繊細な感受性が育てる内なる価値の再発見と言い換えることもできる。要するに強靭な理性に支えられ、百科全書的に世界を整然と分類し、論理的に説明し支配する原理の陰で、ひそやかに息づく感じやすい魂の所在にあらためて親しみをもって向き合い、そこに他のだれとも違う「わたし」の根源を見出そうとする感性が多様な領域で芽吹きはじめたのである。一言でいえば「自我（Moi）の回帰」ということになるわけだが、一八世紀末から一九世紀初頭にかけて、革命、帝政、復古王政と短期間で目まぐるしく体制が変化するなかでうまれた政治的不信、かつては絶対的と思われていた体制的価値（すなわち自分の外部にある価値）に対する不信は、多かれ少なかれ人びとを自身の内なる価値へと目を向けさせる結果となった。王政復古とともに再生したカトリックにおいても、革命によって一度は否定された教会の権威にすがるのではなく、むしろ神と自分との直接的対話のなかに宗教的神秘や荘厳な美を感じとるようになる。その源流にはルソーの『告白』（一七八二、八九）、またゲーテの『若きヴェルテルの悩み』（一七七四）[12]をはじめとするドイツ・ロマン主義の影響が大きいが、いずれにしても「わたし」を語る文学——のちにスタンダールがシャトーブリアンを批判しつつ、また自戒をこめつつ「エゴティスム」とよぶであろう——が圧倒的な流行をおさめることになる。一九世紀の初めから、『アタラ』『ルネ』を筆頭に、『オーベルマン』や『コリンヌ』、さらには『アドルフ』といった登場人物の名前（ファースト・ネーム）をタイトルにした作品がつぎつぎに書かれはじめるが、[13]これも世界にたった一個の「わたし」のありようを内観的に描き出そうとする試みの反映といえるだろう。こうした自我の小説は、目まぐるしい政変のあと、変動する不安定きわまりない外的価値にすがることができなくなり、あたかも崩れ去った大伽藍の瓦礫のあいだでなすすべもなく立ちすくむがごとく、実存的な不安に怯える若い世代に共通する精神的傾向の文学的表現であった。ある種の虚無感や現実逃避がつきまとうのも当然のことで、焦燥と倦怠、ナルシシズムに彩られた根拠なき自信と挫折感、自己承認欲求と意志力の欠如による無力感などがないまぜになった漠たる情念（シャトーブリアンはそれを « le vague des passions » とよんだ）[14]に苛まれる心情がさまざまに吐露されたのである。これら「世紀病」（mal du siècle）と称された精神様態[15]は、現実離れした理想主義的傾向を文学に吹き込み、ロマン主義の一大特徴を形成してユゴー、ラマルティーヌといった詩人を時代の寵児にする一方、時とともに非現実的な妄想に疲れ、夢から醒めたかのように失望感とともに現実へと引き戻されていく感覚をも生み出した。とくに七月革命以降、そのような意識は一八一〇年以降に生まれた世代に共有されていくことになる。ベニシューが浩瀚なロマン主義文学論の最終巻に、バルザックから借りて『幻滅の流派』(16)（*L'école du désenchantement*）という表題をつけたのは、そのような心情を抱えて現実を醒めた目で見ていた世代を指してのことである。ベニシューが主として扱っているのは、ミュッセ、ネルヴァル、ゴーティエのまさに一八一〇年前後に生誕した世代であるが、冒頭の二章で論じているサント゠ブーヴやノディエらにもその萌芽はあったのである。

これらの作家たちはちょうど自由主義的産業主義の洗礼を直接受ける世代である。社会の構造的な変化は、現実を離脱するような超越的内向性や、理想の高みから現実に新しい指導的光明を照らそうとする高邁な使徒的精神など、ごく一部の成功した詩人たちが体現したロマン主義的栄光の陰で、そのような自己実現を夢みて、市場経済のなかで格闘しながら名前を売る機会を虎視眈々と狙う文学青年たちがあまた出現する状況をつくることになった。こうした趨勢は先述のように、七月革命後によりいっそう顕著になるのだが、現実への醒めた感覚は、大革命の嵐、ナポレオン時代から王政復古への体制上の大変換をつうじて、すでに人びとの心の一部を支配しはじめていた。啓蒙主義的な哲学とそれに基礎づけられているとされる政治的変革があまりに苛酷な現実を間近に露呈させ、昂進する革命の混乱にせよ、革命理念の大義を背負って周辺国とのあいだで繰り返される悲惨な紛争・戦争状態にせよ、こうした政治的現実は、表向きの崇高な理念と破壊や流血の非情かつ暴戻な光景のはざまで人びとを自失させる結果ともなった。他方、時代の進み行きと逆行するかのような旧体制への急激な方向変換は、革命の理念とナポレオンという存在への憧憬が醸成した一種の理想主義からの冷ややかな目覚めともなった。そのような世代にとって、「幻滅」の時代はすでにこの時期からはじまっていたといってもよいのである。

こうして現実を間近に眺めざるを得なくなった市民階級の若者たちにとって、経済はとても重要な領域であった。市民階級の台頭と産業革命、それにともなう生産力の増大は、その人口的増加を前提とすることはいうまでもないが、戦争で多くの命が失われ、人口が増えなかったナポレオン時代、たとえば一八〇五年の約二九〇〇万人から、二〇年後のシャルル一〇世時代には三二五〇万人にまで伸びている。[17]重要なのはここに経済的な裏付けが備わって「ブルジョワの世紀」とよばれる一九世紀の基盤が成立するということである。その意味で一八一八年七月二九日、「貯蓄共済金庫」（Caisse d'épargne et de prévoyance）の創設を認可する勅令が出されたことはきわめて重要といえるのではないだろうか。[18]もちろんこの銀行が十分に稼働しはじめるのは七月王政になってからであるが、国債（rente）だけが確実に利息（基本的には五％）を得ることのできる貯蓄法だったことを考えれば、[19]貯蓄銀行の創設は、労働を美徳とし、労働によって得た賃金を貯蓄し、それを資産とするブルジョワジーの価値観の成立に大きく寄与したと考えることができる。「労働（travail）と倹約（épargne）によって金持ちになりなさい、そして選挙民になりなさい」という言葉がフランソワ・ギゾー（François Guizot 一七八七〜一八七四）の口から発せられたとされる時代は間近に迫っていたのである。[20]

さて、このような時代の趨勢にあって、出版界はどのような様相を呈していたのであろうか。文筆で名を立てようとする無名の文学青年にとって、最初から本を出すのは容易なことではない。しかも、帝政崩壊から王政復古にかけての政治的混乱のなかで、出版業界も苦境に立たされていたことはあらためて指摘するまでもないだろう。一八二〇年に発表されたラマルティーヌの『瞑想詩集』（*Les Méditations poétiques*）の成功や、若くしてフランスを代表する詩人となったユゴーの名声に野心の火をつけられた青年たちの多くは、詩人として文名をあげようと首都に出てきたものの、この時期すでに市場原理に組み込まれつつあったパリの書店はかれらの詩集を世に出すだけの余裕はなかった。つまり、詩や詩人の威光は支配的であったとはいえ、文学の市場においてはすでに詩から散文へと移行しつつあったということである。ナポレオンの帝政崩壊とほぼ同時期に生を受けたアルセーヌ・ウーセー（Arsène Houssaye 一八一四〜九六）は、七月王政期の自身の青春時代を振り返りながら、友人（Van-Del-Hell）と交わした以下のような会話を回想記に引いている。

「詩だって？」とわたしはかれに言った。「馬鹿だね、散文は悪貨だけれど詩は贋金だよ。ポケットに『イーリアス』をいれていたところで、そこから一ルイ金貨も引き出せやしない。」

「じゃあ、一九世紀のホーメロスはパリのあちこちで物乞いをすることに？」

「そうだ、名を知られていなければね。」

「ほかの詩人たちはどうやったんだ？」

「抜け目ないやつらなのさ、ラマルティーヌもユゴーもね。かれらははじめから有名だった。でも、最初から有名にならなかった者は何もできやしないのさ。(21)」


一九世紀前半、「詩人」という呼称はなお特別の響きを放って若者のロマン主義的な憧れの対象であり続けていたが、詩は出版市場の流通において金を生むものではなくなりつつあった。たしかに出版点数だけをみると、七月革命前後も詩はまだその威光によって支配的ジャンルとして君臨しており、一八三二年でも四九二点の詩集が刊行されていた。この数字は、演劇の三一四点、小説の三〇六点と較べてみても際立った優勢を誇っている。一八三三年になると、小説の点数（三四五点）が演劇のそれ（二八七点）を抜くが、まだ詩には及んでいない（五一九点）(22)。しかしながら、実際の経済規模は出版点数ではなく、印刷部数によって計られるものである。じつは、詩集は点数こそ多いが、一点あたりの印刷部数は他のジャンルよりも少なく、平均三〇〇部でその売れ行きには当たり外れの差が大きかった(23)。売れないものはまったく売れなかったのである。一八四〇年までは出版点数において詩の優位は維持されるものの、印刷部数においては大きく後退しはじめていた。したがって、時代とどもに出版業者は詩集出版の間口を狭め、確かな内容とすでに確立された名前がなければ、出版を渋るようになっていったのである。

王政復古期の二〇年代から七月王政期の三〇年代にかけて、ロマン的心情を表出する文学形式として詩は文学を志す者の要請にもっとも合致するものであり、かれらの眼にその威光は健在であった。それゆえ文学的名声を獲得しようとする地方の若者は、まず詩を携えて上京した。ところが、書店は市場経済の原理に取り込まれており、青年たちの思いと書店の目指すところに大きな乖離がうまれていたのだ。

もともと詩は韻文によって構成されるジャンルであり（散文詩が一般化するのはもっとあと）、短い詩句のなかに多重に意味が埋め込まれるものであるから、韻律上の約束事などの詩法にはじまり、隠喩表現や故事などの膨大な古典的教養があってはじめて十全に理解できるものであった。したがって、もっとも高尚なジャンルではあったが、それゆえにこそ新興ブルジョワジーがその妙味を味わうには遠い存在であったともいえる。文学的野心からすれば詩集の刊行は崇高な行いであり、若き文学者の自尊心をもっとも強く刺激する憧れの対象でもあったが、一九世紀ブルジョワ社会においてはもはや需要と供給のバランスを保てないものになっていたのである。

詩に代わって隆盛を勝ち得ていくのはいうまでもなく小説というジャンルである。文字さえ理解できれば小説を読むのに特別な知識は不要である。もちろん、小説の読者もさまざまだったが、少なくとも王政復古末期から一般の人びとからもとめられていたのは小説であった。ロラン・ショレも、貸本屋（cabinet de lecture）でいちばん人気が高かったのはまぎれもなく小説で、小説は流行のジャンルになっていた、と述べている。(24) この時代の民衆は、じつは想像以上にものが読めたのであり、新しい将来を夢見る市民階級の女性たちも含めて、幅広い層に小説は受け入れられていった。詩集がエリートや教養のある人びとに読まれたのに対して小説は、その読者層からして二流の地位に甘んじなければならない理由があったわけだが、しかしそのことは逆に駆け出しの若い作家たちには接近しやすく、読者の好みに応じて生産しようとした書店にとっても望まれるものであった。さきに引いたアルセーヌ・ウーセーの回想のように、出版界で名前を売ろうとする者たちはみな、多かれ少なかれ詩から小説への方向転換を余儀なくされた。M-E・テランティの表現を借りれば、「ひとは詩人として生まれ、出版社の圧力によって小説家となるのである」(25)。

このように、まだ書店と編集者が分化していない時代であればこそ、市場の動向を第一に考えねばならなかった書店経営者は、その時々の流行に大きく左右されることになった。いくら品位と文学的芳香の漂う詩集であっても、一般市民のテイストに合わなければ流行にならないし、市場にも出回らない。すでに触れたように、ほとんどのブルジョワ階級にとって流行の読み物は小説であり、書き手もまた、多くは同じ市民階級であった。(26) どの書店も小説を出していたが、日々の生活に難渋している若い書き手にとって、小説を本として出版して稼ぐというのはもちろん容易ではない。作家の知名度とすでに出版した小説の数によって、小説執筆料が決まる仕組みになっていたからである。[27] したがって、原稿を買い取ってもらうにも、無名の書き手は買い叩かれるのが通常であった。

さらに、書店からの支払は、期日手形でなされるのがふつうであったから、明日の生活にも困る作家の卵たちは期日前に高い割引料を払って手形を換金しなければならなかった。[28] そのようなかで、かれらにとってもっとも手近ですぐに金になる手段がジャーナリズムだったのである。書店に比べてジャーナリズム界は書き手の知名度にそれほどうるさくなかったから、若い書き手が書く機会もその分多かった。もちろん原稿料は安かったが、迅速な現金払い、しかも単語単位で支払われるから、受け取る側からすれば安心できる確かさがあった。さらに、一八二九年には『パリ評論』(*Revue de Paris*) が創刊され、小説を掲載して成功したのを皮切りに（この雑誌は一八三〇年代にはバルザックを中心に著名な作家が小説を載せるようになる）、これを真似る雑誌や新聞が増えた。[29] 七月革命によって一時的な落ち込みはあったものの、一八三二年以降はもち直して、その勢いは著しく増長し、その結果、記事を書く以外に創作もできる書き手たちはフィクションを発表できる媒体をいっそう重視するようになった。『パリ評論』の創刊者であるルイ＝デジレ・ヴェロン（Louis-Désiré Véron 一七九八～一八六七）、これと同年に創刊された『両世界評論』(*Revue des deux Mondes*) の編集を担当したフランソワ・ビュロ（François Buloz 一八〇三～七七）、続いてジャーナリズム界を牛耳るエミール・ド・ジラルダン（Émile de Girardin 一八〇六～八一）といった面々は、一八三〇年代に書店出版を営んでいた業者の多くが一八世紀的な古い感覚をもちあわせていたのに対し、はるかに時代への適応力を有し、さきを読む眼力を具えていたといえるだろう[30]。

さて、スタンダールがジャーナリズムのことを考えるのもまさにこの時期、一八二〇年代であった。一八二一年六月、メチルドを失った悲しみに打ちひしがれていたかれは、手持ちの三五〇〇フランを使いはたしたらピストルで頭を打ちぬくことがせめてもの幸福だと考えつつ、ミラノを離れた[31]。そしてパリのリシュリュー通りにあったオテル・ド・ブリュッセルに身を落ち着けたのである。すでに四〇近くになっており、これまで見てきたような若い書き手たちとは一世代隔たってはいたが、ナポレオン没落後ほとんどイタリアで過ごし、いくつかの評伝や旅行記を出版していたとはいえ、その名が知れ渡るというには程遠かった。一九世紀生まれの作家志望ほど文学的野心に燃えていたわけではないが、「書くこと」以外に職業を考えることはしなかったから、頼れるものはわずかに終身年金一六〇〇フランとナポレオン軍の休職給九〇〇フランのみ。パリで暮らすには経済的にかなり苦しく、すぐに金になる手段をもとめていた点においては若い書き手と共通していたともいえる。いずれにしても、周囲から貧相に見られて軽蔑されることを嫌った地方人スタンダール[32]は、経済的な基盤を整えることをまず考えなければならなかったのである。

（1）　生まれはアンジェ近くにあるペイ・デ・モージュ。一七九〇年に叙階、革命下で宣誓拒否司祭となり、地下活動、投獄、流刑を経験。一八一二年、助任司祭となってのち、自宅で自分の本を貸し出し始めている。

（2）この慈善事業団は、バローによって教育されたジョゼフ＝イヤサント・タイユフェール（Joseph-Hyacinthe Taillefer 一七九七〜一八六八）が後継者となって計画を進めていく。

（3）ポワティエの司教であったが、革命時代にウィーンの大司教に任じられ、一八〇二年以降は没するまでボルドーの大司教の地位にあった。

（4）Noë Richter の研究を参照すること。とくに Julien Barault, Joseph-Hyacinthe Taillefer, *Manuel de l'Œuvre des Bons livres de Bordeaux*, Plein chant, 1996 の序文およびあとがきは参考になる。

（5）Jean-Yves Mollier, « Le marché du livre en Europe au XIXe siècle : les lectorats », *in* Jean-Yves Mollier, Philippe Régnier et Alain Vaillant (sous la dir. de), *La production de l'immatériel. Théories, représentations et pratiques de la culture au XIXe siècle*, Publications de l'Université de Saint-Étienne, 2008, p. 78.

（6）一八世紀ドイツにおける「読書熱」については、ロルフ・エンゲルジングの著作『読者としての市民』(Rolf Engelsing, *Der Bürger als Leser. Lesegeschichte in Deutschland 1500–1800*, Stuttgart, Metzler, 1974) に詳しい。また、中川勇治の「18世紀末の〝Lesewut〟」、『ドイツ文学』第八二号、日本ドイツ文学会編、一九八九年、一五〜二四頁も参照のこと。

（7）François Parent, *Lire à Paris au temps de Balzac. Les cabinet de lecture à Paris sous la Restauration*, EHESS, 1982.

（8）ヨーロッパでは一八世紀を通じて読者数が三倍になったとされるが、実際に就学していたのは人口の四分の一ほどであり、フランスが本格的に市民の教育環境を整えはじめるのは一八三〇年代以降である

（いわゆるギゾー法は一八三三年）。

（9） 四スーは二〇サンチーム。この価格で売られる本は一八四〇年代前半にあらわれ、一八四八年からこのような名称で一般化するようになった。

（10） 「リアンセ修正案」と呼ばれるもので、「新聞またはその付録に発表されるすべての連載小説は一号につき一サンチームの印紙が課せられる（セーヌ県およびセーヌ゠エ゠オワーズ県以外については二分の一サンチーム）」というのがその内容である。表向きは道徳的理由からであるが、実際にはもっと重要な政治的意味があった。すなわち、ウジェーヌ・シューの『パリの秘密』以来、民衆に破壊思想を撒きちらすような書きものを規制しようとしたのである。一八四九年六月の流血の惨事にはこうした思想が深く影響していると考えられたからである。*Cf.* Michel Brix, « Nerval et la réflexion politique. Une lecture des *Faux Saulniers* », in *Studia Minora Facultatis Philosophicae Universitatis Brunensis*, Série L, n°. 21, 2000, p. 24.『パリの秘密』の社会的影響については、小倉孝誠『『パリの秘密』の社会史――ウージェーヌ・シューと新聞小説の時代』新曜社、二〇〇四年を参照のこと。また、一九世紀前半の新聞小説に関する議会での議論に関しては、Lise Dumasy, *La Querelle du roman-feuilleton. Littérature, presse et politique, un débat précurseur (1836–1848)*, Grenoble, ELLUG, 1999, pp. 63–154.

（11） J. Y. Mollier, « Histoire culturelle et histoire littéraire », *Revue d'Histoire littéraire de la France*, 2003/3 (vol. 103), p. 604.

（12） 最初の仏訳は二年後の一七七六年、Baron S. de Seckendorf によるが、その後さまざまな版が出ることになる。

（13） シャトーブリアンの『アタラ』と『ルネ』はそれぞれ一八〇一年、〇二年、スタール夫人の『デルフィーヌ』と『コリンヌ』は〇二、〇七年、セナンクールの『オーベルマン』は〇四年、バンジャマン・コンスタンの『アドルフ』は〇六年（発表は一六年）である。

（14）François-René de Chateaubriand, *Œuvres romanesques et voyages I*, Gallimard, coll. « Bibliothèque de la Pléiade », 1969, p. 111.

（15）「世紀病」の定義上の問題については、Pierre Barbéris, *Balzac et le mal du siècle. Contribution à une physiologie du monde moderne*, Gallimard, 1970の第一巻第一章を参照のこと。

（16）Paul Bénichou, *L'école du désenchantement. Sainte-Beuve, Nodier, Musset, Nerval, Gautier*, Gallimard, 1992. この書の最初の二章はそれぞれサント＝ブーヴとシャルル・ノディエについて論じたもので、一八一〇年以前に生まれた世代ではあるが、ユゴーやラマルティーヌらの栄光のあとに続く作家である。

（17）Adeline Daumard, *La bourgeoisie parisienne de 1815 à 1848*, Albin Michel, 1996; Emmanuel de Waresquiel, Benoît Yvert, *Histoire de la Restauration 1814-1830. Naissance de la France moderne*, Perrin, 1996 などを参照。

（18）この銀行は今日まで続く「貯蓄金庫」（Caisse d'épargne）の最初のもので、ジョゼフ＝マリ・ド・ジェランド（Joseph-Marie de Gérando 一七七二〜一八四二）とバンジャマン・ドレセール（Benjamin Delessert 一七七三〜一八四七）が中心となり、ラ・ロシュフコー＝リアンクール（La Rochefoucauld-Liancourt 一七四七〜一八二七）の協力を得て創設したものである。資産をもたない民衆を救うことが目的の、多分に博愛主義的な企図であったことは、一八世紀末、人道主義的な見地からアメリカ・フィラデルフィアの監獄について報告したラ・ロシュフコー＝リアンクールが協力していることからも想像がつくであろう。

（19）年金については、鹿島茂『職業別　パリ風俗』白水社、一九九九年、一一三頁参照。

（20）一般にギゾーがこのように言ったとされるが、実際には出典はあきらかではない。おそらく断片的な言葉が継ぎあわされてこのようなかたちになったのであろう。

（21）Arsène Houssaye, *Les Confessions. Souvenirs d'un demi-siecle, 1830–1880*, Dentu, 1885–1891, Slatkine Reprints, 1971, p. 173.

（22）Marie-Ève Thérenty, *Mosaïques. Être écrivain entre presse et roman (1829–1836)*, Honoré Champion, 2003, p. 24.

（23）*Ibid.*, p. 24. このあたりの記述については、Claude Bellanger, Jacques Godechot, Pierre Guiral et Fernand Terrou (sous la dir. de), *Histoire générale de la presse française*, t. II, Presses Universitaires de France, 1969, chap. III, IV; Roger Chartier, Henri-Jean Martin (sous la dir. de), *Histoire de l'édition française III*, Fayard/Cercle de la Librairie, 1985, première partie などを参照。

（24）Roland Chollet, *Balzac journaliste, le tournant de 1830*, Klincksieck, 1983, p. 47.

（25）Marie-Ève Thérenty, *op. cit.*, p. 29.

（26）テランティの調査によれば（*ibid.*, p. 37）、作家の大多数は中間ブルジョワジーであり、なかでもスタンダールやフローベールのように、父親が法律関係者と医者の場合が非常に多かった。

（27）Marie-Ève Thérenty, *op. cit.*, p. 31.

（28）こうした場面はこの時期の小説には多く描かれており、バルザックの『幻滅』もそのひとつである。

（29）Marie-Ève Thérenty, *op. cit.*, p. 40.

（30）ヴェロンについては鹿島茂『かの悪名高き　十九世紀パリ怪人伝』筑摩書房、一九九七年、ビュロに関しては Gabriel de Broglie, *Histoire politique de la* Revue des Deux Mondes *de 1829 à 1979*, Perrin, 1979、

またジラルダンについてはとくにMarie-Ève Thérenty, Alain Vaillant, *1836 : l'An I de l'ère médiatique. Analyse littéraire et historique du journal* La Presse *de Girardin*, Paris, Nouveau Monde, 2001をそれぞれ参照。

（31）*Souvenirs d'Égotisme*, in *Œuvres intimes II*, édition établie par Victor Del Litto, Gallimard, coll. « Bibliothèque de la Pléiade », 1982, p. 432.

（32）Michel Crouzet, *Stendhal ou monsieur Moi-même*, Flammarion, 1990, p. 381.

第二章　ジャーナリストとしてのスタンダール

（一）　イギリス雑誌への寄稿

パリでのスタンダールの生活の一部は、未完の回想録『エゴティスムの回想』に描かれているが、最初の部分は思いのほか金に対する言及が多い。たとえば、一八二一年から九年間、「わたしの生活の相棒」であったリュサンジュ男爵、すなわちアドルフ・ド・マレスト（Adolphe de Mareste 一七八四～一八六七）についても、「持参金と警視庁の課長としての給料、それに母親からもらった財産を加えると、一八二八年のマレストには二二〇〇〇ないし二三〇〇〇フランの年収があった」(1)といった具合だ。そしてこの人物からよく「きみのほうは財産がないからな」(2)と言われていたと述懐している。さらにマレストを介して紹介された人物についても同様で、まずは「愛想も気だてもよくて美男だが、まったく才気のないバロ氏。リュネヴィルの銀行家で、そのころは年収八〇〇〇〇フランの財産を必死になって稼ごうとしていた」[3]。続いて、ワーテルローで勲章をもらった退役将校のポワトヴァン氏に関しても、「気の毒にも年金が一二〇〇フラン、給料が一五〇〇フランだったのではないかと思う」[4]。もちろん、回想録のなかで人物を書きこんでいくにはその人の財力は欠かせない要素ではあろう。しかし、そればかりが原因ではない。失意のうちにミラノからパリに移ってきたスタンダールにとって、この時期はもっとも他人の懐具合が気になっていた頃である。あちこちのサロンに出入りし、旅行にも出かけ、最初のうちこそメチルドへの思いからフィアスコ（性的失敗）の経験を吹聴するにしても、このパリ時代にキュリアル夫人やアルベルト・ド・リュバンプレに思いを寄せることになるのであるから、付き合いという点でもそれなりの収入は必要である。このイタリア讃美者にある種のダンディズムを気取るところがあったことは、帝政時代から身だしなみ等に相当の金をつぎ込んでいたことからも知られている。

ところで、一八二〇年代、日々の生活を豊かに暮らすためにはどれくらいの額が必要だったのだろうか。ミシェル・クルーゼのスタンダール伝には、シャルル一〇世が当時下院の議長であったロワイエ＝コラール（Pierre-Paul Royer-Collard 一七六三〜一八四五）に、下院議員がパリでそれらしく暮らすためにはいくら必要かと問うたのに対し、議長は一日二〇フランと答えた、というエピソードが引かれている[5]（このエピソードはシャルル・シモンの一九世紀パリ史の第一巻にあるもので、リリー・フェルバーグの著作にも記されている[6]）。一日二〇フラン、すなわち七三〇〇フランの年収が必要だということだ。のちの章でも論じるように、スタンダールは理想の年収を六〇〇〇フランとしており、七三〇〇という数字はそれを少し上回っているが、もちろんこれはあくまで下院議員の生活の話であって、一般市民の水準からすればかなり高い。スタンダールと同じようにサロンに出入りしていた友人ドメニコ・フィオーリの年収も当時四〇〇〇フラン程度であったから、[7]家族をもたない独身者にとってみればこのあたりの収入で十分な生活ができたと考えるべきだろう。

とはいえ、パリに出てきたばかりのスタンダールにとって、すでに触れた年金の類を除けば収入はなく、しかも文筆以外に考えていないとなれば、早々に原稿料を稼ぐ手立てをみつけなければならない。パリに来た翌年の二月、マレストとともに試みようとしたのが一種の月間図書目録雑誌『アリスタルコス』（*L'Aristarque*）であった。[8]「読むべき本の普遍的指標」という副題があるように、独自の目線によってヨーロッパ、アメリカ、インドで出版される本についての読書案内を目指そうとしたもので、予約購読料は半年二四フラン、一年で四六フランとした。実現には至らず、この企図のあと、スタンダールはおもにイギリスの雑誌への寄稿によって糊口をしのぐことになる。

では、一八二〇年代、スタンダール自身はこうした雑誌投稿を中心にどれほどの収入があったのだろうか。ここでは、フェルバーグの調査を借りてその概要をまとめてみよう。スタンダールとイギリスのジャーナリズムを考える際に、まず重要な人物としてヘンリー・コルバーン（Henry Colburn 一七八四〜一八五五）の存在がある。このスタンダールと同世代のイギリスの出版業者は、バイロン卿とのスキャンダラスな関係でも知られるキャロライン・ラム（Caroline Lamb 一七八五〜一八二五）の最初の小説『グリナーヴォン』（*Glenarvon*）[9]や、レイディ・モーガン（Lady Morgan 一七八一〜一八五九）の『フランス』（*France*）[10]などを出版して名を知られており、雑誌に関しても『ニュー・マンスリー・マガジン』（*New Monthly Magazine*）を一八一四年から刊行していて、まさに出版界の風雲児的存在であった。

さて、スタンダールとの関わりであるが、まず『ローマ、ナポリ、フィレンツェ（一八一七）』の英語版を発行したのがヘンリー・コルバーンである。『ニュー・マンスリー・マガジン』以外にも『ロンドン・マガジン』（*London Magazine*）や『アテネウム』（*Athenaeum*）といった雑誌も手中におさめていたから、スタンダールにとってイギリスでのジャーナリズム活動のきっかけとなったことはほぼ間違いない。もっとも、その詳細についてははっきりしておらず、『パリ・マンスリー・リヴュー』（*Paris Monthly Review*）の発行者トーマス・コリー・グラッタン（Thomas Colley Grattan 一七九二〜一八六四）[11]を介した可能性もあるし、スタンダールの友人で初期の記事の翻訳を請け負ったとされるバーソロミュー・ストリッチ（Bartholomew Stritch）なるアイルランド人が橋渡しをしたのかもしれない。とはいえ、この時代のスタンダールの収入を支えたのはコルバーンであることに疑いの余地はない。

では、これらの雑誌にどれくらいの記事を書いたのだろうか。まず『パリ・マンスリー・リヴュー』には一八二二年一月から寄稿しはじめ、計十数篇の記事を書いたが、その内容は自身が通じていたイタリアの文学事情や、当時流行作曲家であったロッシーニについて（翌年に『ロッシーニ伝』を上梓することになる）、あるいはのちの『ラシーヌとシェイクスピア』の一部を成す劇作と笑いに関する記事など、多彩なものであった。[12] 二二年一〇月からは『ニュー・マンスリー・マガジン』に記事を送り、歴史欄の外国出版のページに直近の出版物の書評を載せるようになったが、二六年一月までに三七本の記事を発表し、同誌の「オリジナル・ペイパーズ」という、歴史欄よりも格の高い欄にも二五年六月から二八年末までに二六本寄せている。また、二四年一一月から二年間は『ロンドン・マガジン』にも寄稿し、二四本の記事を書いている。ここではバンジャマン・コンスタンの『宗教について』(*De la religion*) やメリメの『クララ・ガジュルの演劇』(*Théâtre de Clara Gazul*) について、あるいは同時代のフランスの政治状況に関する比較的長い論評などを発表した。さらに二八年には一七本を『アテネウム』に載せている。二九年になっても引き続き『ニュー・マンスリー・マガジン』に五つの書簡を書き送っているから、これらすべてを合わせるとその数は優に百を超える。[13]

このように、一八二二年から二九年までのスタンダールは基本的にイギリスの読者に向けた雑誌にかなりの数の記事を書いていたわけだが、これに由来する収入も、明確な数字はわからないものの相当な額になったとみるべきである。実際、書簡の記述によれば、コルバーンはかれに年間二〇〇ポンド、すなわち四八〇〇フランを支払っている。[14] この収入に加えてパリの日刊紙『ジュルナル・ド・パリ』(*Journal de Paris*)で担当していたサロン評とイタリア座に関する批評記事から三年間で四五〇〇フラン弱の報酬を得ていた。[15] 年によって寄稿している雑誌と記事数に違いがあるため、多少の変化はあろうが、これに発表した作品の原稿料を加えれば、[16] 一八二〇年代のスタンダールの収入は、著述家としてはかなり贅沢なものであったということができそうだ。クルーゼはマルティノーの記述をもとに、一八二三年から二四年のスタンダールの稼ぎを五〜七〇〇〇フラン、二五年から二六年については八〇〇〇〜一〇〇〇〇フランと見積もっている。[17]

とはいえ、このような潤沢な収入は長くは続かなかった。一八二六年春からコルバーンからの支払が契約上の行き違いから途絶えてしまう。二七年には『ジュルナル・ド・パリ』との契約も終了した。二八年に年あたり一五〇ポンド(三六〇〇フラン)でコルバーンと再度契約して、いくつかの記事を書き送るが、二九年八月をもってイギリスへの寄稿は最後となる。軍人半俸も二八年以降半額となっており、こうしてかれの二〇年代のジャーナリズムでの経済的に恵まれた生活は終わりを告げるのである。[18]

以上のようにスタンダールはイギリスの雑誌を中心に、ジャーナリズムの世界で活発に記事を書いた。しかし、これらの記事はすべて匿名または偽名によるものである。たとえば『ロンドン・マガジン』の「グリムの孫息子によるパリからの手紙」(Letters from Paris by Grimm's Grandson)のシリーズでは《L. P. N. D. G.》(Le Petit-Neveu de Grimm)と署名したし、『パリ・マンスリー・リヴュー』

では《Alceste》という偽名を使い、『ジュルナル・ド・パリ』でも《M.》とのみ署名している。これは、同時代のフランスの文学はもとより、政治的状況から風俗にいたるまでかなり辛辣に批評していたため、パリに生活する文筆家としては名前を隠す必要があったこともあるが、そもそもスタンダール自身のうちにジャーナリズムでみずからの名を明かして身を立てるという願望がなかったという点も考慮しなければならない。後述するように、ジャーナリズムに対しては強い疑念をもっており、すでに市場経済の原理で動かされつつあったこうした活動に身を置くことは次善の策であって、生活の経済基盤を築くこと以上の目的をもっていたわけではない。かれにとって雑誌や新聞に書く記事は、「書くこと」の一部ではあったが、金のために書くことであって、芸術的・美学的判断から云々されるべきものではなかった。本として出版した作品のうち、『恋愛論』と『アルマンス』を除けば、《M. de Stendhal》と署名を入れるのが普通であったのに対し（もっとも《Stendhal》も偽名だが）、ジャーナリズム記事においては一切この署名を使わなかったのは、こうした事情とも関係しているものと思われる。

（二）　ジャーナリズムと党派

ところで、ジャーナリズムから糊口をしのぐ手段を得つつ、このようなジャーナリズムの隆盛そのものをスタンダールはどのように捉えていたのか。この点については検討しておく必要があろう。人生の多くをイタリアで過ごしたこの文明批評家が、パリを拠点に同時代をつぶさに観察し、鋭い批評眼を培ったのは、まさにジャーナリズムで活動したこの時期だったからである。また一八二〇年代の王政復古期は、文化史的にはつぎの七月王政期の準備段階として出版事情が大きく変化しはじめるとともに、誕生しつつあったロマン主義への動向が連動する、出版文化史的にもきわめて興味深い時期でもあるからである。

すでに何度か繰り返したように、一九世紀は著述家と出版業者の関係がそれまでとは比較にならないほど緊密になり、かつ複雑に錯綜する時代である。教育の浸透による読者層の拡大と産業革命による印刷技術および輸送手段の飛躍的発達によって、書物の生産はめざましい隆盛を遂げる。とはいえ、出版業の営みそれ自体は、経済的にはまだきわめて脆弱な基盤しかもたず、政体の変化に翻弄されつづけてきたことはあらためて言うにおよばない(19)。個々の業者レベルでの浮き沈みは依然として激しかった。しかしながら、危機のあとには繁栄がくるという一般経済原則はここでも有効で、たとえば一八三〇年前後のあいつぐ破綻のあとには、かのエミール・ド・ジラルダンを中心とするジャーナリズムの興隆があった。書物についても同様で、新聞や雑誌の部数の増大のあとを追うように、ある種の本は一連の分冊(fascicules)として販売されるようになって、読者との関係をある程度継続的なものとし、他方で挿絵本の数も増して読者の注意をいちだんと惹きつけるようになった。交通機関の発達がそれらの書籍を短時間のうちに遠隔地にまで配送することを可能にし、このことがその後の業界全体の隆盛を支えたのはいうまでもない。世紀後半の出版業の画期的成功は、ルイ・アシェット（Louis Hachette 一八〇〇〜六四）、ピエール・ラルース（Pierre Larousse 一八一七〜七五）、ピエール＝ジュール・エッツェル（Pierre-Jules Hetzel 一八一四〜八六）の三人の名前に要約されようが、この三者にはいくつかの共通点がある。そのなかでも、株式会社形式をとり、旅行、教育、百科事典的知識など、時代の渇望を新しいニーズとして的確に読み取り、教科書、辞書、ガイドブック、若者向け文学といった、時代とともに確実に成長し拡大する市場を選定したことがとくに重要であろう。この方向性は一九世紀の実証主義的科学主義と進歩主義の理念によって決定づけられたものであり、右の三者はともにそうした時代の精神をしっかり呼吸する人間であった[20]。

　ところで、このような趨勢は、いうまでもなく書物の民主化を促す。この民主化は、最大多数に読み物を提供するという点で書物の商品化をいっそう推し進め、書物そのものがもっていた特権的威光は、その量的拡大のまえにしだいに輝きを失っていくことになる。このことは「文学の民主化」をも助長するのであって、必然的に文学の内実を変容させ、作家みずからの文学的基盤の確認をせまり、対象とする読者を選定しなければならない状況をつくりだす。一方、読者の拡大は、出版側にとってみれば市場の拡大であり、もともと脆い経済基盤しかもたない出版社は、当然のことながら文学の質的価値の保証よりも拡大する読者層の取り込みを優先させ、量的価値をとろうとするだろう。作家と出版社の複雑な関係は、文学（のみならず芸術作品全般）が市場経済の現場に引きずり出され、おそらくそのことによって、それまで以上に作品の文学的（芸術的）価値を作家が意識せざるをえない状況が生みだされるようになった一八二〇年代ごろから、いっそう複雑なものとなっていくのである。この時代から文学は、アカデミックなもの、前衛的なもの、そしてしばらくのちにサント＝ブーヴが「産業的文学」（littérature industrielle）とよぶことになるものの三つに大別できるようになる。そしてまもなく、それぞれが依拠する雑誌と出版社をもって文学活動を展開する時代がはじまるのである。

このような状況をいちはやく見抜き、それを視野に入れたうえで包括的な批評を展開した作家のひとりがスタンダールであった。かれは王政復古期からすでに、完結した静態的な作品価値よりもむしろ、作家の生態、社会的環境、政治的立場、さらには文学活動の経済的側面などを重視する態度をとりつつ、批評の筆をふるっていた。もっとも、文学の自律性、詩の無償性といった観念は、少なくとも一八二〇年代にはまだ生まれておらず、文学の中心は小説であるという意識もまだ一般化していない。したがって、作品そのものの自律的価値よりも作品の社会的文脈に力点が置かれるというのは、なにもスタンダール独自の新しさではない。同時代の思想やイデオロギー、政治的派閥問題や宗教との関係など、あらゆる要素を渾然一体に論じるやりかたは、当時の批評の一般的なかたちであり、むしろそこに時代の空気を読むことができるという意味で重要である。スタンダールもまた、作家がいかにしてペンで収入を得ているか、出版社との、あるいは社交界との関係をどのようにとっているのか、また文壇でどのように身を置いているのかなど、作家をとりまく全般的環境に批評の目を向け、いわば社会学的視点から作家や作品に迫ろうとしているようにみえる。ジョゼ＝リュイス・ディアズによれば、作家は自分自身に対してつくりあげる想像上のアイデンティティというべきものにもとづいて、現実の世界でも行動しようとするという。この行動様式を « scénarios auctoriaux de référence » という用語でかれは説明しようとするのだが、一言でいえば、作家みずからが引き受ける「作家としての自分像（想像上の自分）」ということになろうか。[21] スタンダールが二〇年代にイギリスの雑誌を中心にさまざまな同時代批評を実践し、そこから生活費を稼いでいたことは既述のとおりだが、この時代に『ラシーヌとシェイクスピア』のような文学論や、一見すると文学や芸術には関係がないかのようにみえる『産業者に対する新たな陰謀について』といったパンフレットを発表することになるのも、じつはスタンダール自身が作家としての自分像に敏感であり、そのような自己像やそれにもとづく振舞いの様態を解剖することで文学をとりまく社会的現象を説明しうると考えていたからではないだろうか。

いずれにしても、イギリスの雑誌および『パリ・マンスリー・リヴュー』や『ジュルナル・ド・パリ』などフランスのジャーナリズムに掲載された記事は、小説家として誕生するまえ、この著述家が文壇に対してどのような振舞いとアプローチをとっていたかを知るうえできわめて重要な資料であると同時に、当時のフランスの文芸状況、ロマン主義が生まれようとするまさにその現場の見取り図を与えてくれる第一級の資料なのである。

では、スタンダールがイギリスの読者を相手に何をどのように報告しているか、いくつかの記事をとりあげながら具体的に検討してみよう。

たとえば当時の文学界の勢力地図がおよそ以下のように提示される。文学を取り巻く状況は、大きく三つの派閥に分けられ、それぞれが自身の政治イデオロギーと芸術観をもつとされる。第一はエティエンヌ・ド・ジューイ（Étienne de Jouy 一七六四〜一八四六）とシャルル＝ギヨーム・エティエンヌ（Charles-Guillaume Étienne 一七七七〜一八四五）を中心とする派で、政治的には自由主義を信奉し、新聞『立憲派』（*Le Constitutionnel*）に足場をおく者たち。『鏡』（*Le Miroir*）、『パンドラ』（*La Pandore*）、『私掠船』（*Le Corsaire*）、『脚を引きずる悪魔』（*Le Diable boiteux*）などの新聞も同じグループで、この派の作家を支えた。フランスではこの時期、自由主義に属するとされる作家がきわめて保守的な、つまりは「古典主義」的な価値観を保持し続ける集団を形成していたことは注目に値する。第二は、ヴィクトール・クーザン（Victor Cousin 一七九二〜一八六七）の周囲に集まった正理論派（ドクトリネール）である。『グローブ』（Le Globe）がその機関紙であるが、フランスでのロマン主義運動を理論的に推進した重要な新聞のひとつである。第三が極右王党派で、「思想ほど厭わしいものはなく、できることならフランス国民の考える能力を眠らせてしまいたい」[22]とさえ思っている者たちの集まりであり、『ラ・コティディエンヌ』（*La Quotidienne*）を拠り所としている。スタンダールによれば、この派はほとんどものの数に入らぬものの、「フランスの偉大な偽善者ド・シャトーブリアン氏が年に一度主役を務めるいかがわしい団体」[23]、すなわち「よき文学の会」(Société des Bonnes Lettres) を支援し、アカデミーがこれを代表している。[24]

このような文学界における政治勢力の地勢図を示すのは、先述のとおり、独自の視線で文人の生態を観察し研究するための準備である。では、これら三者に対してどのような評価が下されているのだろうか。王党派に対する反応は明白である。シャトーブリアンに対する激しい攻撃からもわかるように（シャトーブリアンに対する反感は、フィリップ・ベルティエが分析したように両義的なものではあるが、[25] 少なくともこの時期の記事においては一貫して批判されている）、スタンダールはこの派を硬化した過去の保守勢力とみなしている。「シャトーブリアン子爵は一年を通じて、理屈においても感情においても、偽りのない文章をたぶん一行たりとも書いていない。[26]」この大作家はポール＝ルイ・クーリエとの比較のまえに、このように貶められるのである。

むしろ複雑なのは自由主義陣営、そしてロマン派に対する態度のとりかただろう。一般にスタンダールは自由主義的な考えをもち、ロマン主義勃興期の同時代人としてこの運動を推進したひとりと目されており、とくに『ラシーヌとシェイクスピア』はその原動力となった著作のひとつとして評価されている。しかしながら、一八二〇年代の記事をみると、かれの位置取りは同時代の自由主義思想に立つ文学者とも、またロマン派に与する者とも相当にちがっていることがよくわかる。第一に、みずからをリベラルと規定しながら、ジューイら自由主義に立つ文人たちを、ある意味で自分からもっとも距離のあるものとして提示している。すでに述べたように、ジューイはエティエンヌと組んで文学と政治を扱ういくつかの新聞を編集したが、そのうちもっともよく知られている『立憲派』（*Le Constitutionnel*）についてスタンダールはつぎのように言い放つ。

この新聞の成功が貢献している第一の用途は、新聞の創刊者たちのとどまるところを知らない生産を、さらにつづいて文学上の副官としてかれらに付き従うことを謙虚に承諾した書き手たちの生産を poffer することであった。(27)

« poffer » とは英語の « puff » をもとにしたスタンダールの造語で、恥ずかしげもなく喧伝し、誇らしげにもちあげ称賛することをいう。かれによれば、一八一六年以来、フランスにおけるあらゆる種類の文学上の評判を左右してきたのはこの一派である。(28) このように、スタンダールがこの派を論評するとき、その思想的内容が問題となるのではない。書かれたものの内部に遡行してその思想を解剖するのではなくて、社会における書き手の活動のありようが分析の対象となる。作家が作家としてのイメージをどのようにつくりあげ、それにもとづいていかなる振舞いをしているか——すでに述べたとおり、重要なのはその点なのである。革命時代、思想の表明はともすれば自身の生命を賭けて行うものであったし、実際、自らの思想に殉教した者も少なくなかった。しかし、王政復古の時代は共和派、ボナパルティスト、王党派、自由主義派など、さまざまな思想陣営が複雑に主張を戦わせはしたものの、その一方であたかも衣服の流行であるかのように簡単に思想を着替えることも稀ではなかった。激しく政体が変化するなかでは、固定的な思想的地盤というものが保たれにくかったのである。したがって、作家がどのような思想の衣服を着ているかを社会的に見極めることは、当時の批評家にとっては重要なことだった。イギリスの雑誌への寄稿に、フランス文壇のゴシップ記事の集大成とみなしうる部分があるのも、海外雑誌への投稿であること、自身の名前をあかさないこと——変名・匿名と地理的隔たり——、この二重の防禦に護られて、つねに「外部」からの眼で同時代の文学、政治、さらにはフランス社会全般に対して鋭く辛辣な「批評」のメスを入れた結果なのである。

ロマン派に対する反応も同様である。独自のロマンティシズムを説き、古典主義文学論をもはや時代の要請に沿うものではないとして断罪する一方、一八二五年時点では、新しく台頭してきた若きロマン派の運動を、当時もっとも隆盛をみせていたリベラル（ジューイやエティエンヌ）に対する反動と羨望の結果によるものだと考えている。「大半が詩人と自称する一二名ほどの文人が集まって団体を形成し、そのめいめいがいつでもどこでも、散文韻文をとわず、ほかの一一名の著作を褒め上げることを義務とする」(29) 一派だというのだ。さらにこの一派は、自らに政治的・文学的アイデンティティを与えるために、自分たちの珍作のモデルとしてバイロン卿の人間嫌いな調子を模倣し、ヤングのメランコリックな瞑想を採用するのだという。[30] そして、この二党派ができていることの重要性をスタンダールは以下のように述べる。

これらふたつの文学党派の存在そのものが重要な事実であって、これを知る外国人はほとんどいないし、たぶんここで公にされるのがはじめてだろう。ジューイ＝エティエンヌ・カンパニーがリベラルなので、それがために対抗者たちはみずからをウルトラと宣言した。この人びとは散文でうまく書く才能をもちあわせなかったので、陰鬱な神秘的瞑想を大袈裟で空虚な韻文のなかに包み込むのである。かれらによって形成されているのが〔中略〕フランスで「ロマン派」(Ecole romantique) といわれているものである。[31]

すでにあきらかなように、スタンダールはいわゆるロマン派の文学的価値をほとんど認めていない。かれらの政治的立場についても(この時代、ロマン派の詩人たちの多くが王党派であったことを思い起こさなければならない)、何らかの政治的信条から必然性をもって選ばれたものではないとして揶揄的口調で難じている。

スタンダール自身のいうロマン主義とは、「時代の精神的傾向を見抜き」、読者の期待に応える作品を提供する術を知ることであって、[32] そのためには何よりも読者に理解されるべき思想を明快な言葉で表現するものでなければならない。明快な言葉で思想を述べるためには、そしてその思想が自己に偽りのないものであるためには、その表出を保証する自由がなければならない。この地点でロマン主義と自由主義ははじめて結びつきうるのである。スタンダールが自由主義的ロマン主義を標榜するのは、このような論理の帰結であって、曖昧な表現、飾り立てた文体は、自己を偽らざるをえない社会、換言すれば、真実を表出する自由の抑圧された体制の文学的特性であり、したがってこれは専制主義の遺物である。にもかかわらずこの「フランスの文学の致命的な過ち」[33]は、自由主義と称する『立憲派』(*Le Constitutionnel*) の最良の記事にさえ見られる過ち」なのだ。[34]

一方、個々のロマン派に属するとされる作家についてはどうであろうか。たとえばラマルティーヌは、「自分の心を韻文で語らせること」はできるが、愛の表現から一歩出ると、途端に幼稚になる。「愛人の死に絶望したやさしい心」があるだけで、「人間に対する哲学的な、そして観察的な高い思想がない」からである。[35] スタンダールはさらに言う、かれはウルトラの一派を代表する詩人のようにいわれているが、じつはそうではなく、この一派のほんとうの詩人はユゴーである。この詩人は『夜想』の詩人ヤング流の才をもっていて、フランス語の詩句をつくる術をよく心得ていること認めなければならないが、「残念なことに眠気を誘う」[36]と、ユゴーにも手厳しい。『ラシーヌとシェイクスピア』と同年に刊行されたユゴーの『アイスランドのハン』についての論評には、ほかの作品に較べて多くのページが割かれている。しかしその理由は、作品自体に価値があるからではなく、「第一に、著者ユゴー氏が作家として大いなる名声を博しているから」であり、「第二に、文芸を嗜む団体の向こうを張ってしばらくまえに創られた『よき文学の会』という団体のもっとも卓越せる会員のひとりだから」である。スタンダールによれば、これら自称改革者を嘯く者たちは、ルイ一四世下の文学の特徴であった道徳的で古典的なあの威厳をもう一度文学に取り戻そうとしているのであり、『アイスランドのハン』はそのような努力の荒唐無稽さとこの種の人びとの宣言の誤りをあからさまに示す証拠となっているという。(37)「ロマン派（école romantique）のもっとも真摯で頑固な信奉者のひとり(38)」と皮肉まじりに自称するスタンダールは、世間的にはロマン派の領袖と目されている人物をこともなげに切り捨てるのだ。しかもその根拠は、書評の対象となった作品の内在的価値からではなく、もっぱらその作家の社会的な位置取りなのである。

このようにスタンダールの批評は、作品それ自体の考察へとまっすぐには向かわない。まず作者そのひと、作者の属する社会的集団が問題とされ、議論はほとんどの場合、その点に終始する。作家がある党派に属しているということは、その党派の社会的、政治的、文学的アイデンティティを示すさまざまな指標が作品に刻印されることであるという前提に立って、そうした刻印を扱われている主題やジャンルや文体のなかに執拗に追う。これはまさに社会学的な関心を読者に引き起こすものである。快活ではあるが味気ないジューイ一派（リベラル）の形式だけのヴォルテール主義、真面目だが面白みのないクーザン一派のカント主義、さらにはロマン派の信奉者たちのあいだでもてはやされる神秘主義的で大仰な蒙昧主義――スタンダールはいま流行している文学形態のすべてを、このような必ずしも周到な考察の結果とは思えないかたちで分類し、そこに共通するひとつの欺瞞をみようとする。

今日のフランスの文人たちは流行の人であって、その中心的な野心はサロンで目立つこと、評判になることであり、散歩道で指さされること、ブローニュの森で二輪馬車を誇示すること、そして大臣の待合室で策を弄し、どこかの省庁の長の職か、あるいは金になるまったく別の地位を奪い取ること、なのだ。[39]

スタンダールにとってこの生々しく辛辣な評価は、ジャンルをとわず、ほとんどすべての文学者に適用できる批判の言葉である。

かれがイギリスの読者相手に書き送った記事の数々は、まさにロマン主義の誕生の現場にあるフランスの、とくにパリにおける「文学場」の驚くべきパノラマのひとつを提供している、といっても過言ではない。そこに登場してくる面々が繰り広げる社交界のありさまや、そこで織りなされる政治地勢図を、たんに知識人の社交界絵巻として面白おかしく提示するのではなく、政治的影響力や市場原理、出版界の敵対意識、流行、さらには新たなる「フランスの知的支配者[40]」ともいうべき世論の気まぐれと絡み合う新しい勢力に、芸術的創造がどれほど支配されているかを活写するのである。革命以降、ナポレオンの失墜を経由して、文学の商品化、精神の資本主義化ともいえる事態が急速に進行しつつあること、そしてこの資本主義化は作家と社会のかかわりを急変させつつあることをスタンダールは鋭く嗅ぎ取っていた。自由主義者ジューイに関して、一八二二年にすでにつぎのように書いている。

ド・ジューイ氏はいま流行りのブック・メーカー（Book-Maker）である。好感のもてる人であるし、その本にも好感がもてる。しかし、まったく深みがない。が、このこと自体が大いに金になる長所なのだ。深みは真のブック・メーカーにとっては短所であろう。よく売れる本であるためには、つぎのようでなければならない。一、タイトルが美しくあること、二、いま流行りの主題について書かれていること、三、簡単に理解しうること。[41]

さらに三年後にも今度は「店」という言葉を使って同種の嘆息をもらしている。「フランスの文学は毎日だんだんと店（Boutique）のような性格になっていきます。もっとも立派な作家さえ、テーブルにつくまえに、自分のインスピレーションよりもむしろ本屋に意見をもとめているのです。[42]」小説家になるまえ、すでにスタンダールの社会観察眼は周囲の状況をこのように眺め、冷静に分析していたのである。

（三）　ジャーナリズムのなかの文学

時代の文学空間を戯画的に暴き出すことは、結果的にロマン主義精神がつくりあげるさまざまな神話──芸術至上主義、預言者としての詩人の使命、詩的創造における純粋さなど──の欺瞞性を、その時点で暴露することにもなる。一九世紀は、若者が文学を目指すケースが格段に増えたことでも特徴づけられる時代である。とくにフランスではそれが顕著であって、ロマン主義の成功はこの意味で世紀を通じてひとつのレフェランスになった。その文学的傾向のひとつは、ひたすら自己の内面に沈潜し、現実社会と遠いところで内なる自己を見つめ、それに理想的な表現を与えようとする特性にあるが、こうしたロマン主義の成功を社会学的な文脈においてみるならば、名声と富を一挙に獲得する方法として文学を歴史的に位置づけたということにもなる。立身出世の手段として文学を考える傾向は、とくにコネも学歴もない若者に顕著であった。七月王政のあと、第二帝政、第三共和政をとおして、演劇ではウジェーヌ・スクリーブ（Eugène Scribe 一七九一〜一八六一）、ウジェーヌ・ラビッシュ（Eugène Labiche 一八一五〜八八）、ヴィクトリアン・サルドゥ（Victorien Sardou 一八三一〜一九〇八）、小説ではウジェーヌ・シュー（Eugène Sue 一八〇四〜五七）、大デュマ（Alexandre Dumas père 一八〇二〜七〇）らがそのレフェランスをいっそう強固なものにしていく。この世紀のボヘミアン生活の神話も、一方ではロマン主義の文学理念に対する共感に支えられているが、他方では社会的栄光を追うというきわめてプチ・ブルジョワ的な心性にも触発されているというべきであって——なぜなら、ボヘミアン生活は到達点ではなく、そのあとにくるはずの社会的栄達にいたる試練として位置づけられているからである——、多くのロマン主義を語るディスクールの欺瞞性は、ロマン主義の内実を強調するあまり、その社会経済的側面を隠してしまっているところにあるのではなかろうか。

若きネルヴァルは父への手紙のなかで、「文学のいいところは、政治的地位を段階ごとに昇っていかなくてもいいことです。骨を折ってしか、しかも下からだとこれだけの意図のために人生のすべてを犠牲にしなければ到達できないようなところに、直ちに、しかも上から入るのです。[43]」と書いている。文学が社会的上昇の一手段であるとの認識が、ネルヴァルのような階級に生まれた若者にまで浸透していたことは確かであろう。さらにかれは別の手紙でつぎのようにも言っている。

文学の仕事はふたつのことからなります。まずあの新聞の仕事ですが、これはずっと文学の仕事に携わる者すべてにそれなりのいい生活を保証し、また固定した地位を与えてくれますが、残念なことにそれ以上、その先は望めません。つぎに本、演劇、芸術の探求ですが、これはつねに長い事前の作業、それになかなか結実しにくい内省と労働の期間がある程度必要な、時間のかかる難しいものです。が、そこにこそ未来が、偉大さが、幸福と栄誉につつまれた老境があるのです。[44]

ジャーナリズムの仕事と本来の文学の活動とが、ネルヴァルなりにはっきり分かたれていることに注意すべきである。一九世紀の若者の多くを文学という「職業」にひきつけ、ボヘミアン的なロマン主義文学者の神話まで作り出した背景には、ジャーナリズムの発達と職業としての文学、言い換えれば文学の資本主義化があったことはすでに述べたとおりである。ボヘミアンや放浪詩人のなかに、産業主義や功利主義、それを土台にした出世主義の対極を見ようとするその後のディスクールは、一見対蹠的にみえるこの両者の不可避の結びつきを巧妙に隠蔽する欺瞞的精神のあらわれとも言える。

スタンダールはおそらく誰よりも早く（ロマン主義運動の渦中にあったからこそそれが可能であったというべきだが）、この欺瞞性に気づいていたのではなかったろうか。詩作が文学のなかで「ひとつの職業」になったという主張をもう一度想い起したい。ここでもかれは同時代の文学現象に対して美学的判断ではなく、むしろ社会経済的見地からの分類を試みている。この批評家の頭にあるのは、文人が生活の糧をどこから得ているかを知ることである。職業的文学者であるか否か——スタンダールは一貫して非職業的文人を評価し、「ただもともともっていた仕事がなくなってしまったという理由でのみ著述家になった」ド・セギュール伯（Philippe-Paul, comte de Ségur 一七八〇～一八七三）を称賛する。さらに、もっぱら文人著述家で成功したのはミニェ（François-Auguste Mignet 一七九六～一八八四）だけであるとも言っている。(45) これに対し、いわゆるものを書くことだけで生活している人間についてはは糾弾の手をゆるめない。なかでも政府機関に抱えられて地位を得ている作家については、

「公的文学」とかれが呼ぶところの一員として舌鋒鋭く攻撃されている。ヴィルマンは「金で買われた文学のヒーロー」であり、[46] キュヴィエは「権力の座にある政党につぎつぎと身を売った有名な博物学者」として批判されるのである。[47] 今日とちがって、どの党にも属さず文筆だけで生活することがきわめて困難な時代であるから、スタンダールがむしろ非職業的著述家を擁護するのは理解できる。むしろこうした反応のなかにこそ、当時のジャーナリズムのありかたへの批判を読み取るべきだろう。

このイギリスの読者向け時評の多くのページが「新聞に対する新たなる陰謀について」というタイトルにもふさわしいとイヴ・アンセルが言っているように、[48] メディアが世論を鋳型にはめ、支配しはじめていること、さらには文学の商業市場を牛耳る権力をもちはじめたことに対してスタンダールが強い警戒感を示している事実は、これまで述べてきたとおりである。書物や思想までもが、その言葉の力、文体の魔力によってではなく、もっぱらマーケティングと当局による保護、そして何よりもジャーナリズムのおかげで読者を見出している現実に深い懸念を表明する手段として、これらの記事は用いられている。同じ時期に産業主義に傾くサン゠シモン主義を『産業者に対する新たな陰謀について』で攻撃したのと同じ構えを保持しつつ、スタンダールは外的要因によって文学的価値が決定づけられていく事態を、まさにその文学外的要因に依拠しながら解剖してみせる。そして、文学内的要因によってのみ成り立つ文学的価値というものの不可能性——そもそも現実においては文学もまず社会的事実として存在し機能している以上、純粋に文学内的価値だけで存立するものではないが、文学が受容される先が単一かつ均質であった時代には、需要する側の価値観が単一であるという事実によって、いわば文学内的要因と文学外的要因のあいだにそれほど大きなズレは存在せず、したがって文学外的な要因が文学内的価値を左右することは、少なくとも表面的にはあまりなかった（あるいは気づかれなかった）――を、だれよりも早く感じとり、その趨勢にいっそう拍車をかける産業主義を果敢に牽制したのである。のちにみるように、かれは小説家として、受容主体のありようから小説を二種に大別することになるのだが（「小間使いのための小説」と「サロンの小説」[49]）、すでにこの時代に受容者としての読者という社会学的観点を強く意識して批評を考えていたことがわかる。ブルデューは「象徴財」（biens symboliques）の「ふたつの経済論理」にもとづく文学の分割を述べているが[50]、スタンダールはすでにその発生の時点でこれを察知し、かれなりの受容美学の論理を構築していたといえるだろう。

たしかにスタンダールは新聞の政治的必要性を認識していた。かれによれば、新聞には「ペテンの悲しき必要性」が入り込むが、政治的自由を保証する手立てとして重要である。けれども新聞は、同時に文学を蝕んでしまうことが問題である。「フランスでは新聞は自由を救い、文学を破滅させる」という『ローマ散歩』の言葉を想起しよう[51]。美術においても文学においても、「ペテン」がなければ世に知られることも読まれることもない。「肉体的あるいは精神的売春なしには何もない」――スタンダールがドラクロワを引き合いに出しながら語ったことは、時代の知的売春を暴いたものであり、この批評家はそこに自由主義的インテリと産業主義的ブルジョワジーの連帯をみたのである。かれにとって《industrie》という語は重要である。もともと「器用さ」「術策」を意味するこの語は、「産業者」(industriels) を論じるときにもどこかそのニュアンスを漂わせている。自分には本を売りだす《industrie》がないと言うとき、[52] それは文学の世界が早くも産業者の術策に支配されつつあることへの嘆きでもある。

疑いなくフランスにはジャーナリズムの策謀と派閥に無縁の書き手が数多くいるし、そういう書き手は自分にとってなじみのある主題を論じることのできる人たちだろう。けれどもこの人たちは、隷属的な凡庸さの外では何一つ成功できないことを確認すると、持ち前の才能を行使しようとしなくなる。今日、ある程度のペテンがなければ、パリで成功することは不可能だからである。[53]

晩年のスタンダールは、文学、芸術、学問をとわず、社会のほとんど全領域に浸透した欺瞞のまえに、文学活動そのものの価値を疑いはじめているようにさえみえる(「一九世紀の唯一無二の宗教であるペテンの悲しき必然性」)。[54]「一八四二年、わたしにはなんら名声がない。ひと目でわかる大きな理由〔《industrie》の欠如〕、そしてそれをみなが批判するのだが、これ以外にわれ知らず騙されていたべつの決定的な理由を発見する。一八四〇年に存在しているような文学生活はみじめな生活である。

それはわれわれの本性のもっともみじめで小さな不幸に満ちた本能を呼び覚ます。」[55]死の二か月前、『パルムの僧院』の著者は、その自家本にそう書き記す。よく考えてみると、この小説家は晩年の『フェデール』にいたるまで文学者あるいは芸術家を主要な登場人物に据えて小説を書いたことがなかった。戯曲として試みたことはあっても、また小説の脇役として詩人を配したことはあっても（フェランテ・パラのように）、それらが主役に置かれることはなく、またその文学もしくは芸術活動が直接小説の内容にかかわるものでもなかった。このことは、小説家が『イタリア絵画史』や『ロッシーニ伝』の著者であり、『ラシーヌとシェイクスピア』をはじめとするさまざまな文学的パンフレットや文芸雑誌記事を書いてきたことを考慮するとき、いささか不思議な感がある。あるいは『ルテリエ』や『二人の男』などに見るように、若年期からの演劇のテーマとして部分的に温存されてきたものであって、小説としてよりも喜劇として展開するにふさわしい主題と考えていたのかもしれない。しかし、すでに一八三六年には喜劇の不可能性を嘆いていたのであって[56]、晩年にいたるまで文学者や芸術家が主人公となる小説を書かなかったとすれば、やはり奇妙というべきだろう。それゆえにこそ、未完であるとはいえ、最晩年の小説において画家を主人公に仕立てたことは重要と考えられるべきだろう。小説『フェデール』は、その副題が示すように拝金主義者の画家が主人公である。金のために肖像画を描くのを潔しとしなかったフェデールが、結局、拝金主義の道に走り、芸術家としての魂を捨ててしまうというのがこの小説のモチーフである。さきに引用した「一八四〇年に存在しているような文学生活はみじめな生活である」という言葉とこの小説のモチーフがどこかで共振するとしたら、おそらくそれは一九世紀という時代が要請するペテンという悲しき必然性への深い認識なのではなかろうか。

（1） *Souvenirs d'Égotisme*, in *Œuvres intimes II*, édition établie par Victor Del Litto, Gallimard, coll. « Bibliothèque de la Pléiade », 1982, p. 437.

（2） *Ibid.*, p. 438.

（3） *Ibid.*, p. 439.

（4） *Ibid.*, p. 439.

（5） Michel Crouzet, *Stendhal ou monsieur Moi-même*, Flammarion, 1990, p. 380.

（6） Charles Simon (sous la dir. de), *Paris de 1800 à 1900, d'après les estampes et les mémoires du temps*, Plon, 1900, pp. 605–606 ; Lily R. Felberg, *Stendhal et la question d'argent au cours de sa vie*, Éditions du Grand Chêne, 1975, p. 46. なお、この話は一八二九年のものとされている。

（7） François Michel, *Études stendhaliennes*, Mercure de France, 1958, p. 47.

（8） « L'Aristarque ou Indicateur universel des livres à lire », in *Œuvres complètes*, Cercle du Bibliophile, 1967–1974, t. 46, pp. 39–41.

（9） この小説の登場人物ルスヴェン卿の名は、小説を読んだバイロンの主治医ジョン・ポリドリが自作『吸血鬼』（*The Vampire*）でこれを使うことになる。

（10）王政復古期のフランスを叙述したものだが、これによって彼女はジャコバン的であるなどとして『クォータリ・リヴュー』（*Quaterly Review*）誌からはげしく攻撃された。

（11）ダブリン生まれで、軍隊生活のあと、南米ベネズエラに渡ろうとボルドーに立ち寄り、そこで結婚を契機に文筆家となった。すぐにパリに居を移して同時代のフランスの文人たちと交流、多くの詩を英訳し、いくつかの雑誌に寄稿する一方、自らも『パリ・マンスリー・リヴュー』を発行した。

（12）Renée Dénier, « Introduction » à *Stendhal Paris-Londres*, Stock, 1997, p. XXIII.

（13）Lily R. Felberg, *op. cit.*, p. 46.

（14）*Correspondance II*, édition établie et annotée par Henri Martineau et V. Del Litto, Gallimard, coll. « Bibliothèque de la Pléiade », 1967, p. 105.

（15）Henri Martineau, *Le Cœur de Stendhal*, Albin Michel, 1952, t. II, p. 72. 記事一本につき七五フランで、三年間で五九本書いている。

（16）パリ時代のスタンダールは、一八二二年以降、『恋愛論』、『ラシーヌとシェイクスピア』（Ⅰ、Ⅱ）、『ロッシーニ伝』、『ローマ、ナポリ、フィレンツェ（一八二六年）』、『アルマンス』、『ローマ散歩』を作品として出しているが、『恋愛論』がほとんど売れなかったことは有名で、『ラシーヌとシェイクスピア』についてもⅠは著者負担であったし、Ⅱについては三〇〇フラン要求しているものの（*Corr. II*, p. 28）、どれだけ売れたかはっきりしない。『ロッシーニ伝』からは、一二〇〇フラン（*Corr. II*, p. 13）、またその英語版によっても一二〇〇フランを得たようだ（*Corr. II*, p. 11）。さらに、『ローマ、ナポリ、フィレンツェ（一八二六年）』で一〇〇〇フラン、『アルマンス』でも一〇〇〇フラン、『ローマ散歩』で一五〇〇フランの支払があったようである。*Cf.* Lily R. Felberg, *op. cit.*, pp. 48-49.

（17）Michel Crouzet, *op. cit.*, p. 390.

（18）これ以外にも、スタンダールは折にふれていくつかの雑誌に寄稿している。『メルキュール・ド・フランス』（*Mercure de France*）、『季刊評論』（*Revue trimestrielle*）、『フランス通信』（*Courrier Français*）、『グローブ』（*Le Globe*）、『国民派』（*National*）、『時代』（*Le Temps*）、『パリ評論』（*Revue de Paris*）などだが、これらから得た報酬は無視できる程度である。

（19）たとえば一八三〇年前後の危機にボサンジュ（Bossange）やラドヴォカ（Ladvocat）が、四五年にはキュルメール（Curmer）が、さらに四八年にはエッツェル（Hetzel）が倒産の憂き目にあっている。

（20）ちなみに一八六〇年代はじめにエミール・ゾラがアシェット社に入社していることを忘れるべきでない。それまでロマン主義的色彩の濃い作品を耽読していたかれは、ここで時代の向かいつつある方向を見定め、その後、同時代の現実や社会に密着した小説を書き、二〇年後に『実験小説論』としてその理論をまとめるようになるのである。

（21）ディアズのこのような考え方の理論的展開は José-Luis Diaz, *L'Écrivain imaginaire. Scénographies auctoriales à l'époque romantique*, Paris, Honoré Champion, 2007 に見ることができる。とくにスタンダールについては José-Luis Diaz, « Manières d'être écrivain », in *Stendhal journaliste anglais*, Presses de la Sorbonne Nouvelle, 2001, pp. 55–56.

（22）« Lettres de Paris, par le petit-neveu de Grimme », in *Stendhal Paris-Londres*, édition établie par Renée Dénier, Stock, 1997, p.243.

（23）*Ibid.*, p. 243.

（24）スタンダールはアカデミーを「文学のソルボンヌ」として、その伝統に凝り固まった教条主義を揶揄している。*Cf.* « Publications étrangères », in *Stendhal Paris-Londres*, p. 127.

(25) Philippe Berthier, *Stendhal et Chateaubriand. Essai sur les ambiguïtés d'une antipathie*, Droz, 1987.

(26) « L'état acutuel de la littérature française en prose », in *Stendhal Paris-Londres*, p. 423.

(27) *Ibid.*, p. 425.

(28) *Ibid.*, p. 425.

(29) *Ibid.*, p. 425.

(30) *Ibid.*, pp. 425–426.

(31) *Ibid.*, p. 426.

(32) *Cf.* « Qu'est-ce que le romanticisme ? », in *Racine et Shakespeare, étude sur le romantisme*, présentation de Roger Fayolle, Garnier-Flammarion, 1970, p. 160.

(33) « Lettres de Paris, par le petit-neveu de Grimme (I) », in *Stendhal Paris-Londres*, p.247. 曖昧で飾り立てた表現と簡潔で正確な言葉の対立は、小説のなかでも登場人物の社会的帰属を暗示する道具としてしばしば用いられる。イヴ・アンセルは『赤と黒』のなかのジャンセニスム派に属するシェラン師、ピラール師の言葉づかいと、すべてを言っているようでじつは何も言っていないイエズス会派の長々しい言葉づかいとのあいだにある対立を指摘している。Yves Ansel, « Sociocritique stendhalienne », in *Stendhal journaliste anglais*, p. 17, note.

(34) « Lettres de Paris, par le petit-neveu de Grimme (I) », in *Stendhal Paris-Londres*, p.247.

(35) « Publication étrangères », in *Stendhal Paris-Londres*, p. 115.

(36) *Ibid.*, p. 115.

(37) *Ibid.*, p. 127.

(38) *Ibid.*, p. 128.

(39) « L'état acutuel de la littérature française en prose », in *Stendhal Paris-Londres*, p. 422.

(40) « Esquisses de la société parisienne, de la politique et de la littérature (VI) », in *Stendhal Paris-Londres*, p. 699.

(41) « Publications étrangères », in *Stendhal Paris-Londres*, p. 92.

(42) « Lettres de Paris, par le petit-neveu de Grimme (XI) », in *Stendhal Paris-Londres*, p. 573.

(43) Clément Borgal, *De quoi vivait Gérard de Nerval*, Deux-Rives, 1953, pp. 30–31.

(44) *Ibid.*, pp. 21–22.

(45) « Lettres de Paris, par le petit-neveu de Grimme (I) », in *Stendhal Paris-Londres*, p. 246.

(46) « Esquisses de la société parisienne, de la politique et de la littérature (I) », in *Stendhal Paris-Londres*, p. 630.

(47) « Esquisses de la société parisienne, de la politique et de la littérature (IX) », in *Stendhal Paris-Londres*, p. 743.

(48) Yves Ansel, *op. cit.*, p. 16.

(49) « Projet d'un article », in *Le Rouge et le Noir*, édition de P.-G. Castex, Garnier, 1973, pp. 712–715.

(50) *Cf.* Pierre Bourdieu, *Les Règles e l'art*, Seuil, 1992, pp. 201–245.

(51) *Promenades dans Rome*, in *Voyages en Italie*, édition établie par Victor Del Litto, Gallimard, coll. « Bibliothèque de la Pléiade », 1975, p. 600.

（52）*Souvenirs d'Égotisme*, p. 452.

（53）« Esquisses de la société parisienne, de la politique et de la littérature (XI) », in *Stendhal Paris-Londres*, p. 760.

（54）*Mémoires d'un touriste*, in *Voyages en France*, édition établie par Victor Del Litto, Gallimard, coll. « Bibliothèque de la Pliade », 1992, p. 14.

（55）*Journal*, in *Œuvres intimes II*, p. 423.

（56）« La comédie est impossible en 1836 », in *Œuvres complètes*, Cercle du Bibliophile, 1967–1974, t. 49, p. 153.

第三章　スタンダールと経済思想

（一）なぜ「経済学」か

これまでみてきたように、スタンダールは同時代の文壇や著述家の周囲で起きている事実をひとつの社会現象として見ているところがあった。それは、ジャーナリズムの発達や読者層の変容、さらにはロマン主義運動のような新しい文学運動が大きな政治社会的変動とともに生じているという認識があったからであるが、一九世紀というブルジョワの世紀がそれまでの世紀とは比較にならないほど経済的な要因によって動かされているという自覚があったからでもある。一八世紀末の政治革命は目にみえる劇的な革命であり、その分インパクトも強い。一方、産業革命とそれに付随する市場経済の発達と資本主義化は、暗黙のうちに人びとの生活に影響を及ぼす。文学や芸術のありようも、それとは一見関係がないかにみえる経済的要因によって深く侵食されるのであって、その意味で芸術家や知識人のあいだでそうした経済的側面を看過できないものとみなすようになっていくとしても不思議はないだろう。では、そのような状況のなかでスタンダールの思想的構えはどうであったのか。

ヴィクトール・デル・リットは大著『スタンダールの知的生活』(*La vie intellectuelle de Stendhal*)のなかで、一九世紀初頭におけるスタンダールの経済学への関心と、当時かれが読んだ経済学関係の著作からの影響を精査して、そこにみられる関心は一時的なものであり、その後の活動に大きな影響をもたらすものではなかったと結論づけた。[1] その根拠として、この学問にはいまだ「不明確な、あるいは相矛盾する点」のあることを見出したという『アンリ・ブリュラールの生涯』の記述、[2] 一八一八年のマレスト宛の手紙にみえる「わたしはこの学問を放棄する」という表明、[3] さらには、ドレクリューズの家で催されていた日曜日の集会でたまたま会話が経済学に向いたとき、スタンダールが恐ろしいばかりの渋面をつくり、帽子をとって立ち去ったというエピソードを挙げている。[4]

ところが、十数年後に出した論考では論調をいくぶん変化させ、以下のように書いている。

職業的経済学者にとっては、二人のグルノーブル出身者〔スタンダールと友人ルイ・クロゼを指す〕[5] が紙面に書きつけた考えは間違いなく嗤うべき片言にすぎない。とはいえ、それらの考えが月並みな思想の枠内にとどまるものなのか、あるいは一八世紀の経済論に対して独自の方向性の芽を含んでいるものなのか、誰しも知りたくなるところだろう。いずれにせよ、以下の一点には議論の余地がない。すなわち、経済学の実践がスタンダールの人生の一段階をなしているということだ。この点を知らなければ、あるいは過小に評価すれば、スタンダールの人生を貧弱にするのみならず、一五年後に発行されるパンフレット『産業者に対する新たな陰謀について』の意味と射程を捉えそこねることにもなりかねない。(6)

この変化の背後には、スタンダールの経済学的思想背景に関わる研究が一九六〇年代にいくつか世に出たという経緯があるように思われる。とくにフェルナン・リュードが一九六七年に『スタンダールと同時代の社会思想』(*Stendhal et la pensée sociale de son temps*)を出したことは大きい。(7)リュードはマルクス主義的な立場からスタンダールと同時代の社会思想(経済思想を含む)との関係を論じ、いささか性急な結論にもみえるが、この作家を「自由主義者以上で社会主義者の手前」(plus qu'un libéral et pas encore un socialiste)という線上に位置づけようとした。(8)七〇年代にはいると、今度は構造分析的な手法から『産業者に対する新たな陰謀について』を解析し、これを本来の政治的パンフレットとしての機能をもちえない「不可能なパンフレット」とみなして、リュードの主張とは逆にその社会的意味とイデオロギー性を小さく見積もるとともに、同時代の思想的文脈との隔たりのなかにスタンダール自身の審美的態度を読み取るような読解がなされた。(9)その後、スタンダールの経済思想は、もっぱら反俗的精神性、貴族的審美主義、反アメリカ的ブルジョワ主義といった文脈にもち込まれて語られることが多く、[10]かれ自身が王政復古から七月王政期において「経済学」をどのように捉えていたかはほとんど問われることがなくなった。

しかしながら、一九世紀前半における文学者を含む著述家と「経済」の関係は、今日よりもはるかに近かったと思われる。スタンダールやバルザックが著述活動を開始したのは、古典派経済学が形をなし、フランスの経済学史においてもそれがようやく明確なかたちであらわれはじめた時代である。[11]ロマン派の時代は、思想史的にみれば経済学の創成期に相当し、一見すると文学と無縁にみえる「経済」だが、この時期の著述家のあいだで盛んに論じられた。それは、経済学というものがまだ専門的に未分化であり、この時代の経済学が « économie politique » という名称で言い表されていたように、経済学と政治とが相互に浸透し合い、社会全般を論じる次元ときわめて近いところにあったからである。今日のように専門化して一般人の手の届かない学理となった状況とはちがって、アダム・スミス（Adam Smith 一七二三〜九〇）やそれに続く一八世紀末から一九世紀初頭の経済学者たちの議論は、人びとの生活や幸不幸を論じるひとつのやり方でもあり、道徳や政治理念を論じる次元とそう変わりはなかったのである。このことは、

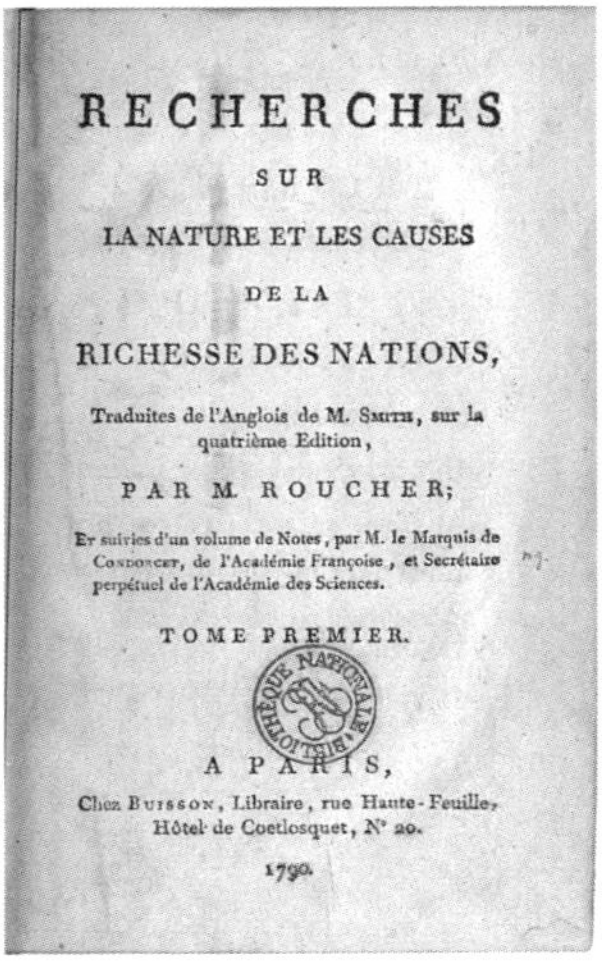
RECHERCHES
SUR
LA NATURE ET LES CAUSES
DE LA
RICHESSE DES NATIONS,
Traduites de l'Anglois de M. Smith, sur la quatrième Edition,
PAR M. ROUCHER;
Et suivies d'un volume de Notes, par M. le Marquis de Condorcet, de l'Académie Françoise, et Secrétaire perpétuel de l'Académie des Sciences.
TOME PREMIER.
A PARIS,
Chez Buisson, Libraire, rue Haute-Feuille, Hôtel de Coetlosquet, N° 20.
1790.

『国富論』ルーシェによる仏訳（1790年）

アダム・スミスが道徳哲学から出発し、最初の大著というべき『道徳感情論』（一七五九）が『国富論』（一七七六）の執筆時期にいたってもなお改訂され続け、スミスにとって両者は当然のように連続性をもつものであったことからも想像されよう。『道徳感情論』の第四版に付された副題は「人間がまず隣人の、つぎに自分自身の行為や特徴を自然に判断する際の原動力を分析するための論考」というものだが、当時の経済学的思索はこうした論考の延長にあるものであった。近代の経済史のなかに含まれる著作のうち、この時代に出版された他の書物のタイトルを一瞥してもそれは窺われる。一九世紀に入って、空想社会主義者と呼ばれる人びとがあらわれえたのも、同じような理由からであった。

したがって、そのような時代的趨勢のなかにもう一度スタンダールを置き戻して考えることは重要である。一時的にではあれ、銀行家を目指したことがあり[12]、経済学の書を計画したことさえあるスタンダール[13]と、『産業者に対する新たな陰謀について』をもってサン＝シモン流の産業主義に激しく抵抗するスタンダール、さらには未完の大作『リュシアン・ルーヴェン』のいわばもう一人の主人公ともいえる父ルーヴェンを大銀行家に仕立てたスタンダールは、けっして別人ではない。学として黎明期にあった経済の思想を受容した世代に属する作家を十全に理解するためには、マルクス主義的批評の観点からも構造主義的分析からも離れて、いま一度同時代の原点において経済思想との関わりを再考することが不可欠の作業である。

（二） ÉCONOMIE POLITIQUE

まず「経済学」という語について明確にしておきたい。すでに触れたように、ここでいう「経済学」とは « éconimie politique » のことである。現在、フランス語で「経済学」は « science économique » というのが普通だが、一八世紀から一九世紀前半にかけては « économie politique » という語を使用するのが一般的であった。シスモンディ（Jean Charles Léonard Simonde de Sismondi 一七七三～一八四二）の定義を引用すれば、「今日、財産を予防的かつ倹約的に管理することを « économie » とよんでいる。そして、私的な財産の管理のことを一種の同語反復によって « économie domestique » というがために、国家財産の管理については « économie politique » というようになった」（『新経済学原理』）[14]のであり、フランス語大辞典 *Trésor de la langue française* でも « économie politique » を現在の « science économique » の同義語として、「富の生産、再配分および消費、さらに社会に生活する人間がこの目的のために展開する活動の総体」と定義されている。[15] スタンダールが経済学と関わるのは、ちょうどこの用語の意味が確定しはじめた時期、すなわち、近代的な意味で「経済学」という学問が誕生したところである。

当時のフランス経済学の大御所ジャン＝バティスト・セー（Jean-Baptiste Say 一七六七～一八三二）

も、やはりその著『経済学概論』(*Traité d'économie politique*) において、« économie politique » の語の意味を以下のように明確にしている。「社会の体制についての学である本来の意味の « Politique » と、社会の要請に応える富がいかにして形成され、分配され、消費されるかということを教える « Économie politique » とを、人びとは長きにわたって混同してきた。しかしながら、富は政治体制からは本質的に独立している」[16]。こう述べたあと、経済の議論に政治的要素を紛れ込ませたとしてジェームズ・スチュワート (James Denham Steuart 一七一二〜八〇) をはじめとする一八世紀の重商主義および重農主義の経済学者を批判し、また『百科全書』の « Économie politique » の項を執筆したジャン=ジャック・ルソーを非難したうえで[17]、アダム・スミス以降、ようやく二つの学が明確に分かたれ、「もっぱら富を扱う学に « Économie politique » の名称を、政府と民のあいだの関係および政府どうしの関係を指すのに « Politique » のそれを充てる」[18]ようになったと書く。これらの記述が教えるのは、一九世紀初頭にいたってもなお、経済と政治の区別はつけにくく、両者は学問的にもきわめて近いところにあったということである。

ジャン=バティスト・セー

ところで、フランス語に « économie politique » という語があらわれたのは一七世紀初めのことで、アントワーヌ・ド・モンクレティアン (Antoine de Monchrestien de Watteville 一五七五〜一六二一）が書名としてこれを使用したのが最初とされる。[19] 近代国家が中央集権をともない、国家の強大な力のもとで経済活動を管理するようになると、君主の富がまず問題になる。重商主義とはまさに君主と商業の関係をとおして国家の繁栄を考えるものであり、実際、問題となっていたのは、貨幣とその源である外国貿易という二つの領域において、商業と君主権がどのような関係にあるかということであった。これに対しアダム・スミスは、富とは商品経済における社会的分業労働による生産物であり、この労働力の増大こそが国家の富の増大であるとして、重商主義の貨幣偏重と重農主義の農業労働偏重を批判した。とくに『国富論』第四篇で展開されている重商主義的な統制経済の批判、さらに「自由放任」を説いている部分はよく知られているとおりである。

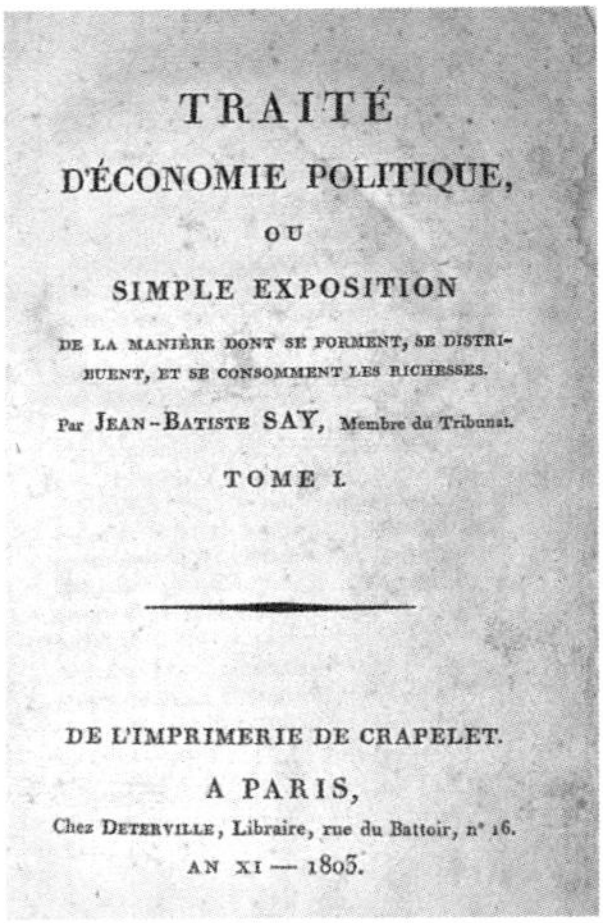
TRAITÉ
D'ÉCONOMIE POLITIQUE,
OU
SIMPLE EXPOSITION
DE LA MANIÈRE DONT SE FORMENT, SE DISTRIBUENT, ET SE CONSOMMENT LES RICHESSES.
Par JEAN-BATISTE SAY, Membre du Tribunat.
TOME I.

DE L'IMPRIMERIE DE CRAPELET.
A PARIS,
Chez DETERVILLE, Libraire, rue du Battoir, n° 16.
AN XI — 1803.

『経済学概論』初版扉（1803年）

　このような経済と国家の関係は、一七世紀から一八世紀にかけて重大な関心事であって、経済学はほとんど国家体制を論じるものになっていた。セーが経済学をより厳密に規定しようとしたのは、アダム・スミスを継承して、社会における富の生産と配分の問題を厳密に分析するものとしてこの学を打ち立てようとしたからであろう。

スタンダールが経済学に目覚めたのはまさに新しい経済学の潮流が生まれたころであり、したがって、今日「古典派経済学」と呼ばれる理論をほぼリアルタイムで読んでいたといってよい[20]。にもかかわらず、スタンダール研究史が「経済学」的な側面をあまり強調してこなかった背景には、いくつかの理由がある。第一に、この面での資料的整備が遅れたこと。デル・リットが述べているように、歴代のスタンダリアンは経済学の研究を尊重しようとせず、『産業者に対する新たな陰謀について』のようなパンフレットの重要性についても誤認した。たとえば第一世代の研究者ルイ・ロワイエは、スタンダールの書き込みのある多くの書籍をルイ・クロゼの書斎で手にしたにもかかわらず、そのひとつであるジャン＝バティスト・セーの『経済学概論』について「重要でないいくつかのノート（quelques notes sans importance）[21]」があるのみとして、まともに取りあげることをしなかった。したがって、この領域に関係する本への書き込みなど、いわゆる「マルジナリア」の資料的整備が長い間不完全なまま残され、このあとの世代の研究者もこの領域に深入りすることは基本的になかったのである。二〇世紀半ばをすぎてようやく、デル・リットによってこうした「書き込み」が実証的な検証とともに刊行され、研究資料として提示されることになったが[22]、この時期、デル・リット自身もいまだ「経済学」をそれほど重視していたわけではなかったことは前述したとおりである。

第二に、先に触れたように、この資料の重要性をいち早く見抜いたリュードではあったが、スタンダールをいわば左翼的前衛に近づけようとする意図があまりに露骨であったために、その反動を招いてしまったという側面もあろう。ミシェル・クルーゼ以前の評伝がまともに『産業者に対する新たな陰謀について』を論じていない点からも想像がつくように、[23]スタンダールにおける経済学的な思想背景はほとんど無視されてきたのである。

（三）スタンダールにおける「経済学」と文学

この作家における「経済（学）的なるもの」への言及は、文学研究によくある弊害として、芸術性と対極にあるブルジョワ的な金銭や時代の拝金主義への批判と安易に結びつけられ、結果として文学的価値と直接関係ない次元のものとして処理されがちであった。しかし、『産業者に対する新たな陰謀について』においてサン＝シモン主義者の主張に激しい抵抗を示したのは、おそらくかれなりの古典派経済学への期待（その限界とともに）をもっていたからである。すなわち、スタンダールが経済学にみたのは自由主義的な経済観なのであって、経済活動が国家から自由な状態であることが担保されるという点が重要であった。その自由な経済活動が、実際には作家活動を激しい経済・商業システムのなかに取り込んでしまい、市場原理の要請からむしろ創造の自由が封殺されることになるのはいわば論理的必然なのだが、スタンダールの矛盾は、経済的自由主義という理念を信奉しつつも、「ものを書くこと」が資本主義的経済システムに組み込まれ、それに支配されるという現実には首肯できなかった点にある。そして、その抵抗感をもっとも刺激したのが小説家と産業者を結びつけるというサン＝シモン派の主張であった。

さきにも触れたように、サント＝ブーヴは一八三九年九月、『両世界評論』に「産業的文学について」を発表し、「産業的文学が到来して批評を抑圧し、ほとんど反論の余地なく、しかもまるで以前から存在していたかのようにその場を占めている」と同時代の文学状況を嘆くことになるが、[24] これより七年ほどまえにスタンダールもほぼ同じ視点から同時代の文学状況を分析し、つぎのように述べている。

フランスのどの女性も小説を読んでいるが、すべての女性に同程度の教育があるわけではない。だから、小説のなかに〈小間使い〉のための小説（本屋によって発明された語だと思うが、この語の露骨さを許されたい）と〈サロン〉の小説のあいだに区別ができたのだ。[25]

急速に拡大する読者層と、それにともなう文学営為の変容を鋭い嗅覚で嗅ぎ取った小説家は、成功する小説（十二折版の小説）と文学的価値をもとめようとする小説（八折版の小説）の対立が、読者のみならず、それらを出版する出版界においても分化を起こしつつあることを指摘した。このような指摘は、出版界が活況を呈するようになった七月王政期にはしばしばみられ、ギュスターヴ・プランシュ（Gustave Planche 一八〇八〜五七）やデジレ・ニザール（Jean Marie Napoléon Désiré Nisard 一八〇六〜八八）といった、現在ではほとんど忘れ去られた作家たちも、生産（作者と出版社）、消費（読者）、出版様態（本のかたち）における二元化を随所で語っている。前者は面白半分にアダム・スミスの分業理論を引き合いに出しながら、文学のなかにあきらかに異なる二つの部分、すなわち「芸術（art）」と「産業（industrie）」があると言い、後者は「安易な文学」（littérature facile）という概念をもち出して、本来あるべき文学との隔たりを論じた。(26)

プランシュが使用した「産業（industrie）」という語からサント＝ブーヴの「産業的文学について」を想起するのは容易であろう。一八二〇年代半ばから三〇年代にかけて、じつは「産業的（industriel）」という語はある意味で流行語であった。サン＝シモンの『産業者の教理問答』（*Catéchisme des industriels*）とスタンダールの『産業者に対する新たな陰謀について』あたりから « industriel » の語が独自の政治性を帯び、きわめて広汎な意味で使用されるようになる。そもそも「産業」と「文学」は結びつきにくい概念だが、王政復古期末期から七月王政にかけてのメディアの急速な発達を前にした当時の批評家にとっては、両者の結びつきはごく自然なものになっていた。「産業的文学」がしだいに地歩を固め、そのことによって芸術的な文学を脅かすようになりつつあった環境のなかで、作家という仕事とその職業的栄光とを混同してしまうような状況があちこちで見えはじめていたからである。(27)著作権という「悪魔」(28)に支配されはじめた作家は、商業主義に踊らされるジャーナリズムの要請と、真摯で丹念な批評とを取り違えてしまうのだ。商業のロジックによれば、本は何よりも生産物であり、作家は生きるために売る目的でものを書く。サント＝ブーヴにしたがえば、作家の職業化がこのような経済性を第一とするような環境と、それに対する順応主義的な態度を生んだのである。「産業は夢にまで侵入し、産業の姿に似せて夢をつくってしまう」(29)。そして、原稿の水増しを許す連載、海賊版の生産、文芸家協会（Société des gens de lettres）の創設などがその事態を助長しているのだという(30)。

ここで注目したいのは、サント＝ブーヴが文芸家協会を否定的にみていることだ。この協会は、ジャーナリストで作家でもあったルイ・デノワイエ（Louis Desnoyers 一八〇二～六八）によって一八三八年に創設されたものだが、基本的にはバルザックの考えがもとになっており、作家の権利、すなわち著作権の確立を目的とした私的団体である。バルザックをはじめ、ジョルジュ・サンド、アレクサンドル・デュマ、ヴィクトル・ユゴーら、錚々たるメンバーが名を連ねることになるが、上述のようにサント＝ブーヴは必ずしもこれを肯定的にみていなかった。というのは、作家の職業化に対していくぶん懐疑的であったからである。すでに一八三〇年代後半には、生活のために書く作家が数多く存在し、かれらはその知名度と既刊作品数によって原稿料が段階的に決められていたわけで、出版という「産業」のなかに完全に組み込まれていたといってよい。たとえば、出版界の帝王エミール・ド・ジラルダンは発行物数と原稿料から作家を五段階に分けている。作品が二五〇〇部売れ、一巻あたり三〇〇〇～四〇〇〇フランで買ってもらえる小説家（ヴィクトル・ユゴーとポール・ド・コックのみ)、作品が一五〇〇部売れ、原稿料が一五〇〇〜一七五〇フランの作家(これは四人といない)、以下同様に販売部数一〇〇〇から一二〇〇部で原稿料が一〇〇〇〜一五〇〇フラン(六人といない)、六〇〇〜九〇〇部で五〇〇〜八〇〇フラン(一二人)、五〇〇部以下で一〇〇〜三〇〇フラン(無数にいる)、という具合である。このジラルダンの記事は、自身が発行した雑誌『家庭博物館』(*Musée des familles*)に発表されたものだが、記事のタイトルが興味深い。すなわち「商業的調査、文学産業」(Enquête commerciale, industrie littéraire)というもので[31]、ここにも「産業」という語が使われている。このような著述家の階層的序列は、「筆一本で生活する作家」という神話と憧憬を作り上げていく一方、「食べるために書く」作家を大量に産み出すことにもなる。サント＝ブーヴの懸念は、まさにこのような環境のなかで文学が産業化していくことにあり、極端な職業化は必然的に産業化の道を進む危険性があると考えたのである。もちろんサント＝ブーヴが作家の権利を軽視したり、文芸家協会による著作権擁護運動を否定したりしているわけではない。このように団体が著述家を守る交渉を肩代わりしてくれるのはたしかによいことではあるが、ある著述家の著作物についてそのような団体が交渉しはじめると、事実上、所有権が著作者よりもその団体にあるかのような事態になる可能性があって、もしそうなってしまうと、それこそ著述家にとっての足枷となり、結果として隷属することになってしまいかねない。そして、そのような団体が自らの権益を守ろうとするあまり、徒党を組んで仲間を褒め合うような仕儀にいたり、結果として文学の質を落とすことになるのではないか、と考えたのである。

文芸家協会が一致して、自分たちの夜なべ仕事にできる限りの報酬（salaire）を確実にしようと最善を尽くすのは理解できる。ただし、かれらの団結した力が自制的で公正な状態に保たれ、出版業者に拘束を加えるようなことがなければの話である。というのも、ここでは労働者の団結を想起させるようないかなるものにも陥ってはならないからだ。そのようなことは、すでに仲間うちのすること（compagnonnage）だとして、仲間意識（camaraderie）に反対して声を挙げたのであるから。(32)

ここでいう「仲間意識」（camaraderie）とは、ウジェーヌ・スクリーブが一八三七年一月にフランス座で上演した『仲間意識、あるいは手助け』（*La Camaraderie ou la Courte Échelle*）という五幕ものの喜劇を踏まえたもので、新聞紙上で批評記事と称して互いに仲間内をもちあげることをいう。サント゠ブーヴ自身は、著作権というものをもっと単純に考えていて、著述家みずからが利益集団の先頭に立ってその保護を訴えるようなものではないと捉えていた。そのような戦いに進んで参入していくことは、著述家として品位に悖るとも思っていたようで、「物質的状況と生活困窮の心配事によって、このようなところまで組織化と宣伝が進んでいることは文人にとって悲しいことではないだろうか」

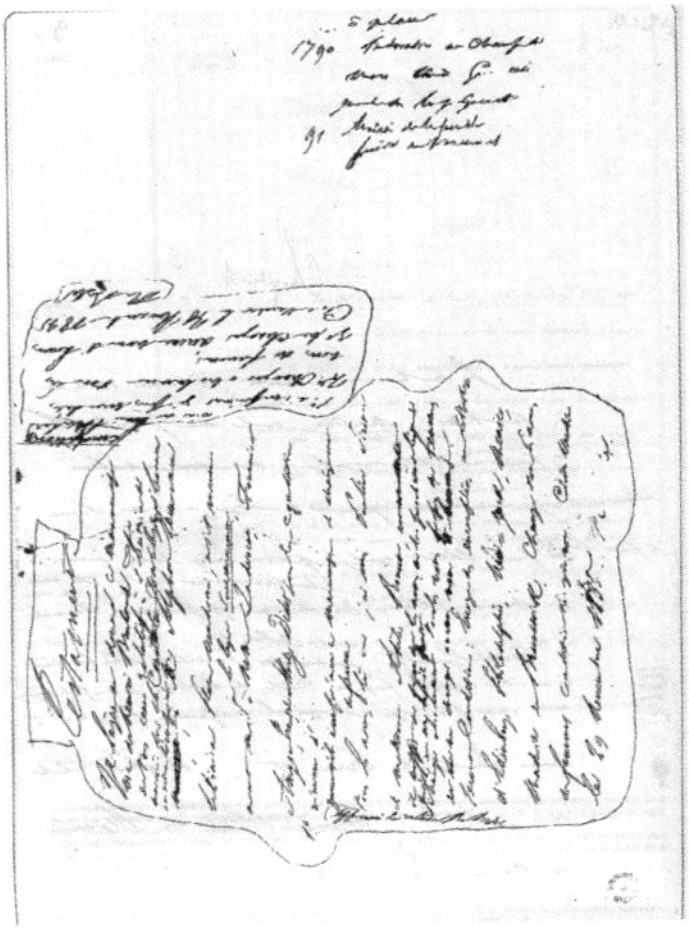

自伝『アンリ・ブリュラールの生涯』の草稿。第一章冒頭の手稿裏面に雑然と書きつけられたメモ。

と言いつつ、敵対するバルザックが会長をつとめる文芸家協会というこの組織を攻撃するのである。作家が著作権の保護を訴えようとするなか、出版業界も資本主義の経済体制のなかに本格的に組み込まれるようになり、作家の威厳は「金」と切り離せないものになったことがここからも読みとれるだろう。

スタンダールもまた著作権にはほとんど関心を払わなかった。若い時期には女優を囲ってモリエールのような喜劇作家になることを夢見たりはしたが、生涯をつうじてかれがもとめたのは「生活のために書く」ことではなく、書く喜びのために書くことであった。つまり、作家であるまえに書くことによって生きた人であった、ということだ。作家として「作品」を書くよりもペンを走らせることが先にあったということであり、「小説家」や「劇作家」であるまえに「書き手」（écrivain）だったのである。「紙を黒くする」（noircir）という語はスタンダールにとってきわめて重要な語であって、何を書くかよりも、書くこと自体にまず意味があった。したがって、書く行為が書く内容を凌駕し、侵食することもしばしばである。小説原稿の端々にその日の生活の断片がメモとして侵入してくることは日常茶飯事であるし、そもそも『アンリ・ブリュラールの生涯』の手稿には、どこまでがテクストでありどこからがテクスト外なのかが判然としない部分が多くある。内容に行為が優先する――スタンダールのテクストを特徴づける第一の要素は、書くことそれ自体の優先性ということだ。『ブリュラール』のテクストに「脇道にそれている」(Je m'égare) という文が幾度も登場するが[33]、これも「書く行為」が先にくるあまり、「書かれるべきこと」と「思わず書いてしまうこと」の敷居の低さからくるものであり、そのことへの反省として読まれるべきものである。小説技法にいわれる「作者の闖入」も、この観点から考えてみればじつは自然な事態なのであって、「技法」と呼べるほどのものではないともいえる。少なくともスタンダール自身はそのような方法的意識をもってこれを使用したのではないだろう。

そしておそらくこのような自由に書く快楽(究極の「エクリチュールの快楽」)を可能にするものは、今日のわれわれにはいささか奇妙に聞こえるかもしれないが、職業作家という地位ではなかった。というのも、「売れる」ためには「小間使い」に読まれ理解される本を書かねばならず、このような奔放で自由なエクリチュールは可能なかぎり抑制して、商業的利益に沿った作品を書かなければならないからだ。つまり、スタンダールがもとめていたのは、「書くこと」をできるだけ経済活動と引き離すことなのである。そしてそれを理想的なかたちで可能にするのが年金生活者という地位であった。

スタンダールの父の吝嗇に対する罵りにも似た攻撃は、一見すると理解しがたい。自伝的断章のなかに「かれの父親は、世間一般の声にしたがえば、五〇〇〇ないし六〇〇〇フランの年金をかれに残してやるべきだった。が、その半分も残さなかった。だからベール氏は生活を切り詰めるべく努力し、それに成功した」[34]とわざわざ記し、別の断章でも（父の死亡年を間違えつつ）「B氏〔父シェリュバン・ベールのこと〕は（フェリックス・フォール氏を介して）息子に一〇〇〇フランの年金を残すと言ったのに、残したのは三〇〇フランの財産だった」[35]と述べ、父を非難する。こうした父と子の関係を、あざといほど明瞭に自伝にあらわれるエディプス的構図から説明するのが流行った時期もあったが、両者の感情のもつれは基本的に実生活における金銭的（経済的）なものであって、けっしてエディプス的関係の結果としての金銭のもつれではない。[36]重要なのは、スタンダールが年金を必要としたということであり、それは何よりもまず「書くこと」の自由を保証してくれる年金だという点である。

スタンダールにとって年金生活は、職業作家にならずにすむ最良の道であった。したがって、必要以上の年金は要らない。「一八三六年、わたしは六〇〇〇フランとわが自由を熱望している。それ以上あっても幸福にとってはほとんど意味がない」[37]というのは正直な告白であり、もし土地や家のかたちで一〇〇〇〇フランの年金があったらずいぶん不幸になるだろう、とさえ書いている。[38]産業化された出版界の商業システムに組み込まれることを望まないこの作家にとって、『産業者に対する新たな陰謀について』は、作家が「産業者」とみなされることへの拒絶を声高に宣言するパンフレットであり、この一事をもってサン＝シモン主義に攻撃の矢を放つのだ。したがって、職業作家になることとは本質的に無縁である。サント＝ブーヴが文学的価値の道を探るためには作家の職業化をある部分で疑問視せざるを得なかったように、スタンダールもまた、自らの書く喜びを担保するためには作家を職業にしてはならなかった。産業主義への抵抗、七月王政下での猟官運動、十分な年金を残さなかった父への恨み、これらはまったく異なる次元にあるようにみえて、じつのところ一直線につながるものなのである。さらにいえば、銀行家になろうとした事実も、ことによると同じ地平に並ぶのかもしれない。この作家にとって職業は、「書くこと」の自由とそのための時間を担保する手段であって、実際の職業は帝室財務監査官であろうと銀行家であろうと、あるいは領事職であろうと、大した違いはないのである。

(四) 幸福の「経済学」

スタンダールは経済学に自由主義を嗅ぎ取り、国家からの自由と独立の可能性をそこに見出した。アダム・スミスを読みはじめたころ、かれは妹ポーリーヌにもこの経済学者を読むように推奨している。「スミスを読みなさい、パパが持っているから。どんな場合でも、それはいい勉強になるし、おまえの幸せをつくってくれるかもしれない。(39)」スタンダールにとって経済学は最初から幸福の観念と結びついていた。近代経済学の基礎をつくったイギリス人の著作に関心をもったのも、富が人間や人間の幸福に与える影響について知りたかったからであって、すでにここに「幸福狩り」の萌芽が見て取れる。すでに述べたように、今日経済学者に分類される人びとの著作を、当時の読者は道徳や幸福についての議論と同じ文脈で読んでいたのであり、スタンダール自身、さきに触れたアダム・スミスの『道徳感情論』を丹念に読んでいたことからもそのことは窺えるだろう。

いずれにしても、かれは「幸福」というベイリスムの根幹をなす原則を念頭において経済学を研究した。その結果、「経済学のどの著述家も、目指しているのは、生産させ、生産物をためることばかりで、消費することではけっしてない。かれらは幸福というものを考慮にいれていない。生産をもっとも鼓舞するものが消費から帰結する喜びであることをかれらは忘れている。」(40)と批判し、セーもまたこの欠点に陥っているとした。そしてつぎのように結論する、「この紳士たちを打ち負かすこと。そういうわけで、自分のテーマを考えるための新しい、さらには完全に理にかなったやりかたをわたしは見つけた」(41)。はっきりとは書かれていないので憶測するしかないが、このテーマが幸福にかかわるものであることは間違いないだろう。

文脈はやや異なるとはいえ、マルサス（Thomas Robert Malthus 一七六六～一八三四）についても同様のことが指摘できる。スタンダールが『人口論』を「最高の悦びをもって」、しかも五日間で読了したのも(42)、この著作の第二版以降のタイトルにあるように（*An Essay on the Principle of Population, or, a View of its past and present effects on human happiness : with an inquiry into our prospects respecting the future removal or mitigation of the evils which it occasions*）、そこに「幸福」という概念が透けて見えたからであろう。この著作の原著初版は匿名で一七九八年の刊行だったが、一八〇三年には大幅な改訂と加筆がなされ、著者名も付された。スタンダールが読んだのは、一八〇七年刊の原著第四版をピエール・プレヴォ（Pierre Prévost 一七五一～一八三九）[43]が仏訳し、一八〇九年に刊行したものだが、この仏訳本のタイトルはもちろん原著第二版以降の副題が踏襲されている（*Essai sur le Principe de Population, ou Exposé des effets passés et présents de l'action de cette cause sur le bonheur du genre humain; suivi de quelques recherches relatives à l'espérance de guérir ou d'adoucir les maux qu'elle entraîne* ; traduit de l'Anglois par Pierre Prévost, A Paris, chez J.J. Paschoud, Libraire. A Genève, chez le même Libraire. 1809.)。さきに触れたように、スタンダールはイギリスの経済学者の過ちとして、「幸福」の観点が欠如しているとしたのだが、マルサスに「幸福」の視点があったことはたしかで、のちの小説家がこの点に大いに関心を示したであろうことは容易に想像できる。

　実際、このちもマルサスへの言及はかなり続いており、たとえば、『ハイドン、モーツァルト、メタスタージオの生涯』の最後で、「天才的著作」（ouvrage de génie）[44]とよんで、その理論の概略を紹介し、『イタリア絵画史』でも同様に称賛している。『ローマ、ナポリ、フィレンツェ（一八一七）』でも、またその一八二六年版においても、さらに、『産業者に対する新たな陰謀について』においても同様である。では、これをどのように解釈すべきなのであろうか。

フェルナン・リュードはこうした経済学への傾倒を重視し、さきにも述べたように、「幸福」という観点からスタンダールがこの学問にアプローチしようとしている点を評価しつつ、そこに社会主義の先駆を見、「スタンダールの視点はまさしく一九世紀初頭の社会主義思想家のそれである」として、フーリエの『四運動の理論』と比較している。(45) もちろん、フーリエとスタンダールを結びつけるのはいかにも短絡的で、スタンダールは国家のかたちと国民生活の幸福の関係をフーリエのようなヴィジョンのもとに主張したわけではなく、ここでの幸福はきわめて個人的な哲学に由来している。だからこそ、これ以後のマルサスへの言及も、政治社会的な文章ではなく音楽論や美術論のなかに登場するのである。かれの思考はいわば幸福主義（eudémonisme）であって、その点では功利主義に近いともいえるが（実際、ベンサムをかなり読んでいる）、極論すると、そこに「全体の幸福」という観点は薄い。その意味では快楽主義的ともいえるであろう。社会体制の議論が、本来ならば政治や経済のレベルで論じられるはずが、個の領域、さらにいえば個の感性的領域で検討され、審判を受ける。したがって、スタンダールの幸福追求は個人の幸福追求に近く、功利主義的な「最大多数」の観念はほとんどない。スタンダールの読者なら「最大多数の最大幸福」に対立的な言葉をすぐに思い浮かべることができるだろう。すなわち「幸福なる少数者」（happy few）というのは、じつは経済学思想の練り上げの過程で逢着する帰結ともいえるのである。

ブルデューは、一九世紀中葉以降の文学の「場」を図式化するにあたって、一方の極に「純粋芸術の反〈経済的な〉経済」があるとし、もう一方の極には、「文学・芸術産業の〈経済〉論理がある」とした。前者は、いわゆる「経済」（「商業的なもの」）および（短期的な）「経済的」利益を否定するところに成り立つものであり、後者は、「象徴財を対象とする商売を他と同じ種類の商売にしてしまうもので、商品の普及や、発行部数で計算されるたぐいの即座に得られる一時的成功を優先し、あらかじめ存在する顧客の需要にあわせることで満足する」(46)活動である。この見立ては、さきほどみたサント＝ブーヴの立論を社会学的に発展させたものともいえるし、スタンダールの「サロンの文学」と「小間使いのための小説」の対立にもその萌芽をみることができようが、この小説家がこのような見取り図をつくったり、産業主義に対して猛然と敵意を示したりするのは、芸術的価値のある「本来の文学」の側に立って、つまりは半ば神話化された「芸術のための芸術」という精神的高みから商業主義的な文学を断罪しようとした結果ではない(47)。あくまでも「書くこと」の自由と快楽への覊束や掣肘を拒否しているにすぎない。スタンダールが「産業者」や「産業主義」という言葉に鋭く反応したのは、そうした阻害要因をそこに嗅ぎとったからにほかならなかった。

繰り返しになるが、スタンダールにとって経済学とは、ひとつはそこに自由主義の原理と可能性を見出すことのできるものであり、それは自身の幸福追求と連鎖しているものである。一方、自由主義経済の行きつく先に、自由な経済システムのなかに取り込まれた職業作家をみるとき、かれはそれを頑なに否定する。「わたしも産業者である、というのは、二スーした白紙に黒く書きこんで百倍の値段で売るのだから」(48) と皮肉たっぷりにいうとき、「ものを書く」という行為が産業者の営為と同列におかれていることに憤慨しているのである。スタンダールにおいて経済学は、それが「自由」の名において立ちあらわれるかぎりで有効性をもち、個人の自由に干渉する体制を構成する地点で反転し、攻撃の対象になるといってよいだろう。

（1） Victor Del Litto, *La vie intellectuelle de Stendhal. Genèse et évolution de ses idées (1802–1821)*, Presses Universitaires de France, 1962, p. 390.

（2） *Vie de Henry Brulard*, in *Œuvres intimes II*, édition établie par Victor Del Litto, Gallimard, coll. « Bibliothèque de la Pléiade », 1982, p. 810.

（3） Lettre à Mareste du 4 mai 1818, in *Correspondance I*, édition établie et annotée par Henri Martineau et V. Del Litto, Gallimard, coll. « Bibliothèque de la Pléiade », 1968, p. 921.

（4） Victor Del Litto, *op. cit.*, pp. 390-391. *Cf.* Étienne-Jean Delécluse, *Souvenirs de soixante années*, Michel Lévy, 1862, p. 265.

（5） 一八一〇年にスタンダールは、同郷の友人のルイ・クロゼ（Louis Crozet）とともに精力的に経済学関係の本を読み研究した。

（6） Victor Del Litto, « De l'étude de l'économie politique à la querelle de l'industrialisme. Notes inédites »,

Stendhal Club, no 61, Éditions du Grand Chêne, 1975, p. 3.

（7）この著作が出版されたのは一九六七年。なお、本稿では一九八三年の増補新版に依拠している。Fernand Rude, *Stendhal et la pensée sociale de son temps*, Gérard Monfort, 1983.

（8）*Ibid.*, p. 264.

（9）Geneviève Mouillaud, « Le pamphlet impossible. Construction et déconstruction d'une idéologie stendhalienne » ; Annie Delveau, Geneviève Petiot, « Propositions pour une analyse de la structure du Nouveau Complot », in *Stendhal. D'un nouveau complot contre les industriels*, Flammarion, 1972.

（10）たとえばコロキアム報告論文集 *Stendhal, le saint-simonisme et les industriels. Stendhal et la Belgique*, textes réunis par O. Schellekens, Éditions de l'Université de Bruxelles, 1979 所収の Philippe Berthier, « Stendhal et la "civilisation" américaine » や Jean-Jacques Hamm, « L'industrie, l'argent et le travail dans le "Journal intime" », さらには Jan O. Fischer, « Stendhal, les aristocrates et les capitalistes. Les positions sociales et politiques de Stendhal » などはその傾向が強い。

（11）アダム・スミスの『国富論』の仏訳が一八〇二年、ジャン＝バティスト・セーの『経済学概論』が一八〇三年、マルサスの『人口論』の仏訳が一八〇九年、リカードの『経済学および課税の原理』の仏語版が一八一九年、シスモンディの『新経済学原理』もまた一八一九年の刊行である。

（12）Lettre à Pauline du 29 octobre-16 novembre 1804, in *Correspondance I*, 1968, p. 164.

（13）一八一〇年九月二日、*Influence de la richesse sur la population et le bonheur* という書名の本を構想している。*Mélanges I, Œuvres complètes*, Cercle du Bibliophile, 1967–74, t. 45, p. 119.

（14）Simonde de Sismondi, *Nouveaux principes d'économie politique, ou De la richesse dans ses rapports avec la population*, Delaunay (Paris), 1819, t. 1, pp. 11-12. *Trésor de la langue française* もこの定義を一八二七年の版から引いているが、この部分は初版（一八一九）から変化はない。

（15） *Trésor de la langue française*, Gallimar, 1971-1994, t. 7, article « économie ».

（16） Jean-Baptiste Say, *Traité d'économie politique, ou Simple exposition de la manière dont se forment, se distribuent et se consomment les richesses*, Paris, Deterville, 1803, t. I, « Discours préliminaire », p. i.

（17） 周知のように、『百科全書』の一項目として一七五五年に書かれたこの文章は、前年の『人間不平等起源論』に続いてジュネーヴの政治体制批判とそのあるべき姿を描く目的で執筆されている。したがって、経済論というよりも政治体制論である。三年後、これが独立したかたちで出版されて *Discours sur l'économie politique*（邦訳名『政治経済論』）となった。

（18） Jean-Baptiste Say, *op. cit.*, p. ii. さらに注記して以下のようにも言っている。「〈オイコス〉すなわち〈家〉、〈ノモス〉すなわち〈法〉から。Économie は家を統括する法。ギリシャ人は〈家〉によって家庭の保有するすべての財を言っていた。〈ポリス〉すなわち〈都市〉に由来する politique の語は、政治的家族、つまりは国家にまでそれを広げる。économie politique は〈社会の économie〉なのだ。」

（19） Antoine de Montchrestien, *Traicté de l'æconomie politique*, Rouen, J. Osmont, 1615.

（20）『国富論』の仏訳は、原著出版の二年あまりのちにオランダのハーグで出版され（訳者不明）、その後もブラヴェ（Blavet）訳版、ルーシェ（Roucher）訳版が一八世紀末に相継いで出されている。しかし、一般にフランスで普及するようになったのは一八〇二年のジェルマン・ガルニエ（Germain Garnier）による版からであろう（Adam Smith, *Recherches sur la nature et les causes de la richesse des nations*, Traduction nouvelle avec des notes et des observations par Germain Garnier, Paris, Agasse, 1802, 4 vol.）。スタンダールが読んだのもこの版本である。

（21）V. Del Litto, art. cit., p. 4. *Cf.* Louis Royer, *Les Livres de Stendhal dans la bibliothèque de son ami Crozet*, Bulletin du bibliophile, 1923, p. 21.

（22）V. Del Litto, *En marge des manuscrits de Stendhal. Compléments et fragments inédits (1803–1820)*, Presses Universitaires de France, 1955. この著作の第四章（« Tentatives diverses (1810–1812) »）の第二節が « Économie politique (1810) » と題され、文字通りスタンダールの最初の経済学に対する取り組みに関わる第一次資料が集められている。

（23）クルーゼ自身はこのパンフレットの重要性を説き、自らの評伝のなかでも「その小さな二四頁はかれの作品と生涯に深く痕跡を残した」と述べている。*Cf.* Michel Crouzet, *Stendhal ou Monsieur Moi-même*, Flammarion, 1990, p. 411. また、このパンフレットに長い序文と注を付して校訂本を出版している。*D'un nouveau complot contre les industriels*, suivi de « Stendhal et la querelle de l'industrie », édition établie par M. Crouzet, La Chasse au snark, 2001.

（24）Sainte-Beuve, « De la littérature industrielle », in *Revue des Deux Mondes*, septembre 1839, p. 678.

（25）Stendhal, « Projet d'article sur "Le Rouge et le Noire" » (18 octobre - 3 novembre 1832), in *Œuvres romanesques complètes I*, éd. établie par Yves Ansel et Philippe Berthier, Gallimard, coll. « Bibliothèques de la Pléiade », 2005, p. 824. ちなみにこの文章は、友人のサルヴァニョーリ伯が『赤と黒』の紹介文を書くに際して、そのアウトラインとしてスタンダール自身が用意したものである。

（26）Gustave Planche, « La journée d'un journaliste », in *Paris ou le Livre des cent et un*, Paris, Ladvocat, 1832, t. VI, pp. 149–150 ; Désiré Nisard, « D'un commencement de réaction contre la littérature facile à l'occasion de la “Bibliothèque latine-française” de M. Panckoucke », *Revue de Paris*, 22 décembre 1833, pp. 211–228, et 29 décembre 1833, pp. 261–287. いうまでもなくこれは、のちにブルデューによって「象徴財の市場」という概念によって社会学的に整理される問題である（Pierre Bourdieu, *Les Règles de l'art. Genèse et structure du champ littéraire*, Seuil, 1992, pp. 201–245.）。

（27） Sainte-Beuve, *op. cit.*, p. 678.

（28） *Ibid.*, p. 687.

（29） *Ibid.*, p. 678.

（30） *Ibid.*, pp. 686–688.

（31） Émile de Girardin, « Enquête commerciale, industrie littéraire », in *Musée des familles*, novembre 1834, t. II, pp. 45–47.

（32） Sainte-Beuve, *op. cit.*, p.689.

（33） *Vie de Henry Brulard*, p. 538.

（34） « Notices autobiographiques », in *Œuvres intimes II*, p. 969.

（35） *Ibid.*, p. 979.

（36） おそらくこの「金銭的な関係」が『赤と黒』の父ソレルと子ジュリアンにも投影されているのであろう。小説のなかの親子関係も金銭を通じて具体化する。

（37） *Vie de Henry Brulard*, p. 948.

（38） Lettre à Adolphe de Mareste du 15 janvier 1829, *Correspondance II*, édition établie et annotée par Henri Martineau et V. Del Litto, Gallimard, coll. « Bibliothèque de la Pléiade », 1967, p. 155.

（39）Lettre à Pauline du 19 mars 1805, *Correspondance I*, p. 187.
（40）*Mélanges I, Œuvres complètes*, t. 45, p. 123.
（41）*Ibid.*, p. 123.
（42）*Journal II, Œuvres complètes*, t. 29, p. 366: « Leggo con grandissimo piacere il libro di Malthus sopra il Principio della populazione. »
（43）Pierre Prévost はスイスの学者で、この仏訳の前に *Bibliothèque britannique* 誌にこの著作について紹介・解説を書いている（一八〇六年、第三一巻）。デル・リットは、スタンダールが économie politique への傾倒をさらに深めたのはこの人物の影響があるとしている。なお、この雑誌は、『人口論』の抜粋を第二八巻から第三〇巻まで計一二回の分割掲載の形でかなり詳しく紹介しており、また、スタンダール自身、同年三月二二日に « *Biblio Brit*, tome IV, p. 328; Société économ, Berne, 1706, page 29 » という記述がある。
（44）*Vies de Haydn, de Mozart et de Métastase, Œuvres complètes*, t. 41, p. 350.
（45）Fernand Rude, *op. cit.*, p. 60.
（46）Bourdieu, *op. cit.*, p. 221.『芸術の規則Ⅰ』（石井洋二郎訳、藤原書店、一九九五年、二二八頁）
（47）文学が社会的地平を超脱して、もっぱら文学的・審美的価値のなかに自足しようとする動き、すなわちブルジョワ的功利主義を拒否しようとする態度が濃厚にあらわれてくるのは、一八四八年の二月革命以降である。ブルデューも、この時代から文学の自己同一性が文学者の、文学者のための文学が自律性（オートノミー）のなかにもとめられるようになったことを示唆している。
（48）*D'un nouveau complot contre les industriels, Œuvres complètes*, t. 45, p. 272.

第四章　産業主義のメタファー

（一）　功利主義的産業主義

本章では、スタンダールが猛烈な勢いで進む同時代の産業化とそれを支える産業主義的な経済思想をどのように捉えていたのか、また、革命から一九世紀前半にいたる時代の産業構造の変化のなかで、みずからの文学的立場をどのように決定しているかについて考えてみたい。

社会の経済的要因の変化は、人びとの意識や感性をさまざまに変える。スタンダールはいずれの小説でも同時代を書くことに強い関心をもった作家であり、政治状況に対する興味が小説の随所に反映していることはよく指摘される。しかし、かれはそうした政治的な関心のみならず、一九世紀前半の産業化にともなうこのような激しい社会構造の変容にも鋭い視線を向けていた。そして、それをいわば文明論的に著述のあちこちで表明している。

以下では、産業革命と古典派経済学の端緒を開いたイギリス、それを継承したアメリカの見方をスタンダールが読んだ経済学書や同時代の関係書物から跡づけ、アングロ・サクソン系の産業主義的なイデオロギーと対照的な位置にあるフランスの見方を再認識したスタンダールが、それをどのように小説化していくかを検討したい。まずは、その前提として、アングロ・サクソン系の経済学とそれを生んだ人びとの適性がどのように捉えられていたかを検証する。

アングロ・サクソン系の商業や生産活動への適性については、フランスでは早くから、ある部分文明論的に指摘されていた。スタンダールが熱心に読んだジャン＝バティスト・セーも、『経済学概論』のなかでイギリス人をフランス人と比較しながら以下のように記している。

イギリス人は、美的センスにかかわる美術、建築、絵画、彫刻においてはフランス人ほど首尾よくできないが、工芸美術で有効に使われる形、デッサン、色彩の選択においては一般にフランス人を凌駕している。かれらはフランス人よりも、獲得した知識を生活の必要品に応用するこの産業分野に精通しているのだ。理論力学や化学において、ラプラス、プロニー、モンジュ、ベルトレといった人物に対抗できる学者をもっていない。しかし、これらの知識を工芸美術に応用することにおいては、フランス人はかれらに及ばない。(1)

現代の読者がこの記述を読めば、経済学書とは思えないような印象をもつかもしれない。セーの『概論』をはじめ、この時代の経済学書には諸国民の特性を比較文明論的に描くところが随所にあった。この著作も多分にそうした一八世紀的な叙述法を残しているといえようが、いずれにせよ、それぞれの国民には適性があるということを前提に、産業革命への道を最初に拓いたイギリス人は知識の応用という点でフランス人よりもはるかに優れ、実際に万人にとって有用で便利なものを産み出す才に長けているのに対し、フランス人は美的洗練を究め、芸術性を追う傾向にあり、産業への適性を示さない、ということが経済学的な観点から主張されている。

イギリスで生産された製品が他の国のものよりも使いやすく、結果としてよく売れるのは、そうした国民性が背後にあるとされる。「真に産業が完成するというのは、ある特定の部分で極度に洗練されるということではなく、最大多数の人びとの手に届く製品を普及させることであり、それらをさらに改良し、安い価格によっていっそう共有されるものにすることである。(2)」この功利主義的な議論はスタンダールにも十分理解できるものであった。かれに言わせれば、「一日の消費をもっとも少なく抑え、多くの品に関してヨーロッパの製造者になる」のがイギリスの労働者であり(3)、イギリス人の商業と労働の才は、産業化されてゆく世界の近代性そのものであって、この精神はそのままアメリカに引き継がれていくことになる。後年トクヴィルが実際にアメリカで見たのもそのような光景であった。

この時期のヨーロッパ人にとってアメリカのイメージは、何よりも民主主義を体現する国であったが、それ以外の点では「経済的発展」と同一視されていたといってもよいほどに単純化されていた。アメリカの近代性の特徴は、過去をもたぬことであり、「旧大陸」からの文化的桎梏を断つことによって成り立っている自由な精神にあった。アメリカこそが自由主義的な経済活動の絶対的覇権を信じ、それに依拠する近代的価値の普遍性を徹頭徹尾浸透させた国なのである。スタンダールを含め、一九世紀前半のヨーロッパ人がアメリカ人に抱いた印象は概ねそのようなものであった。

さて、こうした経済活動によってもたらされた「ゆとり」が、アメリカ独自の価値観を生みだしていく。いわゆる「快適な生活」という意味で使われるフランス語の≪confort≫およびその形容詞≪confortable≫が指示する生活的幸福感である。≪confort≫という語はすでに中世フランス語に存在するが、このような意味で使用されるようになったのは一八一五年ごろからで、もっとも早いものとしてシャトーブリアンによる書簡のなかでの使用例がある。それまではもっぱら「援助」や「慰め」といった意味合いで用いられていたが、この時代に英語の≪comfort≫の意味が流れ込んだ結果である。[4] 形容詞についても同様で、同系列の意味で用いられるようになったのは一八世紀後半、おそらくフランスを襲ったイギリス熱（アングロ・マニア）を経験してからである。このように、英語の≪comfort / comfortable≫に由来する使用がこの時期に一般化するのは、もちろんイギリス流の快適さが根底にあってのことだが[5]、シャトーブリアンが北米旅行の経験者であったことからも窺われるように、アメリカの生活を匂わせる意味を多分に包含しているからでもあって、その傾向は時代が下るにしたがって強くなる。

一九世紀におけるフランス人のアメリカ観を知るうえでいまなおもっとも重要な研究とされるルネ・レモンの著作は[6]、この点についても適切な例を挙げて論じている。アメリカ人は自分の家や家具、そして衣服についても創意工夫の精神を「かれらが快適さ（le confortable）とよんでいるもの、あるいは人間の現実的喜びを増進せしめるもののほうに向けようとする」というデュポン・ド・ヌムール（Pierre Samuel du Pont de Nemours 一七三九〜一八一七）の言葉を引き[7]、そこに新しい幸福の捉えかたがあることを指摘している。さらにジャック・ミルベール（Jacques-Gérard Milbert 一七六六〜一八四〇）の「勤労者はこの快適さ（confortable）の分け前、つまりはそれまでわれわれにはその名前さえ知られていなかった、そして余剰でも贅沢でもなく、市民を祖国に結びつける真の幸福である貴重な安楽を享受することができるだろう[8]」という、さらに重要な証言を引用している。ここで言われている快適さは、ヨーロッパの古くからの処世訓でもある「黄金の中庸」（*aurea mediocritas*）という価値でもなければ、独りよがりの軽薄な贅沢でもなく、安楽さを幸福とする価値観である。レモンが注目しているのは、精神的幸福を物質的条件から切り離し、現世的な富から独立することによってそれを実現しようとしてきたヨーロッパ古来の宗教的知恵（苦悩、貧窮、隷従はキリスト教的美徳であり、精神的充足の源である）とは異なって、アメリカの幸福は生活上の安楽さ、快適さであり、日常の必要の満たすことによって得られるもの、すなわち端的に物質的な幸福と言いうるものだ、という点である。[9]

早い時期にアメリカ体験をしたフランス人のほとんどはこのような快適さを新しい時代の幸福としてみており、かれらにとってアメリカは「現代の国家における公共的幸福の最良のモデル」を与え、「人間の肉体的幸福に関する最高の希望」を実現するものであった。[10] もちろんこのような体験者の言説には、「物理的」や「肉体的」、「物質的」といった留保がついており、あくまでも精神的充足感とは別の次元で語られるものであったが、いつしか物質的幸福が精神的幸福に優先するかのような神話ができあがってしまう。個々の欲求を鎮め、浪費を抑制するのが本来のプロテスタント的な倹約の精神のはずだが、そうした美徳は物質的充足のまえに影を潜め、現実生活の充足（したがって金で買える）こそが「幸福と徳にとってもっとも好ましい状態」という理解が一般化していくのである。「みんな大いに金をつかう、なぜなら各人が相応に金を稼いでいるからだ」。[11] かくしてアメリカのモラルはヨーロッパの長い伝統が継承してきたギリシャ・ローマからの伝統的価値観とは別の、むしろ自由主義経済の理論がもっとも馴染むような未来に開かれた新しい価値観によって支えられているという見方が一般化していったのである。一八世紀末にミシシッピ川とその支流の調査を託され、アメリカ縦断旅行をしたヴィクトール・コロー（Victor Collot 一七五〇〜一八〇五）は言う、「ギリシャの詩人やあれほど称賛された共和国の黄金時代、マルクス＝アウレリウスやアントニウスやトラヤヌスのような帝たちの素晴らしい時代、そして専制主義の鉄足でも踏みつぶされなかったいくつかの小国の素朴な幸福。冷静かつ公平な観察者にはこれらいずれもがアメリカ共和国の住民の幸福状態に比肩しうるものには見えなかったのである」[12]。

スタンダールが想像していたアメリカも概ね同様の表象のなかにあって、それは旧大陸との文化的血縁を切断しつつも、イギリスの商業と生産活動の適性はしっかりと継承され、産業主義を謳歌し、物質的幸福の満てる国の姿であった。

（二）共和国的理想と商業主義

このような新しいアメリカの表象は、伝統的な視点からは理解しがたい部分も多くあった。そもそもフランスでは、共和政は経済主体の商業主義とは結びつかないという考え方がひろく受け入れられていた。たとえばヴァンデ軍の掃討において「地獄隊列」（collonnes infernales）を指揮し、無差別殺戮を行ったことで歴史的に有名なルイ゠マリ・テュロー（Louis-Marie Turreau 一七五六～一八一六）は、ナポレオンの帝政時代に駐米大使をつとめたが、その現地報告ともいうべき文章では農本主義的な立場を展開し、商業主体の国家へと突き進むアメリカの行く末を案じているし[13]、ほぼ同じ時期に総領事としてワシントンに滞在したフェリックス・ド・ボージュール（Félix de Beaujour 一七六五～一八三六）も同様の懸念を表明している[14]。革命時代に共和主義の闘士として活動していた政治家は、一般に重農主義的な考えを基本にしている場合が多く、かれらが新大陸の新しい国家に託した夢はその延長上にある共和主義国家であった。したがって、イギリスではじまった産業革命が旧大陸で本格化するまでは、農業生産を国家の経済的基盤にするという考えがむしろ普通に受けとめられていた。

ヨーロッパ人の旅行者や外交官がアメリカを大自然と農場の広がる牧歌的な国家というイメージにつくりあげていったのは、たんに実際に目にした風景がそうであったからだけではなく、かれらにとって海のむこうの国は、新しい価値観のもとに建設されるべきひとつの共和主義的理想を体現するものであったからである。

そのような理想を掲げてアメリカを肯定的に描いたのがクレーヴクール（Michel Guillaume Jean de Crèvecœur 一七三五〜一八一三）であろう。かれの『アメリカ農夫の手紙』[15]（*Letters from an American farmer*）はアメリカ論の原点としてよく知られている。カーン出身のフランス人であったが、イギリスでの短い滞在ののちカナダにわたり、その後軍人生活などを経てアメリカ定住を決意、今日のニューヨーク州南東部に土地を得て農場主となった。この間、フランス国籍を捨ててニューヨーク植民地の市民権を獲得、結婚もし、ジャン・ド・クレーヴクールからジェイムス・ヘクター・セイント・ジョン（James Hector St. John）へと改名している。そしてアメリカ独立戦争の渦中、体制派と独立派のいずれの側にもつくことができぬまま、一七八〇年にアメリカを去るまでのあいだに書き継がれたのがこの『手紙』である。フランスに帰り着くまえ、ロンドンで出版にこぎつけた（一七八二年(16)。

さて、その半生からも想像できるように、クレーヴクールのアメリカ観は新大陸を理想の地とみなし、そこにあらたな未来を託した世代のものだ。一〇年ほどのあいだとはいえ、新天地で農場主としてそれなりの成功を勝ち得たかれの経済観は、同時代のフランスで支持されていた重農主義的な色彩が濃く、農場経営者として積極的に開拓を進めていった。「パイン・ヒル」と名づけられた農場は、渡辺利雄にしたがえば、まさに「理想の土地」であり、土地を得た年に生誕した最初の娘に与えた「アメリカ＝フランセス」という名は「自分の過去と未来」の融和を象徴的に示すものであったようだ(17)。フランス人のアメリカ観は、フランス革命とそれに続くナポレオン時代に大きく変化することになるが、『手紙』の著者はまだアメリカに牧歌的な夢と理想を描くことができた。

クレーヴクールの記述によれば、アメリカ人は「耕作か商業にしか従事しない人びと」であるが、賢明で新しい人類、すなわちギリシャとイタリアのような廃墟と腐敗の場所と対極にある新しい人類の無辜性、自由、処女性、若さを有する人たちである。たしかにギリシャやイタリアには過去があり有名な都市があろう。しかしマサチューセッツの風景を眺めながらこの農夫はいう、もしわたしがイタリアにいるならローマを、ヴェスヴィオス火山を、アグロ・ポンティーノを見ることだろうが、ここアメリカでは美しいプランテーション、鉱山、運河、機械発明品、運河でつながれた川を見ることができ、それはローマの「苔むした廃墟」よりも刺激的だ、と。なぜなら、われわれは自然そのもの

「アメリカの進歩」（ジョン・ガスト 1872）
西部開拓時代のアメリカを描いている。女神が電線を引き、大陸横断鉄道を導く。時代が下ってもアメリカはいつも大自然と人工のコントラストで表象される。

であり、「飼いならされることのない、文明化されえない新しい人種」だからであり、それゆえより幸福で、より自由で、すでに世界でもっともよき農夫だからである……。(18)

ここでは、新旧の大陸を対比させ、ギリシャ・ローマの文化を継承する伝統、すなわち、必然的に頽廃と腐敗に侵食された「過去」とともに喚起される文明のなかにヨーロッパを位置づける一方、アメリカはそのような時間の穢れを免れた自然のなかで建設途上にある若々しい国として捉えられ、ヨーロッパにみられるような宗教的迫害もない、まさに啓蒙主義が標榜した理想社会として描かれている。(19)

ところで、ヨーロッパと対照的に描かれるアメリカの風景には、広大で豊かな自然とはべつに「新しい人工」ともいうべき眺め、近代的な「技術」によって生み出された「新しい人種」にふさわしい景観がすでにひろがっている。すなわち、プランテーションや運河や、そこを走る数々の水上運搬船などである。新しいユートピアは、ギリシャやローマのような文明以前の、ルソー流に讃美される原始が一方にあり、他方に技術と生産を基盤とする未来に向けて開かれた穢れなき夢を実現する場が嵌め込まれるようにイメージされている。そしてそれらいずれもが新しい世界を所有した初期アメリカ人の自我でもあったとミシェル・クルーゼはいう[20]。

ところがフランス革命以降、とくに革命中の徹底的な文化財の破壊行為（ヴァンダリスム）に対する批判から、テルミドールの反動以降、ルソー主義に対する批判とともに記念碑的な歴史的文化財への意識が急速に高まり、未開性礼讃の楽観主義と安易な未来信仰に彩られた民主主義と平等主義のユートピア熱が冷めていくにしたがい、アメリカはむしろ歴史と文化のない国として軽蔑の対象になってゆく。新大陸風の心地のよい家や見事な橋、川を行き交う素晴らしい帆船や夜には照明される通りのある風景のほうがはるかに好ましいとしたアメリカ礼讃者ブリッソ（Jacques-Pierre Brissot de Warville 一七五四〜九三）[21]らの立場は急速に悪くなったのである。これ以降、フランスの知識人の嫌米感情は火に油を注いだように激しさを増す。アメリカが独立を果たしたことによって、さらにナポレオンがルイジアナ一帯のフランス領をアメリカに売却したことによって、植民地経営のうえに成り立っていた楽観主義的な理想化は完全に潰えたといってよいだろう。この傾向は、ロマン主義時代をつうじていよいよ固定化し、バジル・ホール（Basil Hall 一七八八〜一八四四）やトーマス・ハミルトン（Thomas Hamilton 一七八〇〜一八五八）らのアメリカ攻撃がイギリスで展開され、なかでも辛辣にアメリカの風俗を描いたフランセス・トロロープ（Frances Trollope 一七七九〜一八六三）の『アメリカ人の家庭マナー』（*Domestic Manners of the Americans*）がイギリスで人気となり（一八三二年）、ただちにフランス語、スペイン語、ドイツ語、オランダ語訳が出て全ヨーロッパ的に決定的な影響力をもったことは知られているとおりである。[22]

スタンダールもまた基本的にはアメリカ熱から冷めた世代に属する人間で、トロロープ夫人の著作には何度も言及し、芸術を理解しないアメリカを自分には住めない国であると公言する。民主主義と平等精神が行き渡っているとはいえ、ドルが神のごとく君臨するアメリカが粗野で卑俗な社会として語られるのは『パルムの僧院』でも『リュシアン・ルーヴェン』でも同じであって、小説の主人公たちの言葉にスタンダール自身の意向が色濃く反映されていることは繰り返すまでもないだろう。[23] ただ、ここで重要なのは、小説世界のなかで粗野な農民階級や成金主義のブルジョワ精神を描くときには、きまってアメリカ社会が想起され、戯画化されるということだ。そして、趣味や芸術への無理解、さらには文化的見識がなくもっぱら産業の発達による生活の快適さのみをもとめる姿が冷ややかに強調され、クレーヴクールやブリッソの目に肯定的に見えていた罪のない楽観主義が人間的深みのない新しい階級の姿に重ねられることになるのである。

（三）　釘工場と製材所

『赤と黒』は、産業革命以降のあたらしい産業経済的趨勢のなかで、まさにそのような雰囲気に染められていくさまを、地方の町を舞台に客観的に描くことから始めている。ヴェリエールの小さな町をフランシュ＝コンテ地方のもっとも美しい町として提示したあと、描写はすぐにドゥー川の説明に入る。

山からほとばしる急流は、ドゥー川へ落ちるまでにヴェリエールの町を横切り、多くの製材用鋸(scies à bois)を動かしている。きわめて素朴な産業(industrie)だが、これがブルジョワというよりもむしろ農民に近いこの住民の大多数の生活に、ある種の安楽(bien-être)をもたらしているのだ。(24)

注意深く読めば、この短い文章のなかにいくつかの重要な情報が埋め込まれていることがわかる。一九世紀文学におけるさまざまな隠喩のなかで「水」のメタファーは、近代特有の意味作用をみてとることができるという点で重要である。「現金」が「液体」(liquid / liquide)を意味する語でいわれ、金の動きが「流れ」(flow / cours)に譬えられるなど、もともと金銭と水のイメージは語のレベルで親しい関係にあるが、フランス革命以降、「経済」と社会の総体との関係を語る場合に「水」の隠喩が多様な形式のもとにあらわれるようになる。古典派経済学の著作が経済的発展をしばしば「水」のメタファーとともに語ってきたのは、蒸気機関や電気が発明される以前、水力こそが最大の動力であり、水運こそがもっとも合理的な輸送手段であったことからも当然だろう。ミシェル・クルーゼもまた、一九世紀になってなお、水力の利用がどれほど経済学者や改革者たちを魅惑したかを示し、「水」がフランスの産業主義を支える強力なイメージになってきたことを「滝についての瞑想」というテーマで論じている。そのなかで取り上げられるサン＝シモン主義者ミシェル・シュヴァリエ（Michel Chevalier 一八〇六〜七九）は、もし北アメリカがシャトーブリアンの描いたアメリカのままであったら、つまりフランス領であり続けていたら、河川にこれほど蒸気船が走行することはなかったであろうと想像する。というのは、フランス人ならアメリカ人のような行動と労働を第一義的なものとして自然を開拓することはなかったであろうからである。(25) シュヴァリエによれば、アメリカでは工場や機械に供する力に変えることを考えずして滝や流れ落ちる水を見ることはないという。(26)

さて、古い遺跡や歴史的な記念碑のかわりにクレーヴクールやブリッソによってもちだされた新しい風景のなかにも運河や水上輸送を担う帆船があったように、このフランスの地方都市もまた、王政復古の時代、産業化の波とともに小市民的な安楽、言い換えれば、技術的応用と利便性の追求に長けたイギリス人とそれを受け継いだアメリカ人のいう「快適さ」（comfort / comfortable）を、水力を利用した「産業」によって得ているのだということ――この事実を小説の冒頭でスタンダールは示したのである。(27) ジュリアンの父ソレルの製材所もこの川から動力を得ていることはいうまでもない。

第一章の地方経済学はさらに続く。今度は町長レナール氏の財の基礎を築きあげている工場の説明である。

この町へ一歩踏み込むと、騒々しくて見かけの恐ろしい機械の轟音に度肝を抜かれるだろう。二〇もの重い鉄槌が舗石を揺らすほどの地響きを立てて落下するのだが、これらは急流の水が動かす車輪の力によってもちあげられるのだ。この鉄槌の各々が毎日何千ともわからないいくらいの釘を製造する。潑剌として可愛い娘たちがこの巨大な鉄槌の落ちる下に鉄片を差し出すと、それがたちまち釘に変わるのだ。(28)

ここでもドゥー川の「急流」は、「水が動かす車輪の力」となって釘生産という産業の基を成している。カステックスの注釈によれば、この場面に釘工場が登場するのは、一八一一年にドール（Dole）からジュネーヴに向かう途中、乗合馬車が一時停止したモレ（Morez）でスタンダールが見た光景の記憶が蘇っているからだという。(29)同年九月三日付の日記は、早朝五時に荷物に封印を押すためにモレに停車したことを述べたあと、以下のように続く。「〔……〕われわれは靴の釘を造る工場を見た。すでに八人か一〇人ほどの女工がいて、そのほとんどは若かった。そのなかの一人が〔中略〕とても単純な手順をわたしに示してくれたが、丸い頭の釘をつくるのに重い槌の二打が必要であった。(30)」そしてよほど印象深かったのか、同じページに釘のデッサンを残している。

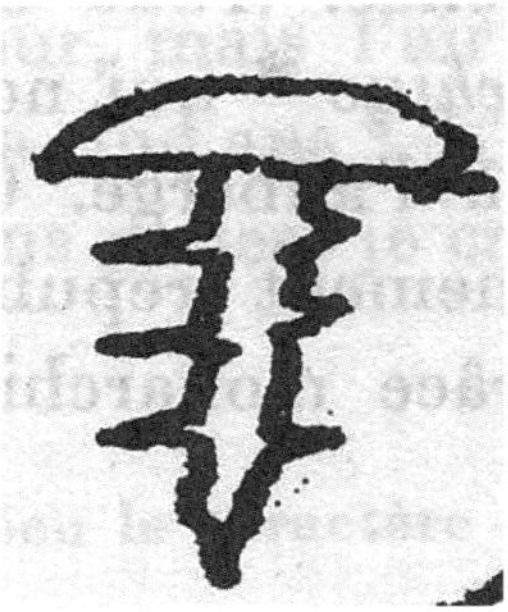

日記に挿入された釘のデッサン

一八一一年といえばスタンダールがルイ・クロゼとともに経済学の研究に没頭した翌年である。したがって、一時の熱は冷めたとはいえ、古典派経済学の書をほとんどリアルタイムで読んでいたかれの目は、地方の工場の様子を見るにもいくぶんかは経済学的な視点から眺めていたのではないだろうか。日記は女工たちの生産量と報酬について言及し、「彼女たちは一〇〇〇個あたり二スーをもらい、一〇〇〇〇か、多くて一二〇〇〇個作る」と報告している。[31]

推測の域を出ないが、この釘工場の様子を日記に記し、釘のデッサンを残し、女工たちの報酬まで記録しているところからすると、もしかするとここにアダム・スミスの記述が想起されているのかもしれない。一八一〇年にスタンダールが集中的に読みこんだ『国富論』[32]でスミスが分業論を説明するのに用いたピンの譬えはとくに有名であるが、[33]じつはその少しあとに釘の例も使われているからだ。

> ある鍛冶屋が釘を作ることに習熟してはいるが、釘作りを唯一または主要な仕事にしたことのない場合には、勤勉のかぎりをつくしても、一日に八百本ないし一千本の釘を作ることはめったにありえない。
> 釘作り以外のどんな職業にも従事したことのない二十歳未満の数人の少年が精出して働いた場合、

各自一日に二千三百本以上の釘を作ることができたのを、私はかつて見たことがある。[34]

これらの引用はいずれも第一篇第一章の「分業について」からであり、スタンダールが『国富論』のなかでもっとも真剣に読んだ部分である。抜き書きをつくり、クロゼと議論を交わしながらスミスを研究した一年後に釘工場を目にしたかれが、述べられている内容に違いがあるとはいえ、スミスのこの一節を想起しなかったとすれば、そのほうが不思議ではなかろうか。さきに述べたように、日記に女工たちの一日あたりの生産本数と報酬を記録し、釘のデッサンまで残しているところからすれば、スミスの釘の譬話に触発されたと考えるほうがむしろ自然であろう。そしてカステックスやデル・リットが指摘するように、レナール氏の製釘工場の叙述にモレで見た光景が役立っているのだとすれば、『赤と黒』の釘は『国富論』の釘に繋がっていることになる。

さて、水力を利用した釘製造という産業に携わったことによって、レナール氏は「立派な切り石造りの住居を」新築することもできたわけだが[35]、一八一五年に町長となって以来、かれは「産業家(industriel)であることを恥ずかしく思っている」[36]。ここで《industriel》という語が使われていることに注意しなければならない。レナール氏が町長になって「産業家」であることを恥じるようになったのは、当時、自由主義陣営が何人かの有力な産業家と銀行家を擁していたため、「産業派」(parti industriel)とよばれることがあったからで、王政復古とともに町長となったレナール氏はみずからの政治的立場を王党派に結びつける必要があったからである。[37] イヴ・アンセルもこの部分につけた注釈で以下のように述べている。「現在のレナール氏の財産は、貴族階級の伝統的な収入源である土地からの財によるのではなく、《大きな釘工場》によっている。高貴な町長は時代と結婚して《産業家》になったのだ。[38]」ナポレオン失脚のあと、亡命貴族が戻って革命以前の貴族的価値観を復興させようとしたが、本来の貴族であれば自由主義者と産業家（ほぼ同義語）の活動は見下すべきものであり、産業と商業は金に関わるとしてかれらの価値の対極にあるべきはずであった。レナール氏は自由派と共和派を唾棄すべき存在として軽蔑する一方、かれの資産が産業主義的価値観のうえになりたっていることに居心地の悪さを感じているのである。

このような居心地の悪さは、この時代、貴族たちが多少とも共有していた感情であった。一八二〇年代前半の風俗を「ありのままに描いた」という『アルマンス』[39]においても、ミソロンギ陥落の報が伝えられた日、オクターヴが伯父のスービラーヌについてつぎのように言う、「僕は騎士の伯父上が落ち着きはらっているのがわからない。あのひとは騎士団の宣誓もしていて、革命前は騎士団員としての収入もかなりあった。それでいてわれわれ貴族は、産業者階級から尊敬されたがっているんだ[40]」。この作品が発表される一年半ほど前、スタンダールはパンフレット『産業者に対する新たな陰謀について』を発表し、サン゠シモン派を産業主義というイデオロギーをもった新たな貴族階級ともいうべき存在とみなし、その専制的支配への野望を攻撃したばかりである。少なくとも精神的には貴族主義的な趣味や娯楽、芸術や文芸の愛好家であったから、アメリカのような平等主義とそれを実現させている自由主義経済を理屈のうえでは肯定しつつも、産業主義による物質的進歩が趣味やエスプリ、芸術や文芸における洗練をともなわず、むしろそれらを阻害することによって成し遂げられていることに大いなる懸念を抱いたのであった。ヴェリエールのような地方の小都会の息苦しさは、まさにこのような感性を欠いた新しい未開人ともいうべき賢明着実な人びとが醸す雰囲気に由来する。

実際のところ、この賢明な人びとがここでじつに鬱陶しい専制政治（ennuyeux *despotisme*）を行っている。ほかならぬこの不快な言葉のためにこそ、このパリと呼ばれるあの大共和国で生活した者にとって小都会での滞在がやりきれないのだ。世論の専横は〔中略〕アメリカにおいてと同様に、フランスの小都会においても愚かしいことなのだ。[41]

水利の上に立つ産業的利権がすべてであるフランスの地方都市は、すでに小さなアメリカなのである。

（四）反プロテスタンティズム

鉄道は一九世紀の産業の発達を根底から支える決定的な発明であり、鉄道業への投資は時代の経済的発展の根幹をなすものであったことはいまさら言うに及ばないが、よく知られているようにスタンダールのこの輸送手段に対する評価は著しく低かった。一種の鉄道批判からはじまる『ある旅行者の手記』における一八三七年六月一日付の記述では、フランスで最初に鉄道が敷設されたサン＝テティエンヌを舞台に、語り手が偶然会った植民地時代の同僚との会話をでっちあげ、最初に鉄道が敷かれたこの町の暗鬱さをその同僚につぎのように語らせる。

「要するにここはイギリス流の町なのさ。願わくば、どうかわれわれが今以上に産業家（industriels）にならぬようにお守りくださらんことを……。商業によってわれわれはジュネーヴの偽善的慣習へと、そのあとにはフィラデルフィアの伝道集会（Renewals）と狂信へと導かれることだろうね。(42)」

ここで言及されている「ジュネーヴの偽善的慣習（*momeries*）」がプロテスタントの生真面目な性格を指していることは容易に察しがつく。スタンダールは若いころからジュネーヴ市民に対しては否定的な評価しかしていない。一八一一年九月三日、ジュネーヴに着いたかれは「ポーターにいたるまで、すべてが陰鬱で、荒っぽく（âpre）、粗暴だった」と言い、「おそらくこれは共和制の結果」であるとして、「君主制の気品（grâce）の欠如には驚くばかりだ」と書いているが、これは一例にすぎない。しかもそのあとに「わたしはこれをイギリスで再び見出すことになると思う」と補っている。[43]この旅行者の目には、ジュネーヴ人はつねに「臆病で陰気で自尊心ゆえに怒りっぽく、少々妬みっぽい」人びとなのだが、この陰気さがイギリスに結びつけられていることに注目しなければならない。このあとでもジュネーヴとイギリスの結びつきは繰り返し喚起される。[44]

一方「フィラデルフィアの伝道会（*Renewals*）」というのは、注釈者たちも言及しているように、スタンダールが熱心に読んだトロロープ夫人の『アメリカ人の家庭マナー』に描かれる *Revivals* のことであろう（もっとも、夫人の著作で語られているのは、フィラデルフィアではなくシンシナティの状況についてである）。夫人曰く、アメリカ人の宗教団体は国家のお抱えではないため、これを支えていくために、毎年ある時期になると各町、各都市に数十人規模の伝道家集団がやってくる。そこでテントを張って、町の規模に応じて一、二週間、ときには一か月も滞在し、その地の教会や礼拝堂を廻って祈りを捧げるのだが、夫人によればこの集団が *Revivals* と呼ばれるものである。「劇場に出かけるのは禁止、カードゲームは非合法、ところが家庭では懸命に働くというのだから、なにか息抜きがないといけない。」[45]何の娯楽もない土地のご婦人方にとっては、このような宗教的集会が唯一の気晴らしの場である。すでに述べたとおり、スタンダールは夫人のこの著作を熱心に、しかも原語で読んでいるのだが、そこにかれが見たのは産業革命の時代とともに成立した、労働の美徳、生産性、有用性があらゆる価値の尺度として支配する国、政治的には進んでいても、文化的には何の魅力もない新しい国の姿であった。ジャン＝ジャック・ルソーの故郷ジュネーヴ、近代的政治体制を生み出した先進国イギリス、理想的な民主主義を体現する新興国アメリカ。しかし、これらの都市や国を支配するプロテスタント的な信心深さと労働倫理はスタンダールには無縁であり、かれにとってプロテスタント的慣習と陰気な生活はほとんど同義であった(46)。

サン＝テティエンヌの町がスタンダールにとって工場の町として象徴的な存在であることは疑いようがない。実際にそこに行った形跡がないにもかかわらず、大嫌いなはずの鉄道に乗ってそこを訪問したことにしたうえで、この町を「イギリスの町」のようだと言い、通りも「イギリスのように広くて黒い」と述べる(47)。「フュラン（Furens／激しい）と命名された素晴らしい急流が町を横切り、百もの工場を動かしている(48)」川の水力は、一九世紀におけるもっとも重要な産業主義的メタファーであって、さながら『赤と黒』のヴェリエールを思わせる情景である。さらにサン＝テティエンヌの町は、同じ商業都市であるイタリアのジェノヴァ、フィレンツェ、ヴェネツィアなどと違って、「想像力が現実によって窒息させられている(49)」。だから、町の中心に「英雄的な産業家」の名を冠したブロンズ像でも必要だろう、という。

スタンダールがイタリア讃美者だというのは、このような産業家によって「文明化」されていく近代国家とはまったく異なる価値のもとに人びとが振舞うさまをこの国がいまだに保持しているからである。古代ローマの遺産で食いつないでいるかにみえるイタリアは、たしかに産業的にも近代国家としての構えにおいても遅れている。『ローマ散歩』曰く、この国は「フランス人かイギリス人の将軍が一人いれば一年半で文明化される（civilisé）かもしれない。そして尊敬されるようになると同じくらいに面白くなくなるだろう。いくぶんニューヨーク風に。」あるいは、「正直なところ、とくにイタリアの警察に腹立たしくなるときは全地球がニューヨークの法律に則った政府を獲得してもらいたいと思う。けれど、あれほど道徳的な国にいると、数か月もたたぬ間にわたしの生命は退屈で死ぬことだろう。」(50) 人前で諧謔を弄し、努めて快活に振舞ったこの作家にとって、退屈はおそらく最大の苦痛であった。退屈か愉楽か――この二者択一的価値判断をせまられるとすれば、たとえその愉楽が前近代的な社会制度や封建的な体制の遺物であったとしても、迷わずそれを選ぶのがスタンダールという人間の性であり、ほとんど体質ともよべるものであった。快活さや陽気さといった、一八世紀フランスの、少なくとも貴族階級や上層ブルジョワ階級を浸していた明るい雰囲気は、革命とともにそれが急速に減じていくのを体感した世代にとっては、捨てがたいほどに良質な精神的環境であったと思われる。そこにはある種の官能性やときに度の過ぎた逸楽性がつきまとうが、一九世紀の重苦しい真面目さとは対極の甘美な伸びやかさがあった。(51) 革命以前に生まれ、このような文化的息吹を呼吸した記憶のある世代は、そのあとに起こる産業革命や政治革命の嵐をまえに、旧来の感性と新しい価値とのあいだで取捨選択を迫られる状況を繰り返し経験したのである。

マックス・ヴェーバーは『宗教社会学論集』の「序言」なかで、科学・法律・芸術・教育・国家・

経済の発展がほかならぬヨーロッパでまず起きた理由を問い、それを西欧に特有の「合理化」によるものとした。ここでいう「合理化」は、「世界宗教の経済倫理」で説かれるところの、「現世を呪術から解放」し（Entzauberung der Welt）、瞑想的な「現世逃避」（Weltflucht）から行動的・禁欲的な「現世改造」（Weltbearbeitung）へと救済の道を転換させた過程にも等しいと言えようが、それによって生み出された具体的な結果として以下のようなものが挙げられている。天文学や物理学に数学的な基礎づけを与え、合理的な「証明」と実験にもとづいて築かれた近代科学、古くはローマ法にみるような厳密な法律学的思考形式のうえに成立する法体系、美術における遠近法、音楽の発展と拡張に寄与した記譜法、対位法や和音和声法の確立、学問の合理的で組織的な運営組織、訓練された官僚による官僚制国家体制、今日の生活を支配しているともいえる資本主義経済の基礎など。[53]

ここに列挙されたものが物語っているように、ヨーロッパの政治的近代と産業的近代は西欧特有の「合理化」運動が産み出したものだ。ところがスタンダールは、一九世紀におけるそのあまりにも性急な進み行きに戸惑いつつ、この合理性の行きつく先を当時のヨーロッパ人が思い描いたアメリカの姿に見たのである。政治的にはもっともすぐれた民主主義を現実のものとし、産業革命による新しい社会を築くに至ったわけだが、ヴェーバーがプロテスタンティズムをヨーロッパの近代化に欠かせぬ要素として叙述したのとは逆に、スタンダールはそのような近代化がもたらすことになった生真面目な暗鬱さを「退屈」として遠ざけようとするのである。

（五）監獄の憂鬱と幸福

このようにイメージされるアメリカにあって、スタンダールの目に映るもっともすぐれた制度のひとつが監獄である。というのも、人間を退屈な状態におくという近代的な刑罰は、退屈を最大の苦痛ととらえる立場からすれば最良の刑罰となるからである。しかも興味深いことに、この近代的刑罰は、この作家においては経済学的思考と密接に結びついている。一八一〇年、ちょうど『富、人口、幸福について』という著作を考えていたころにマルサスを読んで、結局は実現することのなかったこの著作のために「フィラデルフィア監獄の記述」という一文を考えていたようなのである。(54)

もともとフランスでアメリカが盛んに議論の対象となる契機のひとつは、アメリカにおける監獄の改革が当時のヨーロッパの伝統的な監獄観からしてかなり進んだ運動にみえたという点にある。アメリカでの改革運動はこの国独自の楽観主義によるものとも言えようが、新しい監獄の理念は、基本的に犯罪者であっても、時間をかけて自己と対話し、贖罪の意識を深くもつことで人間は再生するという信念に立っていた。自己と向かい合い、精神の深みにおいて倫理的苦悩を経験することで真の贖罪をなせば、その人は新たに生まれ変わり、まったき可能性のなかで社会的に生き直すことができる。しかし、そのような贖罪の意識をもつにいたるには、ひたすら自己と向かい合う空間、すなわち監獄という恐ろしいばかりに退屈な場が必要であると考えられたのである。これはアメリカの博愛主義によって胚胎した監獄観といってよく、実際、ルネ・レモンも「博愛精神が原動力となったすべての改革のなかで、もっとも有名なものは監獄の改革である」[55]と述べている。

このような監獄観がフランスでもっとも議論されたのは、一八二九年から一八四四年の約十五年間で、トクヴィルが監獄制度の調査を目的としてギュスターヴ・ド・ボーモン（Gustave de Beaumont 一八〇二〜六六）とともにアメリカに赴いたのもこの時代であった。[56]『アメリカの民主主義』（*De la démocratie en Amérique*）で時代の寵児となるまえ、このアメリカ滞在の直接の成果として出版されたのが、『合衆国における監獄制度とそのフランスへの適用について』[57]（*Du système penitentiaire aux États-Unis et de son application en France* 一八三二）である。とはいえ、大西洋の向こう側の監獄事情がフランスで最初に知られるようになったのは、アメリカに亡命していたフランス人、ラ・ロシュフコー＝リアンクール公爵（le duc de La Rochefoucauld-Liancourt 一七四七〜一八二七）によって一七九六年にアメリカで出版された『フィラデルフィアの監獄、一ヨーロッパ人による』[58]という八折版四四頁の小冊子であった。この書は、トクヴィルらの著書が世に出るまではこの分野でのおそらく唯一の情報源であり、王政復古がなったあと、一八一九年に第四版が出たことで多くのひとに読まれることになった。[59]もちろんトクヴィルらも触れていて、フィラデルフィアには「すばらしい監獄制度があると公爵が宣言した」ことで、みながそれを繰り返し言うようになったと記している。[60]

一八一九年の版には、二〇頁ほどの序文があり、アメリカの監獄制度が有している特徴を五点、箇条書きにしている。要約すれば、収監期間は受刑者の改善の時間であり、そのために適切であると考えられる手段が適用されること、それらの手段とは、宗教・道徳教育、労働、秩序であり、一貫性をもち、つねに厳格であること、受刑者の収監は法によって定められた受刑期間であり、そこから強く出たいという気持ちがなくならないよう、その効果を受刑者に感じさせなければならないこと、食事は栄養あるものでなければならないが、感覚を刺激するようなものであってはならず、精神を沈静に保つものであること、刑期の軽減の可能性がつねにあることを受刑者に示すこと、である。(61)

この冊子が再版されたのは、ナポレオン体制崩壊のあと、フランスの監獄の惨状を見なおし、監獄制度を改革する機運が高まってきていたからであり、しかし実際にはそれがなかなか前進しない状況にあったからである。当時、フランスの監獄は、伝統的な徒刑場の延長にあり、その目的はといえば、何よりも社会から危険分子を切り離すことにあった。また、その存在が罪を犯しそうな人間に警告的に作用することであった。一言でいえば隔離と抑止である。したがって、どれほど不衛生な場所であっても、狭隘な場所に大量の受刑者が放り込まれていても、監獄の目的には叶っていたのである。ところが、フランス革命後、監獄はたんに隔離や抑止を目的とするだけではなく、犯罪者自身を生まれ変わらせる（régénérer）施設であるべきとの考えが、とくに人道的博愛主義の立場から生まれてくる。アメリカの監獄の思想にあってフランスのそれに欠けていたもの、それがまさしく罪人の更生・悔悛という視点であった。王政復古の時代、アメリカは監獄制度の先進国であり、フランスの博愛思想家にもアメリカのモデルを自国に導入しようと考える者が多かったというのは、まさにこの受刑者の意識を変えるという問題が大きくクローズアップされてきたからである。より細かくみれば、そのための方法において、アメリカには大きく二つの異なる立場があった。フィラデルフィアの監獄はすでに触れたように、自己と向き合わせるために徹底した孤立、言い換えれば独居監禁主義をとっていた（solitary confinement）のに対し、ニューヨーク州のオーバーンの施設では、昼間は互いに話すことを禁じられつつも共同労働に従事し、食事も一緒にとり、夜になると独居房へと戻されるというものであった。とはいえ、このような違いはフランスからみれば重要ではなく、受刑者の意識を変革するという同じ目的の基盤となっている博愛精神こそが先進的だったのである[62]。

これに対しては保守派からの反撃もあった。博愛主義が一八世紀啓蒙主義的であることに加え、結果としてキリスト教信仰から逸脱する可能性が大きいことが危険視されたのである。バルザックは『村の司祭』で、ボネ司祭に「現代の博愛思想は社会の不幸であり、カトリック教だけが社会集団を苦しめる病を治癒することができる」と言わせている[63]。

以上のように、一九世紀前半のフランスは監獄制度の改革について広く議論がなされたのであるが、スタンダールはいち早くここに目をつけた。さきに触れたように、一八一〇年、高級行政職につこうとしていた時期に、友人ルイ・クロゼとともに経済学関係の書物を読んで知識を蓄えるのだが[64]、ピエール・プレヴォ（Pierre Prévost）の翻訳による『人口論』第二巻、目次裏側のページ余白に鉛筆書きで記された覚書は以下のとおりである。

フ〔ランス〕を持ち上げ、とても自然でとても真実なイ〔ギリス〕を非難する機会をもつ。貧民収容所に収監されるという一種の恥辱を適用すること、そして貧民がそこで受ける扱いを恐れるようにすること。フィラデルフィアの監獄の記述のための場所はここだ。[65]

この走り書きに近いメモの意味するところをこれだけで理解するのは難しい。しかし、これがマルサスの著作に書き残されたメモであること、そしてスタンダールはこの著作から人口と貧困による不幸の関係を理解し、いち早く工業化の進んだイギリスの都市労働者の状況をけっして肯定的に見ていなかったことから考えれば、この一文の意図するところがみえてくるだろう。イギリスの労働者の貧困が引き起こしつつあった「社会問題」をかれは時代に先駆けて察知し、自由主義的な経済学者が率先して進めようとしていた産業化の未来がかならずしも明るいものではないことを、「幸福」という視点から経済学書を読むことで感得したのである。[67]

ところで、スタンダールの小説で牢獄が重要な役割を果たしていることはよく知られているところである。『赤と黒』の結末では、ジュリアン・ソレルは牢獄の人となり、断頭台の露と消え、ファブリス・デル・ドンゴもファルネーゼ塔に投獄され、脱獄のあと、クレリアに会いたい一心で再びそこに戻る。かつてヴィクトール・ブロンベールが『ロマンティックな牢獄』(69)(*La Prison romantique*)で書いたように、スタンダールの牢獄は、たしかに現実の牢獄からはるかに隔たって、内省的で秘めたる幸福へと覚醒させる場として小説的に昇華されている。この美しい試論で描かれる小説世界の牢獄は、この書の副題が「想像的なるものについての試論」とされているように、一九六〇〜七〇年代に流行したテーマ批評的なアプローチによるものであって、王政復古から七月王政期の現実の監獄との関係はほとんど見られない。しかしながら、『赤と黒』が同時代の「年代記」を意図して書かれたものである以上、このテーマについてもその意図は一貫しているとみなければならない。

町長レナールと社会的地位を競い合うヴァルノは貧民救済院長であるが、冒頭から貧民救済院を登場させるのには、上流階級と下層階級へと二極化していく社会構造の変化を反映させるという平板なねらい以上に重要な意味がある。この小説に登場するのはほとんどが架空の人物だが、第一部第二章から第三章にかけて挿話的に描かれるアペール氏は実在した人物であり、監獄改革運動を進めようとした自由主義的思想をもつ博愛主義者として知られている。第一章の終わりでかれの名前は以下のようなかたちであらわれる。

ヴェリエール町長にとってかくも憎らしかったこのパリの粋な紳士とは、ほかならぬアペール氏であった。二日前からヴェリエールの監獄や貧民救済院のみならず、町長と土地の主な地主によって無報酬で運営されている病院にまで入り込む手立てを見つけていたのである。(70)

パリからやってきたこの人物を登場させたのには、もちろんこの時期の自由主義陣営と王党派の対立を鮮明にするという目的があったわけだが、この小説の冒頭が位置づけられている時代、すなわち王政復古末期、アペールという歴史上の人物の周囲にはこの対立を描くのに格好の材料があった。そのあたりの事情を立ち入って検証するまえに、まずはこの監獄改革運動家についてみておきたい。

バンジャマン・アペール
（Bibliothèque nationale de France, département Estampes et photographie）

一七九七年にパリで生まれたバンジャマン・アペール（Benjamin Nicolas Marie Appert 一七九九～一八四七）は若いころ、ノール県で相互教育方法（enseignement mutuel）の導入に尽力し、さらにはこの教育システムを監獄内にも応用することを提案して成果をあげた。実際、一八一九年六月から一八二二年七月にかけてパリのモンテギュ軍事刑務所（pénitencier militaire de Montaigu）で教育を担当していたのだが、一八二二年、この刑務所で脱獄事件が発生し、かれは幇助の嫌疑をかけられ、その結果、三か月間ラ・フォルス監獄（prison de La Force）に投獄された。[71] 監獄改革運動への傾倒がこの時の経験にはじまっていることは、のちの回想からもあきらかである。[72] その後、一八二五年には『監獄、救済院、小学校および慈善施設新聞』(*Journal des prisons, hospices, écoles primaires et établissements de bienfaisance*) を創刊し、カトリックとプロテスタントの違いを超えた自由主義者の集団とされるキリスト教道徳協会（Société de la morale chrétienne）の幹事のひとりになっていく。この団体は、さきに触れたラ・ロシュフコー＝リアンクール公爵が中心となって設立されたもので、福音書の教えのもと、黒人奴隷売買の廃止や監獄の状況改善などを戦闘的に実現していこうとする人びとの集まりであった。自由主義陣営の中心的な大物、ギゾーやドレセールらが名を連ね、トクヴィルやティエールらも加入している。

さて、このような運動の渦中にある人物が、王党派保守陣営から睨まれるのはいわば必定である。レナール氏のような人物が、アペールを好ましからざる者と見、スタンダール自身、この町長に「いずれ自由主義の新聞にいろんな記事を載せるだろう」と言わせ、「そういうジャコバン的記事が人びとの話題にのぼる。そのようなことのすべてが、われわれの気をそらせ、われわれが善行をなすのを妨げるのだ。」という科白の部分に「史実」（Historique）と注記しているのは、[73] キリスト教道徳協会の新聞にアペールがフランス国内の監獄や貧民救済院の実情を報告する記事を書いていたことを念頭においたものであろう。[74] 実際、この背景にはこれらの施設をめぐる政治的な対立があった。かなり過激な改革派であったこの博愛主義者の行動は、同時代の地方の知事たちから警戒視されていたことはさまざまな資料が示しているところでもある。たとえば、一八二六年九月二〇日にロレーヌ地方ムーズ県の知事が内務大臣ジャック・コルビエールに宛てた手紙は、アペールが政府に委任されてこの地域の監獄や病院、さらには小学校などの公共施設を訪問し、国王および王太子の後ろ盾を得ていると も公言しながら、地方当局の許可もとらずに無礼きわまる視察を行い、カトリック教会が公認していなかったルメートル・ド・サシの翻訳による聖書（ポール・ロワイヤル聖書）を配布しつつ、ときにはそこの運営に容喙しさえする、と訴えている。[75] 時を置かずにしたためられた内務大臣の返信には、アペールのいかなる視察も政府の許可を得たものではないこと、また主張している「後ろ盾」にはまったく根拠がないことが述べられている。[76]

内務大臣の返信にもみられるとおり、バンジャマン・アペールの監獄等の公共施設調査は、調査の現状報告が記事となって博愛主義を標榜する団体の機関紙に発表され、それを地域の野党勢力の傘下にある新聞が利用していたから、地方のなみならず中央の政府筋からも危険視されていた。さらに、プロテスタントに偏向した宗教活動は、各地でカトリック保守勢力の反感を買うことにもなった。しかもアペールが配布していた新訳聖書は、イエズス会から「プロテスタントとフリーメイソンの巣」と断罪されていたロンドンの聖書協会から提供されていたのである。[77] サシの翻訳がジャンセニスム派の誤謬に染まっているとみなされていたことはいうまでもない。獄吏ノワルーが、アペールの訪問を許可したシェラン司祭に、「じつは昨日から厳命がくだっております。つまり、知事さんは、夜中馬を飛ばしてやってきた使いの憲兵を通じて、アペール氏を牢獄のなかへ入れるなと命令したのです。[78]」と訴えているところからも、そのような事情は理解できよう。知事の命令に背くことは、レナール町長にもヴァルノにも、そして獄吏にとっても、もっとも恐るべきことである。というのは、中央の意図に反する対応によって職を失うことが頻繁にあったからだ。この事実は、王政復古の時代の中央集権的政治機構がどのようなものであったかを物語るものでもある。ジュリアンと親しい関係にあるシェラン司祭のみが、こうした政治的従属関係から逸脱し、アペールを公共施設に招き入れるのだが、周囲にいる者たちの官僚的恐れがいかほどであったかは、シェランが即座に司祭職を解任されることからもあきらかであろう。したがって、スタンダールが中央集権化の弊害を浮き彫りにするための格好の材料としてこの挿話をつかったという見方も当然できるのである。[79]

以上のように、小説冒頭近くに置かれたこの何気ない挿話は、こうした史実、おもに一八二六年に起きていた歴史的事実にもとづいて描かれており（この年が小説内時間の始まりでもある）、スタンダールが意図した年代記的意味、言い換えれば社会的リアリティを深く刻印するものであろう。

ところで、さきに触れたように、監獄の挿話は小説構成上の象徴的意味も付与されている。小説の後半でジュリアン・ソレルがレナール夫人を狙撃し、その結果収監されるのが牢獄であることを考えれば、きわめて暗示的に配置されているともいえるだろう。同時代の読者が読めば、監獄改革運動の最先端を走る人物を登場させているこの小説は、じつに同時代的リアリティをもったフィクショナルな空間として現前する効果を発揮したはずである。それは、最終部でジュリアンの幽閉される独房が、リアルというよりはむしろロマネスクな空間として開かれることと平衡をとっているかのようでもある。

スタンダールの描く牢獄は独房であるという点で、機能としてはフィラデルフィアの監獄と類似する。フランスでも批判の対象となっていたヨーロッパの伝統的な監獄は、罪の軽重にかかわらず、同一の大部屋のなかに窮屈なほどに罪人を一緒くたに投獄するのが普通であった。したがって、少なくともスタンダールの主人公たちが入る牢獄は、孤独のなかで自身と向き合う時間であり、ジュリアンの場合も真の自分を見出す場として牢獄が用意されている。すでに述べたとおり、アメリカの進んだ監獄の体制は、犯罪者を孤独と無為のなかに置き、自身と向き合わせるなかで更生への道をたどらせることを目的とするものであり、その意味でスタンダール的牢獄はそうした新しい監獄に類似しているといえるだろう。もちろん、その小説的描出にはあたかも土牢のごとく中世的な雰囲気を醸し出し、シュピールベルクのような恐怖の牢獄を想起させる意図があることは事実だが、「牢獄の幸福」がテーマとなりうるのは、そこに新しい人間的創生があるからであって、博愛主義者が目指した監獄の未来は、文脈こそ違え、奇しくもスタンダールにおいて実現している、ともいえるのである。

ところで、スタンダールのアペールに対する評価はどうであったのだろうか。H－F・アンベールは、「アペールという人物は、ずっとスタンダールの共感を得ていた」[80]と述べている。実際スタンダールは、もしフランスの議会が徒刑場の惨状について時間をかけて考え、「アペール氏が見守り運営しているキャップ＝ヴェールの島に囚人を移送する」[81]なら、かれらは再び有用な人間になるとして、いまのフランス人にはなくなってしまった精神力あるいは気骨（force de caractère）を徒刑囚に見出し、これをイタリア的性格と結びつけながら評価しようとしている。犯罪者を通してフランスとイタリアの相違をみようとする姿勢はこのときに始まったものではないが、少なくともこの時点で小説家は犯罪者の更生的育成、社会にとっての有意義な復帰というアペールの思想を肯定的に捉えていた。そしてこの態度は、『赤と黒』のエピソードにも受け継がれていると思われる。

おそらくスタンダールにアペールのような博愛主義的精神を一種のイデオロギーとして受け入れる素地はなかったが、監獄その他の公共施設を改善し、貧困層に共感的な目を向けるという点ではアペールのような運動を支持していたのであろう。また、さきにもふれたように、犯罪者に宿る精神的エネルギーをイタリア的性格に近いものとして讃美するスタンダール独自の文明論は、アペールの監獄体制の改革による犯罪者更生への道を肯定的に捉えさせる契機にもなっていたにちがいない。

（六）　陰鬱な一九世紀

『リュシアン・ルーヴェン』のスタンダールは、「自分はアメリカかどこかの共和国で暮らすようにはできていない〔……〕。〔そんなところで暮らすとしたら〕おれにとってそれはあらゆる凡庸さの専横に等しいものとなるだろう」(82)とリュシアンに言わせ、さらにその先では「ケチで想像力のないルーアンかリヨンの商人を思い浮かべれば、それがアメリカ人だろう」(83)とも言わせている。また、同じ小説の第一の序文では、「〔……〕作者はニューヨークの政府のもとで暮らせといわれたら絶望に陥るだろう。ギゾー氏に取り入るほうがかれの靴職人に取り入るよりはまだましなのだ。文学的に言うならば、一九世紀において民主主義は、凡庸で穏当な、偏狭で面白味のない人びとの支配を必然的に文学のなかにもち込むのである。」(84)と記している。ここでの靴職人は芸術や趣味を解さない無教養な人間を意味していることはいうまでもない。スタンダールをはじめ、ロマン主義時代のフランス人が一様にアメリカ社会とその民主主義をこのように思い描いたのは、ニューヨークでは「職人のなかでももっとも粗野な人間の一票がジェファーソンの一票と同じ価値をもち、往々にしてより多くの共感を得るのだ」(85)というリュシアンの呟きのなかに端的に表現されているように、市場経済の一般化と民主主義による社会の平準化によって、芸術や文学といった活動の内容も平板化し、低きに流れて統一されると危惧したからである。と同時にこれは、時代の要請として必然的に民主主義と自由主義的市場経済への歩みを一段と速める一九世紀にあって、アメリカ的な功利主義や機能主義の体質に伝統的に馴染まないフランス的精神の焦燥感の反映でもあっただろう。

それはまた、スタンダール世代の一八世紀的な快活で陽気な貴族趣味へのノスタルジーでもあった。勤勉で真面目に働く市民階級の面白味のない陰気さ——かれらが一九世紀という時代に感じていたのはこのような印象であった。ベニシューは「革命によってフランス的性格にもたらされた重々しさ[86]」と言っているが、まさにそのような重苦しい生真面目さが文学においても支配するようになる。「一八世紀の軽薄で放縦な詩は、革命の子らにはふさわしくない[87]」という『グローブ』紙の言葉もこのことを裏づけていよう。一九世紀になって文学を担う人びとも「強く陰鬱な男たちの世代にとって代わられたが、彼らはいまだに自分たちにふさわしい楽しみとはどんなものなのかをわからずにいる[88]」というスタンダールの主張は、一〇年あまりのちに書く『一八三六年において喜劇は不可能である』を予告しているとも言える。

以上のように考えてくると、『赤と黒』の冒頭、第一章のエピグラフとして引かれている「いまのよりましなのを／数千いっしょに入れてみたところで／籠は陰気になるばかり[89]」というホッブスの謎めいた言葉は、むしろこの小説の冒頭にふさわしい。平等の感覚がいきわたり、万人の権利と主張を重んじつつ、もっぱら市場経済のなかで成功を夢見る凡庸な人びとのあいだで芸術が消費され稀薄化していくこの一九世紀にあって、大多数となった市民階級の生真面目で陰鬱な価値観にすべてが一元化されていくフランスの産業社会こそが「陰気になるばかり」の「籠」なのであろう。イギリス人の有用で便利なものを産み出す才は、産業革命に先鞭をつけ、新しい経済学への道を拓いた。そして民主主義と平等主義を土台に、そうした産業と経済の発達が生みだす「快適さ」をアメリカはさらに追及したわけだが、革命後から一九世紀前半のフランス人の多くがそこにみたのは、自分たちとは対照的なアングロ・サクソン系の文明ともいうべき功利主義的で産業主義的な精神であったといえるだろう。

ここに明らかなように、どこまでもイタリアの讃美者たるスタンダールにとって、産業化とは多分に想像力を削ぐものである。そして一九世紀を陰鬱な時代として捉えるこの反時代的な考えは、ここでみた小説以外の文学作品にも見え隠れするのである。

（1）Jean-Baptiste Say, *Traité d'économie politique, ou simple exposition de la manière dont se forment, se distribuent, et se consomment les richesses*, Paris, Deterville, 1803, t. I, p. 133.
（2）*Ibid.*, p. 138.
（3）*Mélanges I*, in *Œuvres complètes*, Cercle du Bibliophile, 1967–1974, t. 45, p. 295.
（4）Paul Imbs, *Trésor de la langue française*, Gallimard, 1971–94 ; Alain Rey, *Dictionnaire historique de la langue française*, Le Robert, 1992 ; Alain Rey, *Dictionnaire culturel en langue française*, Le Robert, 2005の « confort » および « confortable » の項参照。
（5）英語の « comfort » もともとはといえば中世フランス語の « confort » に由来するものだが、この英語の意味合いが一九世紀初頭にフランス語に入ってきたのである。*Dictionnaire historique de la langue française*

は«confort»について、一八一五年に英語の«comfort»がもっている「肉体的・物質的な充足感」および「その状態に必要な客観的条件」という「まったく違った意味」がフランス語に流入し、この語はその新しい意味をまとって大いに流行したと記述している。同時に、フランス人の脳裏に「イギリス的文明」の要素として刻まれたとも述べられている。なお、一九世紀前半は«comfort»と«confort»の両方が使用されていたが、世紀半ば以降«confort»が一般化する。

（6）René Rémond, *Les États-Unis devant l'opinion française 1815–1852*, Armand Colin, 1962, t. II, p. 510.

（7）*Ibid.*, pp. 509–510. デュポン・ド・ヌムールは経済学者であると同時に実業家でもあり、ケネーの影響を受けて重農主義的思想をもってアメリカにわたり、政治家、外交官としての活動もした。デュポン・カンパニーの祖である。

（8）*Ibid.*, p. 510. ジャック・ミルベールはデッサン画家で、いわゆるニコラ・ボーダンの南海探検に同行した人物。のちにアメリカも旅行し、*Itinéraire pittoresque du fleuve Hudson et des parties latérales de l'Amérique du nord* を出版している（一八二八年）。

（9）René Rémond, *op. cit.*, p. 510.

（10）*Cf.* Victor Collot, *Voyages dans l'Amérique septentrionale, ou Description des pays arrosés par le Mississipi, l'Ohio, le Missouri et autres rivières affluentes ; observations exactes sur le cours et les sondes de ces rivières ; sur les villes, villages, hameaux et fermes de cette partie du nouveau-monde ; suivi de remarques philosophiques, politiques, militaires et commerciales ; et d'un projet de lignes frontières et de limites générales. Avec un atlas de 36 cartes, plans, vues et les fugures*, Paris, A. Bertrand, 1826, t. II, p. 344.

（11）F. D. Gelone, *Manuel-Guide des voyages aux États-Unis de l'Amérique du Nord*, Paris, Pillet, 1818, p. 41.

（12）Victor Collot, *op. cit.*, t. II, p. 341.

（13）Louis-Marie Turreau, *Aperçu sur la situation politique des États-Unis d'Amérique*, Paris, F. Didot, 1815.

（14）Félix de Beaujour, *Aperçu des États-Unis au commencement du XIXe siècle, depuis 1800 jusqu'en 1810, avec des tables statistiques*, Paris, L.-G. Michaud, Delaunay, 1814, p. 155.

（15）*Letters from an American farmer describing certain provincial situations, manners and customs, not generally known, and conveying some idea of the late and present interior circumstances of the British colonies in North America*, London, T. Davies, 1782. フランス語版は二年後に *Lettres d'un cultivateur américain écrites à W. S., écuyer, depuis l'année 1770 jusqu'à 1781, traduites de l'anglais par ****, Paris, Cruchet, 1784 et 1785 というタイトルで出版された。ちなみに邦訳は研究社出版の「アメリカ古典文庫」に『アメリカ農夫の手紙』（秋山健、後藤昭次、渡辺利雄訳、一九八二年）として収められている。なお、著者の名前はクレヴクールと表記されることも多い。

（16）一七八二年にフランスへの帰国を果たすが、翌年、領事として再びアメリカに赴く。八五年に帰国するも八七年には三度目の渡米、九〇年にフランスに戻った。

（17）渡辺利雄「アメリカの夢と現実」、『アメリカ農夫の手紙』（前掲）「解説」、一二一〜一二三頁。

（18）『アメリカ農夫の手紙』（前掲）、五五、五七、五九頁。

（19）もちろん「手紙九」に描かれているような、南部サウスカロライナにおける奴隷への残虐な仕打ちにアメリカの理想が打ち砕かれる思いをすることもあるが、これをもってクレーヴクールのアメリカへの期待を覆すことにはならない。

（20）Michel Crouzet, *Stendhal et le désenchantement du monde. Stendhal et l'Amérique II*, Classiques Garnier,

2011, p. 279.

(21) Jacques-Pierre Brissot de Warville, *Nouveau voyage dans les États-Unis de l'Amérique septentrionale fait en 1788*, Paris, Buisson, 1791, t. I, pp. 140–141.「ボストンの住人を非難すまい。かれらは飾ることを手に入れるまえに有用性を考えるのだ。記念碑（モニュメント）はないけれども、美しくて便利な教会や居心地のよい家がある。見事な橋、素晴らしい帆船がある。夜の闇から生じる忌まわしい結果を前もって防ごうと考えられたこともないヨーロッパの古い街が数多くあるのに、かれらの通りは夜には照明で照らされているのである。」そしてブリッソはこの社会を「人間味ある社会」(humane society) とよんだ（一四一頁）。

(22) この経緯についてはフィリップ・ロジェが『アメリカという敵 フランス反米主義の系譜学』(Philippe Roger, *L'ennemi américain. Généalogie de l'antiaméricanisme français*, Éditions du Seuil, 2002. 邦訳は大谷尚文、佐藤竜二訳、法政大学出版局、二〇一二年）で詳細に論じたとおりである。

(23) たとえば『パルムの僧院』第一部第六章で、ファブリスがニューヨークに行って共和国軍人になると言い出したとき、サンセヴェリーナ公爵夫人は「上品さもなく、音楽もなく、恋愛もなく、ただカフェで過ごす生活」が待っているだけだと言い、「ドルの神」を崇めるアメリカ人の暮らしなど「嘆かわしい生活 (une triste vie)」でしかないと諭す。*La Chartreuse de Parme*, in *Œuvres romanesques complètes III*, Édition établie par Yves Ansel, Philippe Berthier, Xavier Bourdenet et Serge Linkès, Gallimard, coll. « Bibliothèque de la Pléiade », 2014, p. 250. こうしたアメリカについての言及は、『リュシアン・ルーヴェン』をはじめ、『恋愛論』から『ローマ散歩』や『ある旅行者の手記』などの旅行記にいたるまで随所にみられる。なお、スタンダールとアメリカの関係については、Philippe Berthier, « Stendhal et la

<civilisation> américaine », in *Stendhal. Littérature, politique et religion mêlées*, Classiques Garnier, 2011, pp. 143–161, Michel Crouzet, *Stendhal et l'Amérique*, Fallois, 2008 を参照。ちなみにトクヴィルも『アメリカの民主主義』第一巻（一八三五年）で、「人間の心のなかで金銭への愛情がこれほど広く場所を占めている国、そして財産の恒久的平等という理論にこれほど深い軽蔑を示す国をわたしは知りもしない」と述べている。*Cf.* Alexis de Tocqueville, *De la démocratie en Amérique, in Œuvres complètes d'Alexis de Tocqueville*, Michel Lévy Frères, t. I, 1864, p. 82.

（24）*Le Rouge et le Noir*, in *Œuvres romanesques complètes I*, édition établie par Yves Ansel et Philippe Berthier, Gallimard, coll. « Bibliothèque de la Pléiade », 2005, p. 351. 以下、『赤と黒』に関してはとくに断りない限り、この版を用いる。

（25）Michel Crouzet, *Stendhal et le désenchantement du monde*, *op. cit.*, p. 116.

（26）*Ibid.*, p. 117.

（27）「ブルジョワというよりもむしろ農民に近いこの住民」ということによって、ヴェリエールの住民の多くをさらに低い階層に位置づけ、この安楽さが芸術や文化を理解する層のもつゆとりとは無関係であることをことさらに強調しているかにみえる。

（28）*Le Rouge et le Noir*, pp. 351–352.

（29）*Cf. Le Rouge et le Noir*, édition de Pierre-Georges Castex, Garnier Frères, 1973, pp. 516–517, note 8.

（30）*Journal*, 3 septembre 1811, in *Œuvres intimes I*, édition établie par V. Del Litto, Gallimard, coll. « Bibliothèque de la Pléiade », 1981, p. 733. カステックス同様、デル・リットも註において『赤と黒』の冒頭との関係に触れている（*ibid.*, p.1437）。

（31） *Ibid.*, p. 733.

（32） スタンダールが最初に『国富論』を読んだのは一八〇五年の三月ごろで、同月一九日付の日記に「ぼくはスミスをとても楽しく読んだ」と書いている（*Journal*, p. 275）。さらに一八一〇年の経済学に没頭したときにも再度スミスに戻り、抜き書きを作っている（*Cf.* V. Del Litto, *En marge des manuscrits de Stendhal. Compléments et fragments inédits (1803–1820)*, Presses Universitaires de France, 1955, p. 192）。なお、スタンダールが読んだ『国富論』は、一八〇二年に出版されたジェルマン・ガルニエによる仏訳である。

（33） アダム・スミス『国富論』（大河内一男責任編集、玉野井芳郎・田添京二・大河内暁男訳）、中央公論社「世界の名著」三一、一九六八年、七二頁。訓練を受けていない職人がピン作りの全行程を一人で行ったとしたら、せいぜい一日に二〇本と作れないだろうが、これを行程に分けて一〇名の分業体制で臨めば、一人あたり四八〇〇本のピンを製造できるとした。

（34） 同書、七六頁。

（35） *Le Rouge et le Noir*, p. 353.

（36） *Ibid.*, p. 353.

（37） *Cf. Le Rouge et le Noir*, édition de Pierre-Georges Castex, p. 517, note 11.

（38） *Le Rouge et le Noir*, p. 1001, note 15.

（39） Lettre à A.-A. Renouard du 3 janvier 1826, *Correspondance III*, édition établie et annotée par Henri Martineau et V. Del Litto, Gallimard, coll. « Bibliothèque de la Pléiade », 1967, p. 79.

（40） *Armance*, in *Œuvres romanesques complètes I*, pp. 181–182.

（41）*Le Rouge et le Noir*, p. 354.

（42）*Mémoires d'un touriste*, in *Voyages en France*, édition par Victor Del Litto, Gallimard, coll. « Bibliothèque de la Pléiade », 1992, p. 110.

（43）*Journal*, 3 septembre 1811, p. 733.

（44）*Ibid.*, pp. 734-735.

（45）フランセス・トロロープ『内側から見たアメリカ人の習俗　辛口１８２７〜３１年の共和国滞在記』（杉山直人訳、彩流社、二〇一二年）というタイトルで邦訳されている。七六〜七七頁参照。

（46）*Mémoires d'un touriste*, p. 527.

（47）*Ibid.*, pp. 110 et 111.

（48）*Ibid.*, p. 111.

（49）*Ibid.*, p. 111.

（50）*Promenades dans Rome*, in *Voyage en Italie*, édition établie par Victor Del Litto, Gallimard, coll. « Bibliothèque de la Pléiade », 1973, p. 627.

（51）一八世紀から一九世紀へのこの気質の変化は、音楽をとおしてみるとわかりやすい。一八世紀末までの演奏プログラムが雑多で、サロン的雰囲気のなかでじつに散漫に、つまみ食い的に聞かれていたものであったのに対し、一九世紀の聴衆は生真面目な「沈黙」のなかで演奏に集中して聴くようになる。これについては、リチャード・セネット（『公共性の喪失』）やウィリアム・ウェーバー（『音楽と中産階級』）、日本でも渡辺裕（『聴衆の誕生』）らが描いてみせたところである。「音楽とは一心に耳を傾けて鑑賞するものだ」という共通了解が成立するのは一九世紀になってからである。これは、音楽文化の担い手が貴族から市民層に移行したというのがその変化の大きな理由である。産業革命と市民革命を通じて富と権力をもった市民層が演奏会を支えるようになったため、演奏会は「社交の場」であることをやめて「純粋に音楽を聴きたい人の集まる場」になった。

（52）マックス・ヴェーバー「世界宗教の経済倫理　序論」、『宗教社会学論選』（大塚久雄、生松敬三訳）、みすず書房、一九七二年所収、七六頁参照。

（53）マックス・ヴェーバー「宗教社会学論集　序言」、『宗教社会学論選』前掲書、七〜二二頁参照。

（54）*Mélanges I*, in *Œuvres complètes*, t. 45, p. 114.

（55）René Raimond, *op. cit.*, t. II, p. 562.

（56）かれらがアメリカに滞在したのは一八三一年四月から翌三二年の二月までである。

（57）Gustave de Beaumont et Alexis de Tocqueville, *Du système pénitentiaire aux États-Unis et de son application en France, suivi d'un appendice sur les colonies pénales et de notes statistiques, par MM. G. de Beaumont et A. de Tocqueville*, H. Founier, 1833. この著作はアカデミー・フランセーズのモンティオン賞に輝いた。

（58）La Rochefoucauld-Liancourt, *Des prisons de Philadelphie, par un Européen*, Philadelphie, chez Moreau de Saint-Méry, 1796.

（59）この版はパリの Chez Madame Huard から出版されている。

（60）G. de Beaumont et A. de Tocqueville, *op. cit.*, 2e éd. t. I, pp. 168–169.

（61）La Rochefoucauld-Liancourt, *op.cit.*, pp. vii-viii.

（62）René Raimond, *op. cit.*, p. 565.

（63）Balzac, *Le curé de village*, in *La Comédie humaine*, Gallimard, coll. « Bibliothèque de la Pléiade », t. IX, 1978,

p. 728. バルザックの博愛主義への批判は一貫していて、それは『田舎医者』などにも見てとれる（Cf. *Le médecin de campagne*, in *La Comédie humaine*, t. IX, 1978, p. 402)。

（64）スタンダールがノートを残しているのはアダム・スミスとマルサスの著作で、とくにマルサスの書は、一八一四年以降にミラノにも携え、一八二一年、多くの書籍を残してパリに赴く際にも、この本を手離していないことは注目に値する。

（65）V. Del Litto, « L'étude de l'économie poloitique. Nouvelle notes inédites », *Stendhal Club*, no 73, 1976, p. 10.

（66）« L'apport de l'Angleterre dans la vision stendhalienne du monde moderne », in K. G. Mcwatters, C. W. Thompson, *Stendhal et l'Angleterre*, Liverpool University Press, 1987, p. 268.

（67）これ以降、イギリスの産業家がもたらすものへの疑問は一貫してつきまとう。たとえば一八二六年には、コルシカの農民とバーミンガムやマンチェスターの労働者を比較した『グローブ』紙にことよせて、コルシカ人は働かないけれどもイギリス人よりもずっと「幸福」であるとの論を展開している（*Mélanges I*, in *Œuvres complètes*, t. 45, p. 298)。

（68）本書では、「監獄」と「牢獄」を同時に使用するが、一応、小説的に加工されたフィクショナルなものを「牢獄」とし、当時の社会制度として現実に存在したものを「監獄」とする。もちろん、どちらともつかない場合もあり、この区別は必ずしも厳密でないことを断っておく。

（69）Victor Brombert, *La prison romantique. Essai sur l'imaginaire*, José Corti, 1975. スタンダールについては「スタンダールと〈牢獄の甘美さ〉」（Stendhal et les « douceurs de la prison »）と題されている（pp. 67–92)。

（70）*Le Rouge et le Noir*, pp. 356–357.

（71）もともと一六世紀からあった館が一八世紀に監獄として用いられるようになった。この館の所有者はつぎつぎと変わったが、一時所有していたラ・フォルス公爵（duc de La Force）に因んでこの名がある。一九世紀にはベランジェが投獄された場所であり、文学作品にもたびたび登場する。『娼婦の栄光と悲惨』のリュシアン・ド・リュバンプレがここに入り、『レ・ミゼラブル』ではテナルディエがこの牢獄から脱獄することになる。

（72）« Pour bien connaître les abus et les vexations qui augmentent le malheur des prisonniers, il faut avoir habité soi-même ces lieux de douleur et d'ennui ».

（73）*Le Rouge et le Noir*, p. 357.

（74）アペールはこの団体のなかの監獄委員会（Comité des prisons）を推進し、監獄の現状を報告するさまざまな記事を書いて機関紙 *Journal de la Société de la morale chrétienne* に発表していた。

（75）Jacques-Guy Petit, *Ces peines obscures. La prison pénale en France (1780–1875)*, Paris, Fayard, 1990. p. 194.

（76）*Ibid.*, p. 193.

（77）*Ibid.*, p. 192.

（78）*Le Rouge et le Noir*, p. 358.

（79）M.-F. Imbert, *Les Métamorphoses de la liberté ou Stendhal devant la Restauration et le Risorgimento*, José Corti, 1967, p. 483.

（80）*Ibid.*, p. 483.

（81）*Rome, Naples et Florence (1826)*, in *Voyage en Italie*, p. 380.

（82）*Lucien Leuwen*, in *Œuvres romanesques complètes II*, éd. établie par Yves Ansel, Philippe Berthier et Xavier

Bourdenet, Gallimard, coll. « Bibliothèque de la Pléiade », 2007, p. 154.

(83) *Ibid.*, p. 155.

(84) *Ibid.*, pp. 721–722.

(85) *Ibid.*, p. 685.

(86) Paul Bénichou, *Le sacre de l'écrivain 1750–1830. Essai sur l'avènement d'un pouvoir spirituel laïque dans la France moderne*, José Corti, 1973, p. 312.

(87) *Le Globe* du 12 octobre 1824, cité par P. Bénichou, *ibid.*, p. 313.

(88) Stendhal, *Chronique pour l'Angleterre. Contributions à la presses britaniques*, textes établis et commentés par K. G. McWatters, traduction et anonotation par René Denier, Publications de l'Université Stendhal, Langues et Lettres de Grenoble, 1982, t. II, p. 50.

(89) *Le Rouge et le Noir*, p. 351.

第五章　サン＝シモン主義と『産業者に対する新たな陰謀について』

（一）　産業の台頭

一九世紀初めの数十年は、革命と帝政による政治的不安定から、思想そのものが多極化し、支配的なイデオロギーが不在のまま、それぞれの陣営が進むべき方向と可能性を模索しており、いうなればつぎの新しい時代への思想的胎動期間であった。おそらく誰もが多少とも居心地の悪さを感じながらそのような過渡的時代を生きていたことは、「われわれは心ならずも、そして知らぬ間に、無数の不確かな思想や漠然とした不安を呼吸しているような雰囲気のなかに生きている。〔中略〕若者はこの波乱に満ちた雰囲気の中で生まれ、揺らぐ大地のうえで育ったがために、晴朗な時代に生まれた父親たちと同じ感情を経験することができない」(1)というバランシュの言葉からも想像できよう。バランシュがこう書いているのは、「わが息子」とよばれる生きがいを見出せない若者に老人が語りかける形式を借りつつ、前著『社会組織に関する試論』（*Essai sur les institutions sociales dans leur rapport avec les idées nouvelles*）の主張を繰り返した『老人と若者』（*Le Vieillard et le Jeune Homme*）という著作においてだが、この書が出版された一八一八年ごろ、すなわち王政復古が成立して間もない時期の空気をよく示している。

もちろん、「若者」の世代側の証言においても同様で、一八一〇年生まれのアルフレッド・ミュッセは『世紀児の告白』（*La Confession d'un enfant du siècle*）で「血気盛んで蒼白く、神経質な世代」、「不安げな若者たち」の世代を描きだした。人びとが「ボシュエのように」考える、あるいは「ヴォルテールのように」考えるという言い方で一種の世代を括ることはそれまでにもあったが[2]、一九世紀前半、ロマン主義の若者たちは、それまで以上に「世代」という意識を鮮明にもち、それを通して歴史をみるようになっていく。「若さ」を標榜したロマン派世代にとって、父の世代と自分たちの世代という明確な区別は、いわば戦略的な「断絶」であり、自分たちの世代的アイデンティティの拠り所となる枠組みでもあった。ロマン主義の宣言書ともいえるスタンダールの『ラシーヌとシェイクスピア』にもそのような図式は明確にみてとれよう[3]。とはいえ、革命によって旧体制の根幹ともいうべき国王を殺し、教会を破壊し、古い価値観をことごとく転覆させたあとの混乱ぶりは、一時的にこれを収拾したかにみえたナポレオン体制の崩壊後、もはや大多数がボシュエのように、あるいはヴォルテールのように考えるといった、特定の優勢な思想や知的パフォーマンスが時代を支配することを許容するほど生易しいものではなくなっていた。

いまの世紀病はすべて二つの理由に由来する。九三年と一八一四年を通過した人びとは心に二つの傷を負っている——もはや存在しなくなったもののすべて、いまだ存在しないもののすべて。われわれの不幸の秘密を他所にもとめてはならない。(4)

一九世紀前半のように、すべてが不安定で予測困難な時代にこそ、人びとの心性は一方で現実逃避の軌跡を描きつつ、他方できわめて現実的な地平へと収斂する。通俗的な理解ではロマン主義の現実逃避的側面が強調されがちだが、この時代が銀行家を名実ともに支配者層に押し上げる気運を育み、夢想や幻想や神話といったロマン的とされる要素以上に科学や歴史への、また、神秘や宗教以上に「金」や「市場」への信仰が絶大なものとなって表出したことを忘れてはならないだろう。ロマン主義の台頭は、基本的にブルジョワジーの成熟を土台にしているが、革命と帝政の動乱を通じて過去と断絶したことによって、ウルトラと呼ばれる極右王統派からジャコバン的共和派まで、あるいは王政復古とともに復活したカトリック勢力から無神論を唱える無政府主義者にいたるまで、思想の方向性は混迷の度を増し、必然的に価値が多様化するなかで、サン＝シモンのような思想家の主張が影響力をもつようになるのは理解できる。ベニシューがロマン主義の思想流派のなかに、シャトーブリアンやミシュレと同等にサン＝シモンを位置づけているのも故なきことではない(5)。すでにサン＝シモンは初期の著作『ジュネーヴ人の手紙』(*Lettres d'un habitant de Genève à ses contemporains*)において、すべての人間は労働しなければならないことを説き、その産業労働上の平等を保証したうえで、産業者による管理体制によって国家が運営されることを夢見た。フランス革命によって政治的になされた革命は、実質的・経済的内容を付与されることによってはじめて成就されると考えていたかれは、「産業」こそが社会を再組織化する原動力であるとしてこれを理論的に位置づけ、その基盤となるものが「科学」であるとしたのである。のちに「政治学は生産に関する科学である」と宣言し、「政治学は、経済学にそっくり解消してしまう」と予言するにいたるだろう(6)。経済の状況が政治的諸制度の土台であるという認識は、この時代に経済が現実的な意味で実権を握ってしまうことと並行的である。と同時に、この趨勢はさきにも論じたように、そうした現実主義に支えられているが故に、まったく逆の精神的傾向を生む。ロマン主義とは、このような不安定な現実主義の平衡錘としても成長したし、のちに空想社会主義と呼ばれることになる思想が、現実の改革にとどまらずにユートピア思想にまで駆け上がってしまうのも、同じ精神の動きによるものである。

「もはや存在しなくなったもののすべて」と「いまだ存在しないもののすべて」のはざまを埋めるもの、それが経済現象を経済学として考える思考だった。時代的趨勢からすれば、本来ジュリアン・ソレルは銀行家を目指さなければならなかったといってもよい。

（二）　サン＝シモンと産業主義

では、ロマン主義時代の特徴的な経済思想の一派の創始者、サン＝シモンの産業主義はどのようにとらえられていたのだろうか。この点は、スタンダールが反サン＝シモンの論陣を張ることになる事実からいっても押さえておかなければならない点である。とはいえ、空想社会主義の名で括られることになるこの思想家は、どの点を注視するかによって姿を変え、あたかも鵺のようにとらえどころがない。後年の評価がいくつにも分かれたことがそれを示しているとも言えよう(7)。

本稿の論旨からいって、もっとも重要なのは、サン＝シモンの「産業」(industrie) という概念であろう。もともと一種の科学主義の立場から人間社会の秩序を捉え返すという目論見を抱いていたことは、帝政期の著作においてみられるように、自然諸科学を見直し、物理的世界を支配しているのと同じ原理のうえに人間科学を基礎づけようとしていたことからもわかる。「カトリックのドグマや教権の権威失墜以来、科学の客観的秩序と理想の人間的秩序を普遍的法則のな

サン＝シモン

かに統合することによって近代的な学理を創始すること」[8]がもとめられており、サン＝シモンも当初はニュートンをモデルにしてその目的を果たそうとし[9]、神学者ではなく学者（savants）の公認のもとに自然科学的学理の到来を予告し、神学的でも形而上学的でもない、いわゆる実証的（positif）な哲学と、それをもとにした政治学を目指していたのである。もっとも、時代とともに事情は微妙に変化してくる。ナポレオンのフランスはイギリスと対立関係にあり、サン＝シモンはこのような状況を鋭敏に汲み取って、しだいにフランスの愛国主義を自分の意図に関係づけようとしはじめる。そしてニュートンやジョン・ロックに対して距離をとり、分析的精神よりもデカルト的総合の精神へとシフトしていく。一八〇七年から〇八年にかけて二巻で出版された野心作、『一九世紀の科学研究序説』（*Introduction aux travaux scientifiques du XIXe siècle*）は学士院会員に向けられたものであるが、ここで著者は、一般科学よりも個別科学を優先させたこと、つまりはデカルト的「総合」（すなわちフランス的精神）よりもニュートン的「分析」（イギリス的精神）を優先させたことによる過ちをはっきりと指摘している[10]。

ところが、こうした科学的変革を土台にした「自然科学主義」ともいうべき態度も、ナポレオン体制の終焉とともにしだいに産業主義的な視点にとって代わられる。これは、帝政から王政復古へと大きく政治の向きが変わったこと、周囲でかれを助ける人脈にも変化があったことなどによるものと思われるが、いずれにしてもこののち、いわゆるサン＝シモンの中心的思想のひとつである産業主義を展開していくことになるのである。ここには、サン＝シモンの革命についての評価と捉え方が密接に関わっている。革命が完了したものではなく、なおその途上にあるとする考えのもと、いまだ達成されていないものを成就することこそが革命の使命であるとし、その目的のために新たな体制が構築されなければならないと説いたのである。

革命の現実的な目的は現在までに達成されておらず、まさにそうであるがゆえにこの目的はなおのこと存在し続けている。これを成し遂げるうえでの主要な障害が取り除かれたということを除けば、この目的はありったけの力と拡がりとともに、いまだに存在し続けているのである。というのも、個人にとってと同様、政体にとってもあらゆる現実的な欲求は、それが満たされるまで持続するからである〔中略〕。したがって、革命の終結には程遠く、事の成り行きが革命に与えた目的を完全に達成すること、つまり新たな政治体制の成立によってしか、革命を終わらせることはできないのだ(11)。

サン＝シモンによれば、一七八九年に始まった革命は、終結するどころか、これからの新しい展開のために障害物を取り除いたにすぎない。暴力と流血の限りを尽くして達成された革命の成果といえるものは、神学に基礎を置いていた封建体制を排除してつぎの段階への準備をなしたことにすぎず、その来たるべき段階は、平和裡に遂行されなければならないという。より具体的には、社会のありようを封建体制(système féodal)から産業体制(système industriel)へと完全に移行させることが革命の最終的な到達点とされるのである。したがって、過渡的体制(système transitoire)の現在、目指すべきは産業の重要性を認識し、これを中心に新たな社会を構築していくための論を作らなければならない、ということなのであった。「国民が必要としているのはもはや統治されることではなく〔中略〕できるだけ費用のかからぬように管理されること」[12]であって、「産業者がすべてのフランス人のうちでもっとも管理を学んだ者」[13]であるという信念のもとにあっては、統治の方法を記述する政治よりも産業に力点が置かれていくのはいわば必然である。

ところで、サン＝シモンにとって「産業」の重要性とは何か。ここでいわれる「産業」とは生産活動の総体を指しており、『産業』(*L'Industrie*)の趣意書が述べているように、「産業こそが社会の根本基盤」であるとされる。

> すべての社会は産業に基礎をおく。産業は社会存立の唯一の保障であり、あらゆる富とあらゆる繁栄の唯一の源泉である。それゆえ、産業にとって最も好都合な事態は、ただそれだけで、社会にとって最も好都合な事態である。これこそ、われわれの一切の努力の出発点であると同時に目的である。[14]

このように産業を基盤にした社会体制の構築を目論むのであれば、当然、旧体制におけるような不毛な区分を廃して生産活動に立脚した人間関係を想定しなければならない。以上のような展望のもとに、サン゠シモンの思想の中核をなす階級思想があらわれてくる。すなわち、他者の労働によって生活し、かつみずからをかれらよりも上位階層だと思っている年金受給者と貴族、あるいはまた、訴訟手続を云々することによってみずからを養う法学者は産業の側に属することはない。一八一九年に発表された『組織者』(*L'Organisateur*)の冒頭にあらわれる有名な「寓意」(Parabole)は、かれのいう産業者がどのような背景のうえになりたっているかを如実に物語っている。(15)

サン゠シモンの産業寄りの出版活動が、当時勢力を増しつつあった実業界から一定の支持を得たことは想像に難くない。それ以前、科学の改編を志向していた時代よりもはるかに重要な人物たちから注目を浴びることになるのも、細かな差異を等閑視すれば、同時代の経済的自由主義の一派として解釈されえたからである。「自由主義的」と認知されることで同時代のジャーナリズムへの道も開けたといってよい。実際、シャルル・コント(François-Charles-Louis Comte 一七八二〜一八三七)やシャルル・デュノワイエ(Charles Dunoyer de Segonzac 一七八六〜一八六二)はかれらの雑誌『検閲者』(*Le Censeur*)にコラムを書かせたし、銀行家の雄ジャック・ラフィットや工場経営者として当代一の名声を誇っていたルイ・テルノー(Guillaume Louis Ternaux 一七六三〜一八三三)は出版に際しての財政援助を引き受けたのである。

もちろん、かれの過激な社会変革の要請は、王政支持派のあいだでは物議をかもすことになった。とくに「寓話」において、王家の人びとをすべて失ったとしても、その喪失によって国家に何の支障も生じないとするくだりは、到底許容できるものではあるまい。事実、一八二〇年のベリー公暗殺事件のおり、サン゠シモンは王族に対する不敬と暗殺の道義的加担の科で訴追されている。[16] 結局無罪となり、この顚末は逆にかれを有名にする結果となった。

さて、スタンダールがサン゠シモン主義に対して公然と批判の矢を向けたのは、周知のとおり『産業者に対する新たな陰謀について』においてであるが、これはいかにも唐突で、ほとんど生理的な反応であるかのようにさえみえる。しかし、スタンダールとサン゠シモン主義の関係はそれほど簡単ではない。サン゠シモン主義の考え自体が、サン゠シモンその人の思想と、その死後の弟子たちによる展開とではかなり違いがあるし、スタンダール自身の反応にもわかりづらい部分が多くあるからである。「産業者の陰謀」を告発するときにかれ自身が抱いていたサン゠シモン主義に対するイメージをその後も長く持ち続けてしまったという考えもある。[17] たしかにスタンダール自身が『産業者に対する新たな陰謀について』を書いた動機の幾分かは、時代の世論（opinion）がジャーナリズムに支配され、かつ、そのジャーナリズムが「産業者」によって買収されていくことに激しい危機感を抱いたことにある。その意味でスタンダールがイギリスの雑誌に数多く寄稿し、フランスの社会・風俗を批判的に考察した論考の総体に、「新聞に対する新たな陰謀について」[18] という名を与えるとしても、あながち間違いとはいえないことはすでに述べた。じつは、当時のサン＝シモン主義やその産業主義を考える場合、ジャーナリズムとの関係を無視してその同時代的受容を理解することはできないのである。

そもそもスタンダールがイギリスの雑誌に寄稿し始めたのは、かれ自身が文芸雑誌の創刊を構想し、その計画が実現しなかったから、というふうにも考えることができる。前述のとおり、一八二二年二月二四日付の書簡には、『アリスタルコスあるいは読むべき書物の普遍的指針』（*L'ARISTARQUE OU INDICATEUR UNIVERSEL DES LIVRES À LIRE*）という雑誌名があがっていて、これに対する経済的支援をあちこちに要請しているかにみえる。[19] もちろんこの企図は、前年に『恋愛論』を出してもまったく売れず、スタンダールがますます経済的に困窮の度合いを増していたころのことであり、どの程度本気に考えていたかはわからない。しかし、ここには文芸メディアをどのように捉えようとしていたのかを示す動機の一端があらわれている。すなわちこの『アリスタルコス』は、ジャックとピエールという二人の市民によって発行されると予告されており、かれらは「いわゆる文人ではまったくありません。かれらはそうした栄誉をもたないのです」と断ったうえで、これを口実に雑誌の辛辣な性格が述べられる。

分析される作品の著者たちがすべて、二人にとって公然たる敵といわぬまでも、密かに不幸を願う者となることを二人は覚悟しています。これは不幸ではありますが、それに身をさらすほうが、通常の商業的事業がもたらすであろう退屈に身をさらすよりもましなのです。もっとも、かれらは個人については何も言いません。そうしたくなるのを避けるためにも、ヨーロッパの栄誉となっている文人とはできる限り知り合いにならず、顔さえ知るまいとするでしょう。[20]

さらに、こうした辛辣さを貫くために、雑誌がとる様式についても補足している。

かれらはつねにこの素朴な（simple）文体を使用し、歯に衣を着せずにものを言う許可をもとめています。しかも、かれらはこの上ない簡潔さを旨とするでしょう。かれらが出すような定期刊行物は、四行以上の文章を嫌悪しなければなりません。あらゆる種類の虚飾と誇張を周到に避けるでしょう。かれらは、新刊書を買う人、とはいっても、通俗さを少しばかり超えるような本をもっぱら買おうとする人に有用（utile）でありたいと願っているのです。[21]

そしてこれらの条件を満たさない書籍は一切取り上げないと宣言するのだ。ここにシャトーブリアン風の華麗で格調高い文体を嫌うスタンダールの個人的な嗜好があらわれているのはいうまでもないが、いくつかの点で注目すべき宣言である。まず、通常の商業的事業と「退屈」が結びつけられていること。すでに述べたように、スタンダールにとって「退屈」は人生最大の敵のひとつであった。

「わたしにとって生活の大いなる不幸、それは退屈（ennui）である」[22]と『一八一八年のイタリア』にも書いたとおり、このイタリア好きにとって「退屈」は特別の意味をもっており[23]、なんの躊躇もなく近代主義、すなわちイギリスやアメリカの産業社会と結びつけられる。ここでは「通常の商業的事業」と同列に置くことによってそれが示されている。したがって、この文芸雑誌創刊は近代産業主義と対置された意図であるとも読めるのだ。さらに、サン＝シモン主義者や産業主義者にとって合言葉でもあった「有用」（utile）という用語が、そうした産業主義を根幹とするアメリカの社会を通俗きわまりないものとして認識していたスタンダールによって、逆に「通俗」を超えるものを愛する者への有用性を説くことでパロディ化されている。デュラス公爵夫人の三番目の小説として発表された『オリヴィエ』（*Olivier*）――実際にはラトゥーシュによって書かれたのだが――への批評（一八二六年）において、スタンダールは「産業界のサロン」（salon de l'industrie）という言葉をもちだしている。「サロンの小説」と「小間使いの小説」という区別については別のところでも述べたとおりだが、ここではそのサロンが二つに分かれている。

デュラス夫人の小説は当たり前のように、われわれの風俗のなかに起きた大きな変革（révolution）について語るようにしむける。二年前なら、わが国の自由主義派の作家たちは公爵夫人のような文体（style）を果敢にも検閲していたことだろう。しかし今日、それほど悪趣味の刻印のある証拠を見つけることはできまい。かれらは上流社会（bonne société）に受け入れられない人間とみなされるのを恐れているのだろう。商業界のサロン、ここでの呼びかたにならえば《産業界のサロン》は、フォーブール・サン゠ジェルマンのサロンに圧されて大いに影が薄くなり始めたのだ。この大きな変化の理由は、たしかに一八二〇年にはだれにも予見できなかったであろうが、フォーブール・サン゠ジェルマンのサロンでは楽しんでいるのに、裕福な銀行家のサロンでは欠伸が出る、ということなのである。(24)

ここでも「退屈」（「欠伸」）が「裕福な銀行家のサロン」すなわち「産業界のサロン」と結びつけられている。しかしより重要なのは、隆盛を極めつつある実業界の人間たちが、みずからを古典的な価値と対立する自由主義的な価値のうえに位置づけようとしていたはずなのに、裕福になるにしたがって古典的な貴族階級の価値観に染まりはじめたことを指摘している点であろう。スタンダールはこの変化（une grande révolution あるいは cette grande évolution）を、一八二五年前後を境に起きたものとしているようだが、もちろんこれはシャルル一〇世の戴冠と関係がある。「二年前」とされているのは、シャルル一〇世が王位につく前と解してよい。逆行ともみえるこの現象に対してこの寄稿者はどのように反応したのだろうか。

この年の初め、スタンダールはアカデミズムを支配していたヴィルマンの『ラスカリス』を失敗作だとこきおろしながら、「文学の革命（une révulution littétaire）はさし迫っている。おそらく五〇歳以上の作家はことごとく舞台奥へと退けられるであろう。われわれが《ロマン主義》とよぶ文学上の改革に対してかれらが激昂しているのも、これが故にこそなのである。(25)」と述べている。ここでの対立はあきらかに古典派と新しいロマン主義のそれであって、『ラシーヌとシェイクスピア』の延長にあることは容易に見てとれる。一方、『オリヴィエ』評では、本来的には貴族階級に対立すべき新しい階級として生まれてきたブルジョワジーが、みずからにふさわしい美学を生み出すこともなく、貴族階級の価値観でもあった古典主義的な美学に歩み寄っていることをスタンダールは見逃さなかった。『ラシーヌとシェイクスピア』の著者はいうまでもなくリベラルである。そして一九世紀の産業主義に与した階級もまたリベラルを標榜する者たちから成っていた。それゆえ、スタンダールはある意味で新興ブルジョワジーがあらたな芸術的価値、つまりはロマン主義的美学の担い手の階層となることを期待していたはずである。ところが、この階級が産業主義に色濃く染まりはじめるとともに貴族階級の顔色を窺うようになってしまったこと、しかも一般に旧体制の原理に忠実であろうとしたとされるシャルル一〇世の時代となるや、そのような傾向がはっきりと出てきたことにかれは深い落胆を感じたに違いないのである。

(三) 『産業者に対する新たな陰謀について』の構造

スタンダールにおいて、社会経済的な議論が現実社会のなかで発信され、議論を巻き起こすことになったのは、唯一『産業者に対する新たな陰謀について』[26]を発表したときだけである。その意味でこの政治パンフレットはこの作家の経済学的思考を検討するうえできわめて重要な作品である。

この著作は、一八二五年のおそらく一二月のはじめに出版された二四頁からなるもので、いちおう政治的パンフレットのかたちをとっているが――なぜならばこの小冊子の目的は、フェルナン・リュードの総括にしたがえば、サン゠シモンその人、『生産者』(*Le Producteur*)[27]に集う弟子たち、産業主義を奉じる大産業家および銀行家、これら三者に攻撃を加えることにあったからである[28]――、ここに読み取れる作者スタンダールの執筆動機と、駁論を展開するのに用いられる論理を検討するなら、同時にまた、パンフレット出版直後の周囲の反響をも読み合わせるならば、この反サン゠シモン主義的パンフレットの論旨は、諧謔やアイロニーには括目するところがあるにせよ、少なくとも社会思想的イデオロギーを攻撃するものとしてはかなり奇妙な性格のものと言わざるをえない。本節では、こうした印象を与える原因のひとつと考えられる「考える階級」(la classe pensante)というはなはだ曖昧な概念を検討し、同時にこの小冊子に対する同時代人の反響をたどることをとおして、パンフレットが小説家誕生にとってどのような意味をもったのかを考察してみたい。

『陰謀』の作者の依って立つ階級として謳われているかにみえる「考える階級」はつぎの記述からその大まかな位置づけを知ることができる。

> 誠実さをもって実践される職業はすべて有用であり、したがって尊敬に値する。これが、あらゆる地位を侵略しようとする貴族階級(*aristocratie*)と、あらゆる尊敬を占有しようとする産業主義(*industrialisme*)のあいだに位置する考える階級が宣言する古い真理である。(29)

作者自身がことさらに強調している「貴族階級」と「産業主義」の中間項として位置づけられたこの階級は、「産業主義と特権階級の相対立するふたつの陣営の滑稽さ(le ridicule)を見出すのに恰好の位置にいる。(30)」さらに「考える階級」は「世論の製造」を託された階級(31)であって、「金持ちでも貴族(noble)でもなく」、「六〇〇〇リーヴルの年金を有する人びとの階級(32)」である。その理由は以下のとおり示される。

> この人たち〔六〇〇〇リーヴルの年金を有する人たち〕だけが、新聞のではなく、自分自身の意見をつくりあげる暇をもつ。考えることは快楽のなかでいちばん金がかからない。富裕層はそれ

を味気ないものとみて、馬車に乗ってオペラにいく。考える時間をもとうとしないのだ。貧しい人間にもこの時間はない。一日八時間働かなければならず、その仕事からうまく解放されようと精神はつねに張りつめているからだ。(33)

以上を総括すると、「考える階級」は、第一に貴族階級と産業主義の中間項であり、第二に富裕層と貧しき者の中間項をなす階級である。この二組の対立項の交差するところに結ばれるこの階級の像は、しかしながらこれ以上明確にされることはない。「考える階級」とは、のちの時代の知識階級(«intellectuels»や«intelligentsia»)を連想させる点で今日の読者の興味を惹くに足るものであるが、「階級」という政治・経済的な用語を冠している以上、本来ならば少なくとも何らかの意味で政治的あるいは経済的に規定されて然るべきだろう。社会的意味合いを強く喚起する言葉が幸いにして読者の注目を集める効果をもちえたとしても、それがそのような文脈のなかで論理的かつ明瞭に定義されることがなければ単なる隠喩にすぎない。スタンダールのいう「考える階級」は、たとえば後世のさまざまな階級概念がもっているような、社会的分裂や対立へと理論的に展開されるパースペクティヴに欠けており――もちろん二〇頁あまりの小冊子に完全なそれを望むべくもないが――、それゆえ全体のトーンは、作者自身「考える階級」をひとつのレトリックとしてしか考えていなかったのではないかと思わせるものになっている。総計六回あらわれるこの用語だが、一人称代名詞«je»に置き換えて支障のある箇所はひとつとしてなく、むしろその方が文意が明確になるようにさえみえる。実際、この言葉はすべて主格として、しかも一例を除いてすべて文頭にあらわれ、いやがうえにも修辞的効果を発揮するように配されている。[34] さらにそのあとに置かれる述語動詞を一瞥すれば（préférer、honorer、se contenter 等）、「考える階級」は「階級」という語が本来そうであるような客観的検討をへた観念であるよりはむしろ、一人称代名詞の代替物として編み出された表現（ゆえに心理的価値のほうが勝っている）に近いという事実に頷けるだろう。「考える階級」が主観的・個人的判断を下す主体としての印象を与えるのもこのためである。したがって、「階級」という用語をスタンダールが選んだことにイデオロギー上の意味を深く読みこむのは正しくないのだが、じつはこのイデオロギー性の欠如こそが『陰謀』を政治的パンフレットの本来の価値から遠ざけ、結果的に作者自身のうちで矛盾を露呈させることにもなるのである。

ジュヌヴィエーヴ・ムイヨーはこのパンフレットを失敗作としたうえで、それを論証するためにパンフレットをジャンルとして成立させる四つの条件を挙げる。[35] 第一に「明確に定められた標的(cible) を想定している」こと、そしてそれは一社会集団であること、第二に「テクストにあらわれるパンフレットの発信者 (émetteur) がはっきり規定されて」いること、第三に作者と標的のあいだに連帯や好意の情があってはならないこと、第四に「テクストにおける否定的側面が、そのテクストの支えとなり、批判の根拠となっているイデオロギーにあっては肯定的価値をもつ」こと——以上がその条件である。

いまここで彼女の論考に則して論を進めると、このパンフレットの最大の標的は自由主義イデオロギーを旗印に交換価値の絶対的支配をもとめる産業主義であり、これを攻撃するパンフレットの発信者たるスタンダールの依って立つイデオロギーもまた、トラシーやベンサムの「有用性」(utilité) を重要な価値としてもちだす自由主義のそれであるという、はなはだ奇妙な関係が成り立っていることがわかる。(36) それゆえ、第三、第四の条件を満たしていないことになる。とはいえ、だからといってこれを失敗作と断じたところでそれほどの意味はない。むしろスタンダール自身、自由主義イデオロギーの立場からそのイデオロギーの中核をなす交換価値の絶対的支配に批判の矛先を向けることの矛盾を、そしてその困難さを十分知っていたというべきであって、ここで注目しなければならないのは、イデオロギー上の理論的対立を見出しえぬがゆえに議論が政治社会的なレベルから個人的な「好み」の問題へと横すべりしてゆく際に、あたかもそれを隠蔽する装置でもあるかのように「考える階級」という用語が使用されている点だろう。

考える階級は最大多数に有用なものすべてに敬意をはらう。この階級は、ウィリアム・テル、ポワリエ、リエゴ、コルドゥスなど、要するに正しかろうが間違っていようが一般大衆にとって有用であると信じるものを得るべく大きな危険を冒す人びとに対して、高い尊敬の念をもって、と

きには栄誉をもって報いるのである。(37)

ここにみえる「最大多数に有用な」もの、「一般大衆にとって有用」なものとは、自由主義イデオロギーの掲げる合言葉である。そしてウィリアム・テル以下、ここに列挙された英雄たちに「高い尊敬」と「栄誉」をもって報いようとするのはスタンダールの個人的な「好み」である。「考える階級」という語は、イデオロギーのもつ社会政治性をいかなる論理的説明もなしに個人的な嗜好の問題に結び合わせるために、換言すれば、社会的次元を個人的次元へと横すべりさせるためにもちだされているというべきだろう。つぎの文章にも同様の操作を読みとることができる。

考える階級は、有用性にあわせて入念に尊敬を見積もりつつ、機械を輸入して六〇〇〇人の労働者を使うもっとも裕福な製造業者よりも、ひとりの兵士、巧みな医師、報酬の望みがないのに無罪を弁護する弁護士のほうをしばしば好むのである。(38)

「考える階級」の名において《utile》、《utilité》をもっぱら個人的「好み」のレヴェルに引き寄せて論じられるのをみて、おそらく批判の標的になった当事者がある種の当惑をおぼえたのではないか。次節では、このパンフレットが引き起こした反響をできるかぎり資料に忠実にたどることで、当時スタンダールがどのような状況におかれていたかを考えてみよう。

(四) パンフレットへの反応と功罪

一八二五年一一月三〇日に早速アントワーヌ・セルクレ（Antoine Cerclet 一七九七〜一八四九）[39]とスタンダールのあいだでこのパンフレットについての書簡のやり取りがある（一一月三〇日の段階ではおそらくまだ出版されていなかったであろうが、スタンダールの周囲はすでにその内容を知っていたらしい）[40]。まずセルクレはつぎのように反論の筆を起こす。

所見は以下のとおり。あなたは自分で理解していないことを話している。わたしはこのことであなたが間違っているというほど不公平ではありません。もしいくつかのことを理解していないのなら、その責任はあなたの知性と教育にあることになります。そして、あなたは知性をスタンダールの先祖から受け継ぎ、教育の基礎を幼少期の教育者たちから受けているのですから、その両方ともに非がないとなれば、あなたは結果になんら責任はないのです。理解できないことを話しているとしても、それがあなた個人の誤りでないということは、われわれが生きている時代が悪いということになります。[41]

手紙の筆者は皮肉にもスタンダールの知性とかれが受けた教育にかこつけながら、『陰謀』の作者が何ひとつ理解していないこと、したがってこの問題についてとやかく議論する資格を何らもちあわせていないことを本人に諭しているのである。「わたしもまた、ミル、ロック、マルサス、リカードを読んだ」(42)という作者の言に対して、「あなたは経済学を読んでいるとのことですが、まことに残念なことに、それは時間の無駄というものです。(43)」と返し、さらにつぎのように続ける。

わたしはただ、サン゠シモン氏によって発表された著作に、そしてあなたもかれと議論しているわけですから、お読みになったいくつかの著作に立ち戻っていただきたいのです。ここだけの話、あなたが拾い上げたところしか見なかったのだとすれば、そして残りの部分が理解不能か意味がないとみえるのであれば、わたしはあなたに同情します。とはいえ、それをあなたに理解させようとはしません。ラシーヌとシェイクスピア、無韻詩とアレクサンドランを比較してその長所を長々と議論していただいたほうがよろしいでしょうから。(44)

セルクレが『陰謀』の論者を、サン゠シモンの理念を十分に理解しているとは言い難く、それゆえ『生産者』の論敵ではないとみなしていることはあきらかである。セルクレの眼には、パンフレットの論旨は理論的な議論の対象にするにはあまりにも的外れなものにみえたにちがいない。実際、手紙の主は、「あなたの仕事が『生産者』紙のなかに議論をもち込む性質のものでなかったことを残念に思います。もしもそうであったなら、こんな手紙をお送りすることもなかったでしょう。[45]」とこの書簡を結んでいる。

これをうけてスタンダールはその日のうちに返事を書いている。いくつかの反論を試みているが、自らの経済学分野の教養の不足を認めざるをえなかった。

経済学において疑問の余地なくあなたのほうが優秀であること、そしてこの問題に関するわたしの能力不足については、もっぱらあなたのおっしゃることに同意するほかありません。これらふたつの真理はわたしにとっても明白なのですから。[46]

そしてさらにその先を読むと、議論を経済学的なものから文学の領域へ移動させようという意図が窺える。しかし、サン゠シモン主義とそれを信奉する産業家を攻撃することにこの政治的パンフレットの動機があったことを考えれば、文学上の議論に甘んじることはできないはずであり、「あなたはわたしの冗談を、わたしはあなたの勿体ぶった晦渋さを互いに高くは買わない[47]」といった言い方では済まされないはずである。にもかかわらず、自分のしかけた攻撃を「冗談」という言葉で濁さなければならないところにスタンダールの読みの甘さがあったというべきであろう。手紙の結びでは、第二版が出ることがあれば訂正する意図さえみせているのである。

気取っているとみえるところを笑うのをお許しいただけるなら、そして万が一、わたしのパンフレットに二版がでることがあるとすれば、この点についてあなたが何も言わなかったとしても、あなたがたの意図を疑わしくしてしまったようなところは消すつもりです。考える人間は、消化吸収する人間の笑いの種になってはいけないですから。[48]

ついで一二月三日には『パンドラ』(*La Pandore*)[49]、『商業新聞』(*Journal du Commerce*)[50]、そして『生産者』の三紙が『陰謀』に関するコメントを掲載する。

まず『パンドラ』の批判は、スタンダールがギリシャで没したバイロンとナヴァリノで戦死したサンタ・ローザを讃えたあと、「この間に産業家たちは何をしたというのか」[51]と批判した部分を踏まえて、以下のように展開している。

あのふたりの偉人の英雄的な最期に感嘆しない者がいようか。しかし、ある国に別の国の産物を輸送すること、そこに富を流通させる新しい産業部門を移植することは、社会の役に立たないだろうか。「考える階級は最大多数に有用なものすべてに敬意をはらう」と言っておきながらすぐあとにこのような辛辣な比較をもちだすとは、いささか不器用というものではないだろうか。[52]

ここでスタンダールは「楽しい饒舌家」(un agréable parleur)と皮肉たっぷりによばれ、『陰謀』自体は「警句」(boutades)として処理されて、「しかし、楽しい饒舌家が時に一言したくなるあのむず痒さ以外に動機のないこれらの警句を、真剣にとるのはひょっとして間違っているのではないだろうか」[53]と、軽くかわされるのである。

『商業新聞』の反論もほぼこれと同じ論調であるといってよい。一例を引いておく。

しかしド・スタンダール氏――著者が名乗るのはこの名前だ――の冷やかしを面白がったあとで、かれら〔産業家〕もまた行き過ぎた軽々しさを笑うことができよう。特別の勉強が必要な議論を、どうやらそのような勉強をしたことがないのに、じつに軽々しく行っているのだから。〔中略〕〔かれが読んだという〕あの著述家たちでも論証を人物をもって代えることや論理の代わりにあてこすりを使うことは助言しなかっただろう。このような機知の濫用は、議論の内にいるか外にいるかにかかわらず、多くの人が厳しく判断し、ほとんどおもねることない形容のしかたをすることだろう。[54]

最後に『生産者』紙上の記事だが、アルマン・カレル（Armand Carrel 一八〇〇〜三六）が書いたこの駁論[55]はいくつかの点でかなり重要である。まず、すでに触れたように、『陰謀』には英雄の自己犠牲的行為との比較によってこの時代の産業家たちの行為を断罪する論理展開が随所にみられるが、これに対するカレルの反論は明快である。

それに対してわれわれは以下のように答えよう。過去が提供する偉大なことを考慮にいれつつ、われわれは学理をつくりあげるのに過去に属する人間の模範も物事の模範ももちださなかった。英雄的な無私無欲の時代は不名誉な売春の時代でもあったのであり、われわれが未来にもとめるのは、だれも自己犠牲を強いられない、すべての利害が十分に了解され、互いに連動し、保証しあうような物事の状態なのである。[56]

論者はさらに続けて、スタンダールの宣揚する自己犠牲的行為は「超越的美徳」（vertus transcendantes）であり、来たるべき未来にはそのような美徳はおそらく減少するだろうという。そして「知識と物質的幸福の増進によって、あまりに長きにわたって私的な美徳（vertus privées）しか存在しなかったところに公の美徳（vertus publiques）が生まれることだろう」[57]と予測している。

カレルによるこの「私的美徳」と「公の美徳」の区別は、スタンダールの「有用性」の考えには見出せないものであり、おそらく明確には意識していなかった区別だろう。前述したイデオロギーのレベルから個人の「好み」のレベルへの論理の横すべりという弱点を見事に突くものである。ヒロイズムという「超越的な徳」を「考える階級」の名において賞揚するあまり、「公の美徳」という側面に思いの至らなかったのをカレルは巧みにとらえているといってよい。ここにスタンダールの絶対的な理想主義を見て取ったとしてもたぶん間違ってはいないだろう。『ラシーヌとシェイクスピア』がよく示しているように、観念学的教養はかれのうちに相対主義的世界観を鍛えあげたが、ヒロイズムの絶対性にこの相対主義をもち込むところまではいたらなかったようである。そしておそらくは、こうしたヒロイズムの絶対性の美学こそが後の小説の主人公を造形し、その小説宇宙を支えることになるのである。

さて、これまでみてきたように、『陰謀』をめぐる自由主義陣営の論説は、そこにみられる皮肉やレトリックを差し引いても、このような問題を論じる資格のある作者としてスタンダールをみていない。したがって、作者自身が議論の埒外におかれているという孤立感をもったとしても不思議ではない。しかもみずから自由主義陣営に足場を置き、外に踏み出すことなくこの陣営のイデオロギーの根底を批判し、逆にこの陣営から爪はじきにされたのであってみれば、それはなおさらであろう。

この孤立感と焦燥感は一二月九日付のミラ宛書簡にもよくあらわれている。[58] そしてここでも再び産業主義に対する攻撃がみられる。

産業主義は万人を働かせようとする。甘美な無為（*dolce far niente*）がなくなるや、アリオストの『オルランド』やカノヴァの彫像を味わう人はいなくなるでしょう〔中略〕。もし産業主義がわれわれのところまで侵入すれば、芸術に対してわれわれはいま以上に野蛮になるでしょう。イギリス人のように暗くなるでしょう。あのあわれな人たちは労働の過剰さにうちひしがれているのです(59)。

ここでもイギリスの労働と陰鬱さがもちだされていることに注意したい。すでに論じたように、産業への適性はフランス人よりもイギリス人のほうがはるかに優れたものをもっており、それに引き換え、芸術的感性はイギリス人やアメリカ人に比べてフランス人が優っているというのがスタンダールの一貫した見方であった。これはセーの経済学書から確証を得たことでもあって、スタンダールの文明論的視点の特徴をなす部分である。イギリス（あるいはアメリカ）対フランスの対立は、産業主義対芸術至上主義の対立へと容易に移行する。社会的事象ときわめて個人的な感性的事情とがこうして対立的におかれるわけだが、これは先にみたとおり、スタンダールの論理の弱点をなすものでもあった。ここで、甘美な無為（*dolce far niente*）という言葉を使っている点にも注意しておく必要がある。これは間接的に六〇〇〇リーヴルの年金生活者からなる「考える階級」の理想の姿でもあるからだ。

こののち、『グローブ』紙が序文をつけていくらかの部分を削除したかたちで『陰謀』のテクストを掲載したのを最後に、このパンフレットはジャーナリズムから消えるわけだが、作者にとってひとつの大事件であったはずのこの一件は、かれに何をもたらしたのであろうか。たしかに政治的パンフレットという意図からすれば、攻撃の相手が議論にたるものとしてこれを捉えなかった時点ですでに失敗であった。そして、この失敗のゆえにスタンダールは他の自由主義者たちとの溝をことのほか深いものと認識しなおしたであろうし、それがために孤立感も大きなものになったであろう。「考える階級」という言葉の上でからくも調停されていたかれ自身の個人的なヒロイズムへの愛着と、イデオロギー批判のかたちをとる政治パンフレットの社会性との関係は、その両立しえない矛盾を孕んだまま崩れたのである。これを最後にパンフレットに手を染めることはない。

(五) パンフレットから小説へ

『ラシーヌとシェイクスピア』において「パンフレットは時代の喜劇である」と述べられていたことを思い起こせば、たしかにJ–M・グレーズのいうように、パンフレットは滑稽さを告発する喜劇と批評活動としての小説の中間項として位置づけられるかもしれない。(60)「パンフレットの失敗、イデオロギー上の失敗はエッセーと小説の成功となるであろう」(61)とムイヨーも指摘するように、一八二六年一月にスタンダールははじめての長編小説『アルマンス』に着手するからである。では、パンフレットの失敗と小説の誕生がある因果関係をもつのだとすれば、それはいかなるものでありえたのだろうか。

『アルマンス』が性的不能をその主題のひとつとして書かれたことはよく知られている。本章が考察の対象としてきた一八二五年一二月ごろ、デュラス夫人の同じテーマを扱った小説『オリヴィエ』(*Olivier ou le secret*) がパリのサロンで人びとの話題になったのを契機に、やはりこのテーマを用いてあたかも同夫人の作であるかのように出版されたH・ド・ラトゥーシュの小説を書評する過程で、スタンダール自身のなかにこのテーマで小説を書く考えが浮かんだ。このような経緯から、小説中では「秘密」としてしか言われていない主人公の生理的欠陥こそが真の主題なのか、それともそれはひとつの主題にすぎないのか、といったところに議論が集まる傾向にあった。ここではいま一度、この作品には『陰謀』で論じられる自由主義的ブルジョワの産業主義礼讃、「考える階級」が「高い尊敬」の念をもって報いんとする貴族主義的精神といったテーマが随所にみいだしうることを強調しておきたい。

早くも二六年一月三日のルヌアール宛の手紙でスタンダールはすでにこの小説にふれて、ここ二、三年の風俗を描くことに努めたとはっきり述べている（実際にはこの段階ではまだ書き始めてはいなかったのだが）。

二か月後には、ほぼ『ロッシーニ伝』の文体で書かれたある小説の手稿を一二折版三巻の本にすることになります。
この小説でわたしはここ二、三年のあるがままの今日的風俗を描こうとしました。[62]

そしてさらに重要と思われるのはつぎの記述である。

わたしの第一の配慮は、マルグリット・エモンの上品な調子から離れないということでした。要するに、作者がウルトラであるか自由主義派であるかを見破られないことです。[63]

ここで手紙の筆者は、自らの思想的立場を隠して小説を書こうとしている。そしてこの点にこそ、パンフレット作者スタンダールから小説家スタンダールへの移行を見るべきだろうと思われる。政治パンフレットの作者は、匿名で出すものでもないかぎり、あるひとつの利害を代表する集団に身を置き、それを明言しなければならない。しかしスタンダールの場合、現実の問題としてそのような集団をもちえなかったがゆえにこそ、「考える階級」なる概念をもちだすことになったのであった。さらに、まさにこのことによって『陰謀』は失敗し、かれは自由主義者のあいだでも孤立感を感じざるをえないような事態に追い込まれた。この状況を念頭においたうえでさきの手紙を読めば、あきらかにパンフレットとは異なるかたちで政治を扱う方途を小説のなかに見出そうとしていることがわかる。特定のイデオロギー的立場を明確にせぬまま、政治・経済を縦横に論じる手段――性的不能という好個のテーマが偶然目の前にころがっていたことが直接の動機であるにせよ――この手段の可能性こそがスタンダールを必然的に小説に向かわしめた要因と考えられるのである。

こうした文脈のなかで小説の「序」を読んでみると、作者の立場を韜晦することにかなりの力点がおかれていることに気づく。

だが、かれ〔著者〕は産業家と特権階級に属する者を舞台にのせ、これを風刺した。〔中略〕読者諸兄は、各党派が反対派のサロンについて、悪意ある事実に反した記述をしているからといって、それを作者の心の内にある意地の悪いものの見方のせいにされるだろうか。〔中略〕さしあたりわれわれは、読者がかつて喜劇『トロワ・カルティエ』の作者たちに示されたごとき寛大さを、いくぶんなりとも分かち与えていただきたいと思う。かれらは民衆にひとつの鏡を提示したまでである。この鏡のまえを醜い人物が通過したからといって、それがかれらの罪であろうか。鏡はいかなる党派に属するのであろうか。(64)

ここに「産業家」という言葉をいれているのは、『陰謀』からの連続性をみるようで興味深い。さらに注目すべきは、作者の中立的立場（というよりもむしろ立場の韜晦）を弁護するために、あの有名な「鏡」の隠喩を用いていることだ。「鏡」はたしかにおのれの言述に対する責任逃れに格好の比喩だが、これまで論じてきた文脈からすれば、むしろ作者の立場を隠すことの意味をこそ、そこに読むべきだろう。鏡は対象を忠実に映すがそれ自体を映すことは決してない。パンフレット作者は自らの利害を自らの名において守るために自ら攻撃の矢を放たなければならず、鏡にはなりえない。これに対して小説の作者はつねに反射するのみで自ら光源となることはないのである。

(六)『アルマンス』と政治

以上のような状況のなかで小説執筆へと傾いていくのであるが、小説への移行の契機はそれほど単純なものでもない。ここでもう少し立ち入ってその事情をさぐってみよう。

『アルマンス』の執筆過程は大きくふたつに分かれている。ブッチ本に残されたかれ自身の記述を追っていくと、まず一八二六年一月三〇日もしくは三一日に開始され、二月八日に中断されており、いわゆる「サン・レモの嵐」をはさんで同年九月一九日に再開されて一〇月一〇日に一応終えている。原稿が残っていないためにどの部分がどの時期に書かれたものかは特定できないが、二月六日に第一章を書いていたらしいことから(65)、この前後までは第一期に書かれたものがほぼ使われているのではないだろうか。もちろん、この部分にも内容からみてあきらかに後に書き加えられたものも含まれているから、厳密には断定できないが、執筆に要した時間と、あとでほとんど修正していないところから考えると、さきの推測は的外れとはいえない。この小説を一読すればわかるが、前半部のほうに多くみられる政治的記述が後半部にいくにしたがって減っていき、しだいに恋愛小説的側面が強調されるかたちになっている。

九月一五日のキュリアル夫人との破局がスタンダールに大きな精神的打撃を与えたことはいうまでもない。「一八二六年九月一五日から一八二七年九月一五日まで、わたしはなんという一年を過ごしたのだろう。[66]」と『アンリ・ブリュラールの生涯』で語っている。ここでの作者の精神的危機はもはや政治社会的なものとはほど遠い。同じブッチ本の第二巻の終わりには「一八二六年一〇月二三日、最初の手稿（*the first Ms.*）を直す――一八二六年一〇月七日、かれはピストルのたいへん近くにいた（*he was very near of* pisrolet）[67]」と、英語混じりの奇妙な文章で書かれている。「ピストル」（自殺）の間近にいた精神状態と政治的な論争の炎がまだ冷めやらぬ時期――同じ「不能」というテーマが引き続き用いられるにしても、約七か月の隔たりがある二つの異なる心理的状況が依然としてこのテーマに同じ意味をもたせ続けるとは考えにくいのであって、むしろその意味はかなり変化したと考えるほうが自然だろう。事実、H‐F・アンベールは、一一月八日に放棄された最初の執筆を、デュラス夫人、ド・ラトゥーシュの影響下に商業的目論見からなされたものとして、第二回目の執筆とのあいだには大きな意識的な隔たりがあることを匂わせている。[68] だとすれば、クレマンティーヌとの恋の破局が小説家誕生に深く影響したことになろう。では、小説家の誕生は「政治的なもの」からそうではないものへの移行を意味するのだろうか。小説『アルマンス』は『産業者に対する新たな陰謀について』とはまったく対蹠点に位置するものなのだろうか。しかし一読すればあきらかなように、全体としては美しい恋愛小説の体裁をとりながらもきわめて政治的な部分が少なからずあるのであって、けっしてスタンダールが「政治」を放棄したとは思われない。ただ、政治的なものに関わろうとしながらも、それを直接的に論じることを避ける方向に向かおうとしているのは確かなようで、「サン・レモの嵐」はこの方向を決定づけたと言いうるのではあるまいか。政治パンフレットとともに政治的議論のなかに飛び込み、恋愛の破局とともに「才気の人」の仮面をつけ、直接的ではなく、「小説家」として間接的に政治を扱う「才気」を身につけたというべきだろうか。

ところで、恋愛小説というにふさわしい『アルマンス』に政治的な議論が少なからずおかれていることはすでに述べたが、それがもっとも色濃く出てくるのが第一四章である。この章は物語全体からすればいかにも不自然な印象を読者に与えている。というのも、物語がまったく進行せず、オクターヴとアルマンスのあいだで交わされる政治談議に終始するからである。ここでオクターヴは一八二五年の暮にスタンダール自身が置かれていた政治的状況ときわめて近いところにいるようにもみえる。

ぼくたちは、キリスト教が支配しようとしているのに異教の偶像に仕えていた司祭みたいなものだ。〔中略〕

ぼくたちは貴族階級の滑稽さを笑うこともせずにみているのさ。そしてその特権が重荷になっているんだ。(69)

いうまでもなくオクターヴは貴族の青年である。そしてかれはそこに身を置きながらその階級を批判し、新しい自由主義の思想は理解しているものの、だからといってそこに入っていけない。スタンダールが矛盾を感じつつも「考える階級」という観念を編み出さなければならなかった「出口なし」の状況がそのままオクターヴの身の上に重ねられているかのようである。小説として物語を追いながら読み進めていくとき、ほぼ作品の中間に位置する第一四章の不自然さは如何ともしがたいが、それはたんに無力化した貴族階級の風景を客観的に描くことを超えて、作者自身の深層に解決されぬまま残された問題が湧出してきたからでもあろう。おそらくこの作品に充満している「去勢的ファンタスム」のような雰囲気は、スタンダール自身の「去勢不安」とでもよべそうなものに由来しているのではないか。「こんな単純きわまる物語のなかに政治が割り込んでくるのは、音楽界の最中にピストルをぶっ放すような効果にもなりかねない」(70)と、得意の比喩を弄しながらこの章は閉じられるのだが、物語の流れの不自然さをつくり出してまでも政治があらわれなければならない理由があるとすれば、それは作者自身に内在する理由と考えるべきだろう。『産業者に対する新たな陰謀について』と重ね合わせて読みながら、この点をさらに立ち入って考えてみよう。民主主義のもたらす俗悪さに耐えられないスタンダールと同じように、自由主義のブルジョワを嫌悪するオクターヴに向かってアルマンスはいう。

他方で、自分の爵位のせいで、また、問題の四分の三はあなたと同じように考えている人たちなのに、たぶん少々荒っぽい作法のために、あなたはかれらに会うのがいやになるのでしょう。(71)

そしてこのことは、オクターヴ自身もよく自覚している。

結局のところ、きみもぼくも、たしかにああいう連中と一緒に暮らしたくないわけだろう。でも、ずいぶん多くの問題についてぼくらもかれらと同じような考えかたをしているんだ。(72)

ここでもやはり「感じ方」の問題として「ああいう連中」、すなわち自由主義の産業家（とくに銀行家）を断罪している。小説全体に動きが少なく、主人公が他の小説に比べて作者の代弁者的印象を与えるのも、スタンダールがまだ小説家として未熟だからというよりは、政治を語ることを意識しすぎているからではあるまいか。

ところで、ピエール・バルベリスはスタンダールと国家を論じた論文のなかで、近代小説的人物像の一端に触れてつぎのように言っている。

最初に出版された小説においてオクターヴ・ド・マリヴェールは「人間嫌いの若者」になり、逃走と攻撃、失語症と多弁症の主人公になり、馬鹿だと人から明言され、あらゆる去勢的ファンタスムと世界からの自己排斥ファンタスムに内側から狙われている主人公になる。近代の主人公は国家と、社交界や社会にある国家の附属物に対抗してみずからをはっきりと定義するのである。(73)

バルベリスのいうように、近代の小説の主人公が国家およびそれを中心とする象徴体系に対峙するものとして明確化されるのであれば、オクターヴはまさにその一典型ということができる。ここでいう「去勢的ファンタスム」とはもちろん「性的不能」に触発されてできた言葉であるが、「社会的不能の形象としての性的不能」であって、新しい勢力のまえに没落していく貴族階級の社会的無能力を生理的な不能として表象しているのである。しかし、これまで論じてきた文脈からすれば、すなわちスタンダール自身が貴族階級を批判しながらも、これに対立する自由主義的産業主義に与することができず、むしろ美学的見地からはこれを嫌悪しているという点を考えれば、不能の意味をたんに社会的無力の比喩として消極的に捉えるだけでは不十分であろう。誤解を恐れずに言えば、もうひとつ高い次元で、支配的な政治イデオロギーに対して美学的なものを対置させようとする努力がこの小説ではなかったか、ということである。オクターヴを取り巻く環境には必要以上に不幸な要素が集められている。たしかに貴族階級はその不能のゆえに死ななければならない。しかしオクターヴの死によって表象されているその破滅には、多くのスタンダリアンが言うように、あれほど美しく、そして「英雄的な」要素で飾られなければならない理由がある。

望楼の高みから、少年水夫が叫んだ。「陸だ。」水平線に見えるのはギリシャの陸地、モレア半島の山々だった。清々しい風に船足は速かった。ギリシャの名は、オクターヴの勇気を奮い立たせた。かれはつぶやいた。「英雄の土地よ、きみに挨拶しよう。」そして、三月三日の真夜中、カロス山のかなたに月の昇るころ、オクターヴがみずから調合した阿片とジギタリスの混剤は、あれほど波乱に富んでいた人生からかれを静かに解きはなった。明け方、人々は甲板の綱具のうえに横たわって動かないその姿を見つけた。微笑が口もとに浮かび、類まれな美貌はかれを屍衣に包む役割を負った水夫にいたるまで心を打った。(74)

さきにも述べたように、ギリシャの地とは『産業者に対する新たな陰謀について』の末尾で讃えられたバイロンの死んだ土地であり、独立を勝ち取ろうとする英雄たちの大地である。このヒロイックな大地を背に死ぬオクターヴの姿はこのうえなく美しく描かれている。主人公の死がこれほど入念に書かれるのはこの作品をおいてほかにない。スタンダールは政治的論争のなかで、政治的ディスクールと美学的ディスクールを混淆し、幸か不幸か、イデオロギーの問題から大きく外れてしまった。しかしながら、「政治」がいとも簡単に「感じること」の次元へと下降してくるこの作家にとって、政治イデオロギー的なものは何の矛盾もなく美学的なものと対決しうる。「その類まれな美貌はかれを屍衣に包む役割を負った水夫にいたるまで心を打った」という一文のなかに、死にゆくもの〔オクターヴ／貴族階級／性的不能〕に宿る理想美の、力に満ちてはいるが「崇高」をもちあわせぬもの〔自由主義的産業者／水夫たち〕に対する勝利が書き込まれてはいないだろうか。なぜ小説という形式が必要であったか、この問題に対する答えの一つが、そして、ほとんど死を描写することを好まないスタンダールがこの小説の末尾をことさらドラマティックに書かねばならなかった理由がここにある。

この小説は、政治イデオロギー的なものと美学的なものとのいわば対決として生成し、主人公の死をその止揚の場としているといえるのではなかろうか。

（1）　Pierre-Simon Ballanche, *Le Vieillard et le jeune homme*, in *Œuvres de M. Ballanche de l'Académie de Lyon*,

Librairie de J. Barbezat, 1830, p. 48.

（2） ポール・アザールの名著『ヨーロッパ精神の危機』は、「何という対照、何という突然の移行だろう。大多数のフランス人がボシュエのように考えていた。突然、フランス人はヴォルテールのように考えるようになる。」という言葉で始め、約三十年にわたるヨーロッパ知識階層の分析を試みた。Paul Hazard, *La crise de la conscience européenne, 1680–1715*, Livre de Poche, 1994, p. 11.（『ヨーロッパ精神の危機 1680‐1715』野沢協訳、法政大学出版局、一九七三年、八頁）

（3） 第二部の冒頭に掲げられた「対話」は以下のとおりである。

老人―「つづけよう。」

青年―「検討しよう。」

これが一九世紀のすべてだ。*Œuvres complètes*, Cercle du Bibliophile, 1967–1974, t. 73, p. 51.

（4） A. de Musset, *Œuvres complètes en prose*, Gallimard, coll. « Bibliothèque de la Pléiade », 1938, p. 81.

（5） Paul Bénichou, *Le temps des prophètes. Doctrines de l'âge romantique*, Gallimard, 1977, pp. 248–268

（6） *L'Industrie*, in *Œuvres complètes II*, édition établie par Juliette Grange, Pierre Musso, Philippe Régnier et Frank Yonnet, PUF, « Quadrige », 2012, p. 1469.

（7） マルクス、アーレント、ハイエクなどがさまざまな見方からこの思想家にアプローチしているが、いずれもその全貌をとらえているとはいいがたい。

（8） Paul Bénichou, *op. cit.*, p. 251.

（9） Saint-Simon, *Lettres d'un habitant de Genève à ses contemporains*, éd. Alfred Péreire, 1925, p. 35 et suiv. この時代、自然科学と人間科学を統合しようする機運は、さまざまな次元で観察することができる。フーリ

エもまたニュートンから「引力」の語を借り、人間社会をこの語が喚起するメタファーによってとらえた。

(10) Saint-Simon, *Intruduction aux travaux scientifiques du XIXe siècle*, pp. 164-165 et p. 61. 直接関係ないが、革命期から帝政期にかけてのフランスの学会は、多少ともこうした愛国主義の風潮に影響されたとみるべきであろう。ジャン＝バティスト・セーの『経済学概論』でも、イギリスの国民性とフランスの国民性の対立がことのほか強く意識されている。

(11) Saint-Somon, *Du système industriel*, in *Œuvres*, Slatkine Reprints, p. 28.

(12) *Ibid.*, p. 28.

(13) *Ibid.*, p. 48.

(14) 森博編訳『サン・シモン著作集』恒星社厚生閣、一九八七年、第二巻。

(15) 「フランスが次のような人たちを突然失うと仮定しよう。一流の物理学者五〇人、一流の科学者五〇人、〔中略〕一流の機械工五〇人、一流の土木技師と軍事技師五〇人、〔中略〕一流の銀行家五〇人、一流の商人二〇〇人、一流の農耕者六〇〇人、〔中略〕一流の石工五〇人、一流の大工五〇人、〔中略〕要するにフランスの一流の科学者、芸術家、労働者をあわせて三〇〇〇人、フランスが突然失ったと仮定しよう。

〔中略〕フランスの諸国民は今日かれらの競争相手となっている諸国民にたいしてたちまち劣等な状態に落ちこむであろう。〔中略〕フランスがこの不幸を償うには、少なくともまるまる一世代を要するであろう。

もうひとつ別の仮定に移ろう。フランスが科学・芸術・工芸の分野でもっているすべての天才をそのまま持ちつづけながら、王弟殿下、アングレーム公爵夫人〔中略〕を同じ日に失うという不幸にあったとしよう。さらにフランスが同時に王座を取りまくすべての高官、すべての国務大臣、〔中略〕すべての裁判官、そしてこれに加えて、貴族のように暮らしている資産家のうちで最も富裕な資産家たちを失ったとしよう。

このような不幸な出来事は、確かにフランス人を深く悲しませるであろう。〔中略〕けれども、国家の最も重要な人物と見なされているこれら三万の人びとの喪失がフランス人にもたらす悲しみは、まったく感傷的なものにすぎないであろう。なぜならば、この喪失からは国家にとってなんの支障も生じないであろうからである」(『組織者』第一分冊、一八一九年、森博編訳『サン・シモン著作集』第三巻)

(16) セバスティアン・シャルレティ『サン゠シモン主義の歴史――1825-1864』沢崎浩平、小杉隆芳訳、法政大学出版局、一九八六年、三五頁。

(17) J. Bartier, « Quelques réflexions sur le saint-simonisme et sur Stendhal », in *Stendhal, le saint-simonisme et les industriels. Stendhal et la Belgique*, Textes réunis par O. Schellekens, Editions de l'Université de Bruxelles, 1979, p. 22.

(18) Yves Ansel, « Sociocritique stendhalienne », in *Stendhal Journaliste anglais*, Presses de la Sorbonne Nouvelle, 2001, p. 16.

(19) *Correspondance II*, édition établie et annotée par Henri Martineau et V. Del Litto, Gallimard, coll. « Bibliothèque de la Pléiade », 1967, p. 4. アリスタルコスはいうまでもなく古代ギリシャの天文学者で、地動説を唱えたといわれる。スタンダールはあたかも天動説に凝り固まったかのような古い体制的文学に対して果敢に挑戦することをほのめかそうとしてこのタイトルをつけたのであろう。また、この雑誌の発行者の二人（ジャックとピエール）は、フランスはもとより、ドイツ、イギリス、イタリアの文学に精通しているとしているから、« universel » に世界的（宇宙的）視野の広さを含意させてもいるのであろう。

（20） *Ibid.*, p. 5.

（21） *Ibid.*, p. 5.

（22） *L'Italie en 1818*, in *Voyage en Italie*, édition établie par Victor Del Litto, Gallimard, coll. « Bibliothèque de la Pléiade », 1973, p. 238.

（23） M・クルーゼは「退屈の哲学」として、スタンダールの退屈の意味を詳細に分析・検討している。*Cf. Stendhal et le désenchantement du monde*, Classiques Garnier, 2011, pp. 13 et suiv.

（24） *Paris-Londres*, Stock, 1998, p. 638.

（25） *Ibid.*, p. 631.

（26） これまでとくに断ってこなかったが、« industriels » を「産業者」と訳す。理由は、ここでいう « industriels » はサン=シモンの理論によるものであり、この思想家によれば、« industrie » なる言葉はわれわれが今日使う「工業」よりもはるかに広い意味をもっているからである。*Cf. Cathéchisme des industriels*, in *Œuvres de Saint-Simon & d'Enfantin*, t. XXXVII, Alen Otto Zeller, 1964 (réimpression de l'édition 1865–78), premier cahier, p. 3.

（27） 一八二五年五月一九日にサン=シモンが死んだのをうけて、かれの弟子たちによってその学説を流布する目的でつくられた機関紙。週刊として同年一〇月一日より発行される。

（28） Fernand Rude, *Stendhal et la pensée sociale de son temps*, nouvelle éd. augmentée, Gérard Monfort, 1983, p.

137.

(29) *D'un nouveau complot contre les industriels*, in *Œuvres complète*, Cercle du Bibliophile, t. 45, p. 275.

(30) *Ibid.*, p. 272.

(31) *Ibid.*, p. 272.

(32) *Ibid.*, p. 272.

(33) *Ibid.*, pp. 272-273.

(34) たとえば « La classe pensante accorde ... »、« La classe pensante (...) préfère ... »、« La classe pensante honore ... » など。

(35) Geneviève Mouillaud, « Le pamphlet impossible », in *D'un nouveau complot contre les industriels*, Flammarion, 1972, pp. 70-71.

(36) このテクストにはアイロニカルな意味を帯びているものも含めて « utile » が九回、« utilité » が三回出てくる。

(37) *D'un nouveau complot contre les industriels*, p. 273.

(38) *Ibid.*, pp. 275-276.

(39) セルクレとスタンダールは『陰謀』以前から、両者が足を運んでいたドレクリューズのサロンやその他の自由主義知識人の集う場所ですでに知り合いであった。セルクレは『生産者』の責任者となり、第二号には「文学に関する哲学的考察」という題の論文を寄せている。*Cf.* Robert Bachet, *E.-J. Delécluze témoin de son remps (1781-1863)*, Boivin, 1942, p. 212.

(40) Cf. V. Del Litto, « Une lettre inédite de Stendhal à propos d'*Un nouveau complot contre undustriels* »,

Stendahl Club, no 26, 1963, p. 266.

（41）*Correspondance II*, p. 814.

（42）*D'un nouveau complot contre les industriels*, p. 277.

（43）*Correspondance II*, p. 815.

（44）*Ibid.*, p. 815.

（45）*Ibid.*, p. 816.

（46）*Ibid.*, p. 72.

（47）*Ibid.*, p. 73.

（48）*Ibid.*, p. 73. 実際、一二月一七日号の『グローブ』紙に『陰謀』のかなりの部分が削除された形で掲載されている。しかしこの記事がスタンダール自身によるものか否かは研究者のあいだで意見が分かれているので、ここでは深く立ち入らない。

（49）『鏡』（*Le Miroir*）のあとを継ぐかたちで一八二三年から二八年にかけて発行された自由主義派の新聞。

（50）『立憲派』（*Le Constitutionnel*）と並んで自由主義陣営のもっとも重要な機関紙のひとつ。この時代、その実権はラフィットらが握っていた。

（51）*D'un nouveau complot contre les industriels*, p. 283.

（52）*La Pandore*, samedi 3 décembre 1825, p. 3.

（53）*Ibid.*, p. 3

（54）*Journal du Commerce*, samedi 3 décembre 1825.

（55）この記事には書名はないが、目次に « A. Carrel » とある。

（56） *Le Producteur*, samedi 3 décembre 1825, p. 440.

（57） *Ibid.*, p. 441.

（58） たとえば「『パンドラ』は一語も理解せずに非難している」（*Correspondance II*, p. 76）。なお、この手紙は一九六三年になってはじめて全体がデル・リットによって公にされた。それまで一八二一年のものとされていたのが、一八二五年一二月九日のものであることが確認された。Cf. V. Del Litto, article cité.

（59） *Correspondance II*, p. 76.

（60） Jean-Marie Gleize, « Présentation », in *D'un nouveau complot contre les industriels*, Flammarion 1972, p. 63.

（61） G. Mouillaud, *op. cit.*, p. 81.

（62） *Correspondance II*, p. 79.

（63） *Ibid.*, p. 79.

（64） *Armance*, in *Œuvres romanesques complètes*, édition établie par Yves Ansel et Philippe Berthier, Gallimard, coll. « Bibliothèque de la Pléiade », 2005, pp. 85–86.

（65） « Avant-propos bibliographique et critique », *Armance*, in *Œuvres complètes*, Cercle du Bibliophile, t. 5, p. XXIX.

（66） *Vie de Henry Brulard*, in *Œuvres intimes II*, édition établie par Victor Del Litto, Gallimard, coll. « Bibliothèque de la Pléiade », 1982, p. 532.

（67） « Avant-propos bibliographique et critique », *op. cit.*, p. XXX.

（68） H.-F. Imbert, *Les Métamorphoses de la liberté ou Stendhal devant la Restauration et le risogimento*, José Corti, 1967, p. 370.

(69) *Armance*, p. 160.
(70) *Ibid.*, p. 162.
(71) *Ibid.*, p. 161.
(72) *Ibid.*, p. 160.
(73) Pierre Barbéris, « Stendhal et l'État », in *Europe*, no 652-653, 1983, p. 47.
(74) *Armance*, p. 243.

第六章　サン＝シモン主義の残照

（一）　銀行家フランソワ・ルーヴェンとサン＝シモン主義

リュシアンの父は大銀行家である。七月王政の時代はまさに「銀行家の時代」とよんでもけっして大袈裟ではない。一九世紀に台頭した新しい貴族というべき階層の筆頭が銀行家であることは、父ルーヴェンの行動をみてもよくわかる。「七月革命を潰し、あるいはごまかして勝ち得た新たな貴族階級」[1]、これこそが銀行家なのだ。

そのような銀行家である父ルーヴェンが嫌いなものはふたつ、「退屈な人びと」（les ennuyeux）と「湿気」であるが、[2]この「退屈」というのはスタンダール自身がもっとも嫌悪していたものであることはすでに述べた。[3]リュシアンはみずからの言葉の中で、自分たちが生きている時代を「この道徳的な世紀」[4]とよんでいる。ブルジョワの世紀はそうした道徳性と、そこに由来する退屈が支配する時代であり、その無味乾燥さを体現する社会がアメリカであった。したがって、ブルジョワジーの頂点にたつともいえる銀行家フランソワ・ルーヴェンが、ブルジョワ社会が必然的に偶有する「退屈」と道徳性を心底嫌悪しているのは、スタンダール的性格がそこに流入しているからであろう。もちろん痛風持ちのスタンダールが「湿気」を嫌ったことは当然で[5]、この点においても共通点があることはいうまでもない。

そして父ルーヴェンによれば、このようなブルジョワ的真面目さや陰気さは、まさにサン＝シモン主義者に通じる特徴でもある。父はリュシアンにいう、「深刻ぶった、いや陰鬱でさえあるそのひどい様子は、流行が誇張される田舎では大いに讃えられるだろうが、わしがおまえにつくってやった地位においては、じつはひどいサン＝シモン主義者でしかないとしておぞましいほどの滑稽の種を与えてしまうのが落ちだ[6]」と。ここで「ひどい」と訳したのは« fichu »というくだけた話し言葉で、父ルーヴェンがこうした若者の真面目で陰気な風情とサン＝シモン主義者たちの様子を結びつけながら笑い飛ばそうとしていることがわかる。手稿ではこの記述の近くに、「若者はすべてこのようだ」とも記している。革命以前の貴族階級にあった快活でいくぶん放縦な精神の構えは革命とともに消失し、陰気で真面目なブルジョワたちが道徳性の仮面をかぶって君臨する時代になって、世の中はひたすら産業の発達と分別臭い政治思想を並べる小市民的な輩が多くなり、その結果、世の中が退屈になった、というのが父ルーヴェンの所感であり、これはスタンダール自身の思いでもある。そのような時代の最先端をいくのがサン＝シモン主義者なのであった。

父ルーヴェンの人物造形には、何よりも二つの重要な意味があろう。第一は銀行家であるということ。「新しい貴族階級」は七月革命に乗じてみずから地位を政治的にも確立した。のちにも論じるように、おそらく父ルーヴェンのモデルのひとりがジャック・ラフィットであるとすれば、この男は七月王政最初の首相であり、共和主義者からすれば権力の横領者である。しかも「銀行家の王」ともよばれた人物であり、その意味で七月王政の内実をもっともよく体現する性質をもっているといえよう。夫を大臣にしたがっているグランデ夫人を前にして、「七月〔革命〕以来、銀行が国家の先頭にいる。ブルジョワジーがフォーブール・サン＝ジェルマン〔の貴族〕に取って代わり、銀行がブルジョワ階級の貴族なのだ」[7]といっているのは、ルーヴェン氏その人である。さらにかれは失脚したラフィットのあとを継いで、いまこそ銀行家がすべての権力を掌握すべきときであるという。「〔……〕いまや状況は、大銀行にふたたび影響力をもち、みずからが仲間の手によって内閣を取り戻すように要請しているのです……。銀行家は馬鹿呼ばわりされていましたが、議会は寛大にも、必要とあればわれわれでも政敵に対して容易に忘れられぬ言葉を浴びせることができるのだということを

ジャック・ラフィット

バルザックの小説に登場する銀行家ニュシンゲン

わたしに証明させてくれました。[8]」時代は金がすべてであり、したがって銀行家がすべてを動かす境域に入っていること――産業家たちの先頭に立ち、進歩と繁栄の旗振り役をするのは銀行家であるというのは、ある時期までのサン＝シモンの思想を具現化することでもある。ルーヴェン氏はさらに続けてこう締めくくっている。

「内閣が証券取引所（la Bourse）を解体させることはできないが、証券取引所が内閣を解体させることはできるのです[9]」。

以上のように、ルーヴェン氏は政界を自由に動かす力を有しているが、それは銀行という莫大な資本を操作することができる地位にあるからである。ところが一方で、この銀行家には、政治が社会問題を解決する重要な任務があるという点についてはまったく関心がない。じつはスタンダールにおける政治のもっとも特徴的な部分は、政治が社会的な広がりをもたないということなのである。もちろん、個人的感情のレベルでは、下層階級や虐げられている人びとに対する共感も同情もある。しかし、政治においてかれの関心を引くのは権力闘争であり、支配関係なのだ。『リュシアン・ルーヴェン』と大きく性格を異にする『パルムの僧院』にも、パルム公国を舞台とした政治はいくらも出てくるが、そこにロマン主義時代の政治思想に少なからず見られる社会的なひろがりはほとんどない。登場人物を個人的にみればヒューマニズム的感傷を吐露する者もちろんいるが、それらが小説の社会的展開に糧を与えるということはまずないといってよく、個々の人物をとおして社会を描くことよりも、社会を後景へと引かせて個人を際立たせようとする意図のほうが勝っている。『赤と黒』においても同様で、スタンダールの意図のなかにはいくぶんたりとも小説をヒューマニズムの色で染めようとする因子はみられないのである。

ルーヴェン氏の言説はじつに経済至上主義的であり、銀行業にも株式の取引にも一切のセンチメンタリズムをもち込まない。政治はあくまで経済に従属するものとして、冷徹に分析される。したがって、ルーヴェン氏のもうひとつの特徴は、七月王政期にはいってとくにその傾向を強めてくるサン＝シモン主義者たちの社会派的な言動に対する反感である。最晩年のサン＝シモンは最終的に宗教に行きつかなければ社会システムを変革するところにつながらないと考えた。前述のとおり、フランス革命を変革の発端と位置づけ、産業を核とした真の革命によって社会のシステムが変革されると捉えていたかれは、いまだ革命は継続中であると認識していた。旧体制下の「封建的＝軍事的システム」が一七八九年の革命で崩壊に導かれたあと、来たるべきは「産業的システム」であり、現在はその途上にある「過渡的システム」であると解釈する。(10)おそらくここまでのサン＝シモンの主張は、政治が産業に従属するというふうにもとれるから、ルーヴェン氏の考えとそれほど遠いとは言えない。異なるのは、サン゠シモンが最晩年に至って、ひとつの社会全体を構成する部分どうしを結びつけるのは最終的に観念もしくは信仰であるとして、産業のありかたや経済的要因よりも社会全体をまとめあげる精神的紐帯のようなものの理論づけに傾いた点である。サン゠シモンがたどった思想的道程を簡単にまとめれば、人間についての科学的知識の探求にはじまり、産業が支配する時代を招来し、既存の宗教的信仰を超えた宗教的精神性の探求にいたる、ということになろうが、この思想家の死後、その弟子たちの活動は、『新キリスト教』(*Nouveau Christianisme*)の示す方向は脇におきつつも、最初から神権政治的な色彩が濃厚であり、一八三〇年代に入ってこの傾向はますます強化され、教団化していったことは周知の事実だろう。サン゠シモンその人の思想とは少々違うかたちで産業主義から社会全体の救済者を目指すようになったのであるが、かれらの多くが説く経済理論も、ジャン゠バティスト・セーのような自由主義的な理論の逆をいくものであった。かれらの機関紙『生産者』が意図したのは、自由競争にもとづく産業ではなく、労働における人間の共同であり、フランスの産業所有権の古い形態よりも、産業家たちの連帯を強化する株式合資のような新しい形式を推進させようとした。『リュシアン・ルーヴェン』が執筆される一八三五年から三六年にかけてのサン゠シモン主義はそのような点で異彩を放ちつつあったのである。

一八三〇年にバザールとアンファンタンが中心となってサン゠シモン主義の理念を集約した書物『サン゠シモンの学説解議』が出されるが、そこに示されている歴史的展開は、おそらくサン゠シモンの総合的時代と分析的時代をかれらなりに発展させたものである。もともとサン＝シモンは、おそらくバランシュらの循環史観の影響もあり、対照的なふたつの時代、すなわち分析的精神が支配的な時期と総合的精神が支配的である時期とが交代するものとして歴史を捉え、分析的な時代は批判的であり破壊的であるのに対し、総合的な時代は構築的であり建設的であるとした。具体的には中世を総合の時代とし、宗教改革とともに分析的精神の支配する時代への道筋が拓かれ、啓蒙時代と大革命がその頂点とみなされる。(11) 一方、弟子たちは、師の考えの基本的枠組みを踏襲しつつも、この対立概念を「批判的」精神と「有機的」精神に読み替え、哲学者が登場する以前の古代には有機的な精神が支配的だったとし、その時代から中世キリスト教社会に入るまでを過渡的な批判的世界とみなした。キリスト教が社会全体に浸透し、統一的なまとまりを形づくった中世は、有機的な時代であるとされる。師と同様、宗教改革が大きなターニングポイントとなり、啓蒙の哲学や大革命の混乱、さらには一九世紀初頭の緊張はあらたな批判的時代を示す指標であり、個人主義的で利己的なのも批判的時代の特徴である。(12) そのうえでサン＝シモン主義者たちは、この批判的な時代に幕を下ろし、来たるべき有機的時代への使者になろうというのだ。有機的時期は、すべての個別的性格を支配する一般的性格を示すものであり、したがって宗教的であるとする。「そうして宗教は人間の活動のすべての行為を包摂する。一言でいえば、宗教は社会的総合（synthèse sociale）なのである。(13)」

このように、サン＝シモン主義者たちはその出発点から新たな宗教による凝集力に依拠しつつ、社会理論と歴史の進展を論理づけていたことがわかる。とはいえ、師の死後に刊行されはじめた『生産者』はラフィットらから有力な財政支援を取り付けていたし、自由主義経済を拠り所としていた産業家をはじめ、反復古王政の思想に集うものたちは、かれらの主張のすべてではないにしても、少なからず評価をしていたのである。『生産者』の刊行は一年後には行き詰まり、一八二八年に復活を試みるも失敗する。にもかかわらず、この時期から一八三〇年にかけてサン＝シモン主義は賛同者を増やしている。とくに多かったのは理工科学校出身の技師で、それ以外にも法曹関係者や医師が加わった。サン＝シモン主義者の集団は、七月革命前夜、無視できない政治的運動団体とみなされるにいたっていたのである。

（二）　産業主義の「宗教」と芸術

もちろんサン＝シモンの弟子たちが説いたところは、産業主義に基づきつつも、自由主義派の産業家たちとはいくつかの点で大きく異なっている。もっとも大きな違いは、市場の自由競争を経済原理とする自由主義に対して、かれらは土地、機械、資本といった労働手段を合理的に配分することによって平和な労働組織体を構想し、これを完全な自由競争よりも優先させようとしたことである。というのも、自由競争もまたあくまで競争であって、それは人類が今日までずっと避けることのできずにいる戦争状態の一種のようにもとらえられるからである。[14] 競争があるかぎり、そこには敗者があり、隷属を強いられるものがいる。そこで労働手段の合理的配分のために考え出されたのが、相続権の見直しであった。[15] とはいえ、共産主義的な完全な集産主義はとらない。人間にとってまったくの平等はありえず、また個人的野心、たとえばみずからの所有物を増やしたい、より豊かになりたいという欲求が進歩の原動力になることもある。「平等の信奉者たちよ、人間は不平等であるとサン＝シモンはあなたがたに言う」[16] と高らかに述べているように、サン＝シモン主義者は基本的に平等の原理は幻想であり、そろそろ追いもとめるのをやめるべきだと考えていた。[17] そこでかれらが行きついたのは、それぞれの成果から測られるそれぞれの能力に応じた配分ということである。よく知られているように、一八三一年以降、サン＝シモン主義者たちの機関紙になった『グローブ』の標語となる言葉は、「生まれによるすべての特権は、例外なくこれを廃する。その能力に応じて各人に。その成果に応じた各々の能力に。」というものである。[18]

「平等」に対するこのような立ち位置は当然、社会に厳然として存在する階級を打破しようとしたルソーの信奉者たちとは対蹠的といえるだろう。大革命が目指した社会も徹底的な市民間の平等という精神のうえに成り立つものであったはずである。サン＝シモン主義者たちが主張したのは逆に、能力のヒエラルキーの容認であり、個々の能力はいくつかの異なる領域で展開すると考えられた。もっとも、このように階層的枠組みは師サン＝シモン自身の思想のなかにすでにあり、それを踏襲したものである。サン゠シモンにとって来たるべき社会とは、「人間の本来的な資質・才能の不平等を直視し、この自然的不平等を梃子にして、すべての人が各々の仕方で生産に全エネルギーを投入し、各々の能力と労働に応じて生産物を受け取ることができる社会[19]」であり、その社会構造は、生産を頂点として、それを支えるための諸制度がその下に従属しているものでなければならなかった。そしてそうした個々の能力をもっともよく備えた人間は、企業家、科学者、芸術家、肉体労働者であり、「その中でも最も多く能力を備えた少数のエリートが指導層を形作り、その指導の下で全産業者が一丸となって生産に邁進する姿こそ、理想社会のあるべき姿」とされたのである[20]。

旧体制下の身分構造とは異なるあらたな階級を基盤にした社会ヴィジョンは、ほとんどそのまま弟子たちにも受け継がれたが、このような固定的な階層秩序は七月王政の自由主義者たちにはまちがいなく反動的に見えたであろう。とくにこの時代の自由主義派にとって受け入れがたかったのは、こうした階級の最上位に位置する「司祭」(prêtre)の存在であった。実際、すでに『生産者』においても見られた教権政治的な傾向については、汎神論的な新たな宗教を唱導しようとするのであるから、旧来のカトリック勢力からはもちろん、ラムネーのようなカトリック改革派からも敵視されたことはいうまでもない。

おそらくスタンダールがサン゠シモン主義者たちを敬遠した大きな理由のひとつにこの点があげられるように思う。『リュシアン・ルーヴェン』執筆時期には、サン゠シモン主義者たちのこうした傾向は一層はっきりしていたはずである。小説の最終草稿部分で語り手は、父ルーヴェンの死去と銀行の破産によって零落の身となったリュシアンについての世評に触れ、いま一度「サン＝シモン主義者」という言葉を使ってつぎのようにいう。

世間は、この大きな変化にもリュシアンがまったく平静を失わなかったのは、かれがじつはサン＝シモン主義者だからで、この宗教（religion）がなくなったとしても、必要ならまた別の宗教をつくりだすに違いない、と信じ込んだ。(21)

ここでサン＝シモン主義が「宗教」という言葉でよばれていることは重要である。このような世評が非現実的ではないほどに、当時のブルジョワジーのあいだにサン＝シモン主義が、冷ややかにではあれ、一種の「宗教」として広く認知されていて（これはかれらの意図するところでもあった）、この教義を精神的支えにして理想主義的な社会変革を夢見るものも少なくなかったということである。もちろん、実際のリュシアンはサン＝シモン主義者ではない。物語の冒頭でこそ浮世離れした世間知らずではあったが、軍人としてのナンシー〔モンヴァリエ〕滞在、パリに戻ってからの政治家秘書としての活躍を通して成長し――もちろんそれらは父親の絶大な影響力のもとで得た機会であり地位ではあったが――、もはやサン＝シモン主義者と揶揄されるような存在ではなくなっていた。とくに、スタンダールの筆が途絶えることになる最後の部分において注意を引くのは、リュシアンの変貌ぶりである。

かれは無上の喜びをもってジュネーヴ湖畔に二日滞在し、『新エロイーズ』で有名になった場所を訪れた。クララランのある農家で、ヴァランス夫人のものだったという刺繍のあるベッドをみつけた。

悔みの言葉を受けるにはまことにふさわしくないパリでは、精神的に潤いのない状態に苦しんでいたのに、それにかわって優しい憂愁が訪れていた。おそらくかれは永久にモンヴァリエ〔ナンシー〕から離れていこうとしていたのだ。

この悲しみがかれの心を芸術的な感情へとひらいた。知識のない人間にはありえないような喜びをもって、かれはミラノ、サロンノ、パヴィアの僧院などを見てまわった。ボローニャやフィレンツェでは、ほんのちょっとしたものにも心を動かされ、ほろりとした。三年前だったら、そんな感情は後悔の種になったに違いない。(22)

ここでリュシアンは「芸術的な感情」(sentiments des arts)に覚醒し、溢れんばかりの「喜びをもって」イタリアの土地を巡っている。父の死と銀行の倒産によって、芸術的感傷に浸ることがほとんど許されないパリでの生活からようやく解放されたといわんばかりである。破産の憂き目にあってなお、冷たい表情を崩さず、世間からサン＝シモン主義者とみられるような振舞いをせざるをえないパリ（したがって心は乾ききっている〔secheresse d'âme〕）を離れて、一時的にせよ[23]、自身のありのままの心の動きに身を任せる心地よさが芸術的感情と結びついている。

ところで、サン＝シモン主義者と芸術はむしろ不幸な関係にあった。原理的にいえば、人間生活の物質的次元と精神的次元の統一をはかることがこの思想の根幹にあるわけであるから、文学や芸術が寄与するところは大きいはずである。実際、『サン＝シモンの学説解義』では、芸術の創造活動が、未来の宗教におけるもっとも抽象度の高い真理と最大多数の人びとの感性とを結びつける役割を負うものとして捉えられている。芸術家は司祭を手助けするものであり、少々言い方を変えれば、芸術は宗教のためにあり、芸術家は司祭の僕であり道具である、ということだ。

〔芸術家は〕司祭の思想をみずからの言語に翻訳し、その思想が纏いうるあらゆる形式のもとにそれを具現化して万人に感知しうるようにする。芸術家は司祭が創造あるいは発見した世界をみずからの内に反映させ、それを象徴（symbole）に還元して万人の目にあきらかにする。司祭がみずからをあらわすのは芸術家を介してなのである。一言でいえば、芸術家は司祭の言葉（verbe）なのだ[24]。

ここにあきらかなように、サン゠シモン主義者が芸術にもとめていたものは、目的化された芸術、いわば御用芸術である。この時代にはまだ「芸術のための芸術」という運動は生まれていないにしても、自由主義者たちが思い描いた芸術はそのような拘束のない自立したものであった。このことは、この時代がまさに「芸術家」(artiste)という言葉が大きく昇格する時期にあたっているということからもわかる。自由主義的でロマン主義的な傾向をもった作家たちであれば、サン゠シモン派が唱えたような従属的な芸術家は時代に逆行するものと感じたはずである。たとえばジョゼ゠リュイス・ディアズが詳細に分析してみせたように[25]、ロマン主義の時代が到来するのと並行して、「文人」(homme de lettres)、「著述家」(écrivain)、「詩人」(poète)、「芸術家」(artiste)という用語の認識上の配置が微妙に変化し、一八三〇年前後、« homme de lettres » という語はすでに軽蔑的な響きをもっていた。これに対し « écrivain » は中立的で、特別な価値判断に導くような社会的有意性をもつ言葉ではなかった。一方、書くことを目指す人間の誰しもが憧れたのは « poète » という称号であって、これはジャンルを超えて文学的職業を示すものであり、ひとつの理想になっていた。そして、これに並ぶもうひとつの称号が « artiste » で、これはまさに一八三〇年頃から際立ってきた現象である。*L'Artiste* 誌が発刊されたのも一八三一年二月であり、発刊の内容見本を書いたジュール・ジャナンは「アルティスト」を「美しい語」として賞揚したのは有名である[26]。文学活動においてあらゆるものから自由であることを第一とし、ユゴーの『クロムウェル』序文に先立って独自のロマン主義文学論を発表したスタンダールにとっても、文学や美術や音楽がある特定の思想や宗教の道具になるという考えは首肯しがたいものであった。

以上のように、サン＝シモン主義者たちの「芸術家」は、当時の「芸術家」という観念が向かう方向とは相容れないものであり、今日的感覚からすれば、そこに多分に社会主義的で国家主義的な匂いを嗅ぎ取る向きも多いのではないだろうか。

一方で、こうした宗教的色彩にもかかわらず、アンファンタンやバザールのもとには多くの若者が集まっていた。そのなかでも際立っていたのは理工科学校の学生であったことはすでに述べたが、これは、国家の技官、砲兵・工兵技術における専門職を理工科学校出身者が供給していたことと深く関係している。もともと国家防衛という愛国主義的な思想の雰囲気のなかで祖国愛と共和主義に育まれてきた理工科学校生は、サン＝シモン主義の国家主義的な部分にも感化されやすかったのである。この思想の唱道者たちもまた、こうした専門的知識を有した若者への働きかけを重点的に行い、ミシェル・シュヴァリエの書簡にもあるとおり、理工科学校出身者を惹きつけ、教父アンファンタンが毎週金曜日に開く技術者の会合では、多くの理工科学校や土木学校の卒業生がそこで行われる講義に心を動かされていたのである。(27) 理工科学校とのあいだにも浅からぬ縁があるスタンダールであるから、両者の関係についても検討しておく必要があろう。

（三）小説世界における理工科学校の位置

スタンダールと理工科学校（エコール・ポリテクニーク）の関係は両義的である。『アンリ・ブリュラールの生涯』にしたがえば、少年アンリは生まれ故郷グルノーブルを脱出するために数学を真剣に勉強した。「本物であれ偽物であれ、数学がわたしをグルノーブルから脱出させてくれるだろう、吐気をもよおさせるこの汚泥から。」[28] フランソワ・ミシェルによれば、もともと頭抜けて優秀だったわけでもなかったようだが[29]、ガブリエル・グロの個人授業の機を得て中央学校での数学の成績は飛躍的に伸び、他の数名とともに一等賞を獲得、この結果をもってパリでの理工科学校受験資格となった。ところが実際にパリに到着するや、数学とパリへの情熱は一気にしぼんでしまう。このあたりの経緯はスタンダールの読者にはよく知られていることだが、いま一度自伝で確認するならば以下のとおりである。

今日とてもはっきりと見え、そして一七九九年にはきわめて漠然と感じていたことは、パリに到着すると、あれほど変わらず熱情的に求めていたふたつの目標が急に何でもないものになってしまったことだ。それまでわたしはパリと数学を熱愛していた。山のないパリはわたしにとっても深い嫌悪を抱かせ、それが郷愁の気持ちにまでなった。数学は、前日の祝火の足場のようなものでしかなくなったのである〔中略〕。

実のところ、わたしがパリを愛したのは、グルノーブルを深く嫌っていたからなのだ。(30)

結局、かれは理工科学校を受験しないと決意する。同じく一等賞をとった同郷の級友がみな受験し合格したのであったが、かれ自身はすでに数学が嫌にさえなっていた。グルノーブルから出るという目的のための数学は、その目的を果たすと同時に役目を終えたというべきか。とはいえ、この記述の直後に、三七年後のいま（『ブリュラール』を書いているいま）の感想として、「父がもう少し注意深かったら、この試験を受けさせていただろう」、さらに「どうして父が試験をうけさせるようにしなかったのかがわからない」(31)と書き記しているところからすれば、理工科学校生にならなかったことに一抹の後悔がよぎる瞬間があったのかもしれない。みずから選択した決定であるはずなのに、結果を父の配慮不足に転嫁しているかのようにもみえるからである。入学していたら「もうパリで喜劇を書きながら生活することができなくなっていただろう」(32)という文章さえ、多少とも恨めしさの混じった逆説的な自己慰安の感情に読める。

理工科学校の紋章

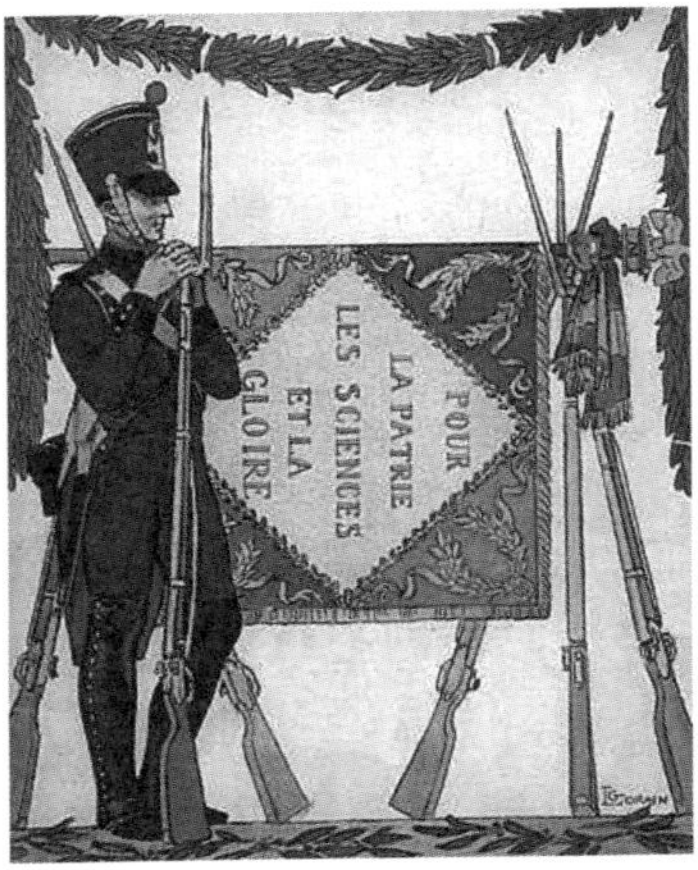

理工科学校生と紋章（1804年）

理工科学校への言及は、自伝のなかの受験時の回想にとどまらず、三〇年も経ってから書かれる小説作品の登場人物のなかに残照ともいうべきかたちで再びあらわれてくる。そしてそれが両義的にみえるのは、理工科学校生であった主人公たちが（卒業生であれ、中途退学者であれ）、スタンダールのありえたかもしれない現実を幾分なりとも仮託されているかに思われる一方、理工科学校生という経歴が積極的に肯定されるわけでもないからである。一九世紀前半において理工科学校の存在は、ある特殊な社会的政治的な意味を帯びており、とくにスタンダールが描いた小説の背景となった時代、すなわち一八二〇年代三〇年代においてそれは思想的にも両義的であった。後者の点についてはあとで立ち入って論じることにして、まずは小説の登場人物を眺めてみよう。

　理工科学校の存在は、さきに述べたとおり、他の学校と較べていささか特異な意味をもっていたがゆえに、小説のなかに組み込まれることも少なくなかった。たとえば、スタンダールと同時代に小説を多く発表したバルザックをみても、王政復古期に新しい未来を切り開こうとする青年主人公を理工科学校卒業生にしたてた『ヴァン＝クロール』（一八二五）[33]、理工科学校生の肩書をつかって身分を隠す王党派の若き将軍モントーラン侯爵の登場する『ふくろう党』（一八二九）[34]などが思い浮かぶ。さらに『絶対の探求』（一八三四）には、王政復古時代の理工科学校をよく表現している文章がある。ジョゼフィーヌの死後、娘のマルグリットは息子ガブリエルを理工科学校に入れる決意をするのだが、その際、復習教師エマニュエルは学校についてつぎのようにいう。

あの学校をりっぱに卒業した者はどこでも歓迎されます。これまでに行政官、外交官、学者、技師、将軍、航海士、司法官、工場主、銀行家があの学校から出ています。ですから、金持ちの青年、あるいは良家の青年が、あそこへ入学する目的で勉強しているのは、ちっとも不思議なことではないのです。[35]

このように、王政復古の時代に入っても理工科学校はもっとも光輝にみちた教育機関であり、異彩を放っていたというべきだろう。ところがこのバルザック自身、『村の司祭』（一八三九）において理工科学校出身者であるグレゴワール・ジェラールに「ああ、自分の将来が目に焼き付いて見える。主任技師は六〇歳で、自分と同じく立派にあの有名な学校の出だ。かれはわたしがやっているのと同じことを二つの県でやって年功を積んできたが、想像のかぎりもっとも平凡な人間になっている。かつて昇った栄光の高みから再び落ちたのだ〔以下略〕[36]」と言わせている。この小説の時代背景は七月王政期であるが、少なくともここに登場する人物をとおして、バルザックは理工科学校に期待を寄せているとは思えない。実際、ジェラールは知識と行動の人として描かれているが、かれの主張そのものは作者によって最終的に否定されているかにみえる。

このように、バルザックの描く理工科学校には明と暗が示されているといえようが、この二面性は、一度は理工科学校への進学を意図したスタンダールにおいてもみてとれる。この学校に在学経験のある人物は、『アルマンス』のオクターヴ・ド・マリヴェール、『リュシアン・ルーヴェン』のリュシアン、同じ小説に登場するコフ、さらに『薔薇色と緑』のナポレオン・マラン＝ラ＝リヴォワール、そして『ラミエル』のフェドール・ド・ミオサンスであるが、ここでは『アルマンス』の主人公オクターヴと『リュシアン・ルーヴェン』のリュシアンに照準を定めて作品中の理工科学校の意味を考えてみたい。

a　オクターヴ・ド・マリヴェール

まず『アルマンス』の主人公については、冒頭、以下のように書き始められている。

二〇歳になるかならないかのオクターヴは、理工科学校を出たばかりであった。父マリヴェール公爵はただ一人の息子をパリに留めおきたかった。尊敬する父と一種熱愛する母がいつもそれを望んでいるのをひとたび確信すると、かれは歩兵隊に入るのを諦めた。連隊で何年か過ごしてのち、はじめての戦いの前に辞めてもよかったのだ。戦うのに中尉であれ、大佐の位であれ、そんなことはかれにとってかなりどうでもよいことであった。(37)

理工科学校を卒業したものは通常、軍に属するのが一般的であった。この学校の著しい特徴として、長いあいだナポレオンの栄光に結びつけられてきたという事実がある。フランス革命下、旧体制時代の王立学校が閉鎖されるにともない、あらたな教育制度が構想されるが、理工科学校の前身である中央公共事業学校（École centrale des travaux publics）も、その校長となるジャック＝エリ・ランブラルディ（Jacques-Élie Lamblardie 一七四七〜九七）の発議のもと、ガスパール・モンジュ（Gaspard Monge 一七四六〜一八一八）やラザール・カルノ（Lazare Carnot 一七五三〜一八二三）らの賛同を得て、一七九四年九月、国民公会によって創設された。翌年「エコール・ポリテクニーク」と改称され、(38)技術者養成の中心的教育機関として発展していくことになるが、ナポレオン体制とともに内務省から陸軍省直轄へと移されるにおよんで軍事的色彩を強めることになった。「祖国と諸科学と栄光のために」（Pour la Patrie, les Sciences et la Gloire）という、いまに残るこの学校の標語はナポレオンによって与えられたものである。

王政復古とともに一時閉鎖されるも、すぐに再開され、以後一九世紀を通じて共和国精神と祖国愛、進歩と科学主義を体現する軍事的テクノクラートの養成機関というイメージが植えつけられた[39]。のちにフローベールは『紋切型辞典』（一八八〇）の「学校」の項で、「理工科学校。どんなブルジョワも息子を向かわせようとする最高の目標。すべての母親の夢【古風】。暴動で理工科学校が労働者に共鳴すると知ればブルジョワの恐怖【古風】。《学校《エコール》》というだけでそこにいたと思い込ませる。〔以下略〕[40]」と書くことになるが、これらの言葉は一九世紀の人びとの目にこの学校がどのように映っていたかをよく物語っていよう。七月王政の時代には、理工科学校生と偽る者が多く、その名乗る者がいれば sin x と log y の微分を問い、それに答えられなければ即牢屋にぶち込むといわれたほどである。いうまでもなく理工科学校生が数学に秀でていたからである。

もちろん、小説『アルマンス』の時代背景は王政復古であるから、共和主義的傾向はそれ以前、あるいはその後の時代ほど際立ったものではなかった。一八一六年、オーギュスト・コント（Auguste Comte 一七九八〜一八五七）が加担したとされる一件によって一時閉鎖に追い込まれ[41]、その翌年一月には再開されるも、その後ろ盾の役割を負うことになったアングレーム公の言葉にもあるように、少なくとも表面的には帝政時代の理工科学校とはずいぶん内実を異にするようになっていた。

その知識によってかくも秀でた学者の指導の下、またその方針によってかくも推奨すべき指導者の権威の下で、理工科学校の生徒たちが神と国王と祖国に仕えることを立派に学ぶことを信じています。この方向に忠実に従っていれば、かれらはわたくしのうちに献身的な庇護者を見出すことでしょう〔以下略〕(42)。

「神と国王と祖国に仕える」――「祖国」は措くとしても、「神と国王」への奉仕はまさに旧体制の土台となっていたものである。事実上の放校になったオーギュスト・コントは、王政復古の時代に復活した理工科学校がいかに当初の教育方針から隔たっているかを舌鋒鋭く書き残している。たとえば知人で数学教師であったヴァラに宛てた手紙では、今日理工科学校という語が意味するのは修道院であり、そこに集められた生徒は木曜日と日曜日に退屈なミサに出席しなければならず、そのあとに訓示と晩課が待っているとし、「この施設は〔中略〕高名なる聖ロウソク消し（saint Éteignoir）に献ぜられた」と書き送っている(43)。「ロウソク消し」とは、新聞『黄色い小人』（*Le Nain jaune*）が啓蒙主義の思想的血脈を封じようとする王政復古の体制を痛烈に皮肉るためにでっちあげた架空の団体「ロウソク消し騎士団」を踏まえている。一八一五年一月五日の同紙記事には「ロウソク消し騎士団　組織規程」という見出しがあり、一三箇条の規約が載せられているが(44)、その第七条には、「騎士団の目的は光（lumières）を消すことであり、いかなる者も父方母方ともに

オーギュスト・コント

四代にわたって無学であることを示さなければ入会を認められない」とある。また第一二条には、「かれらは哲学、自由主義思想、憲章（*charte constitutionnelle*）に対して嫌悪の宣誓」をすることが定められている。[45] これらは一風刺紙の戯言ではあるが、革命思想やボナパルティストの残党にとって王政復古がどのように見えていたかを如実に示すものだろう。啓蒙（Lumières）と革命の火を消してしまうのが「ロウソク消し騎士団」の役割である。帝政時代の理工科学校は、ナポレオンによって立て直され、数学を中心とする科学と進歩を信奉し、教員も生徒も祖国愛に燃える熱い集団であり、共和主義的な雰囲気の濃く滲む場であった。したがって、王政復古体制の思想的バックボーンと根本的に背反するのは当然で、閉鎖のあとに再開された理工科学校では、こうした気質はほとんど骨抜きになっていた。コントにすれば、まさに「ロウソク消し」に奉仕する学校に成り下がっていたのである。

ロウソク消し

ところで、この「ロウソク消し」というメタファーは当時かなり広まっていたようで、スタンダール自身、一八一五年七月二五日の日記に「今後フランスでなされることすべてにこのエピグラフが付されるにちがいない。ロウソク消しのように（*À l'éteignoir*）」と記し、そこにはロウソク消しの絵まで描かれている。[46] ナポレオンの没落とともに失職し、王政復古期の前半をイタリアで過ごすことになるスタンダールにとっても「ロウソク消し」は復活した王政の紋章であり象徴ともいうべきもので、現行体制に対する反感は、思想的基盤に大きな違いがあるとしても、コントをはじめとする元理工科学校生たちが抱いた感情と相通じるものがあったであろう。最晩年の小説『ラミエル』において、ミオサンス公爵夫人の城館の外見が「ロウソク消し」を思わせることからしても(47)、このイメージへのこだわりは生涯もち続けていたものと思われる。

では、貴族マリヴェール家の息子オクターヴの場合はどうであろうか。かれが入学したのは以上に述べたような王政復古期の理工科学校である。やはり第一章には、卒業したあとの主人公が理工科学校の生活を懐かしむ場面があるのだが、そこで青年に回想されている理工科学校は祖国愛に燃える血気盛んな帝政時代の雰囲気をほとんど感じさせない。むしろそこから遠く隔たった印象さえ受ける。

かれは理工科学校の自分の小部屋がとても懐かしかった。この学校での滞在はかれにとってきわめて大切なものであったのは、僧院（monastère）の隠遁生活と静寂のイメージを与えてくれるものだったからだ。長いあいだ、オクターヴは世の中から身を引いて、人生を神に捧げようと考えていたのだ(48)。

オクターヴのこうした世捨て人的な思いや行動は、両親をはじめ周囲に「奇妙」で不可解に映るものであり、性的不能の主題を匂わせるところでもあり、スタンダールの主人公たちに特有の閉所へのノスタルジーの滲む部分だが、こうした読みをひとまず捨象するならば、理工科学校そのものがそのような青年の郷愁を誘う場所でありうるほどに変質していたともいえるのではないだろうか。少なくともコントが「修道院」に等しいと断じたように、オクターヴがこの場所に僧院の雰囲気を感じたとしても歴史的事実と矛盾しないのである。実際、「神」に奉仕することも、さきに触れたとおり、当時の理工科学校の表向きの教育方針に背馳するものではなかった。もちろんスタンダールはこのような叙述をとおして理工科学校の変質した体制を批判しようとしているのではない。理工科学校生のなかには、「ロウソク消し」の時代にあってもナポレオン時代の共和主義的伝統を熱き思いとして内に秘めているものも多く、学校の指導方針に抵抗を見せる事件も絶えなかった。一方で、バルザックがさきの文章で書いていたように、この学校は「金持ちの青年、あるいは良家の青年」が入るのにふさわしいものとして、むしろ王政を支持する上流社会から認知されるようになっていた。したがって、理工科学校という存在自体が変動するイデオロギーのなかで矛盾に満ちた両義的な性格をもつ施設になっていたのであり、小説家はそのような両義性のなかに主人公を置いたとも想像されるのである。

ところで、自分が進学を放棄した理工科学校をその後どのように思っていたかについては、さきに引用した『ブリュラール』の記述のほかにもいくつか辿ることができる。一八〇三年の日記には、「人間」という見出しをつけ、職業項目にわけて個人の氏名を列挙している部分があるのだが、その項目のひとつに「理工科学校生」というのがあり、クロゼ、ロブスタン、Fr・フォール、[49] P－エミール・テセールの名があがっている。[50] たとえば最後のポール＝エミール・テセールという人物については『ブリュラール』にも登場しており、以下のようにかなり否定的な口調で語られている。「この時期の教育が生んだ傑作は、青い服を着て、おとなしくて偽善者、優しい小さなろくでなしで、三フィートもなく、証明される命題を暗記するのだったが、それらを理解できているか否かについては少しも頓着していなかった。[51]」また、この人物が中央学校のデュピュイ先生や個人授業のシャベール氏のお気に入りであることを述べたあと、つぎのように記される。「理工科学校入学のための試験官で、偉大な幾何学者の弟であったあの愚か者のルイ・モンジュは、〔中略〕ポール＝エミール〔・テセール〕の才能のすべては驚くべき記憶力だということに気づかなかった。[52]」さらに、この同郷人が理工科学校を出てしばらくのちに聖職者になったことを報告したあと、「かわいそうにかれは胸を患って死んだが、そうでなかったらわたしはかれの運勢を喜んで見届けてやっただろう。いつの日にか、かれに思う存分何発ものビンタをくらわしてやろうという度の過ぎた欲望とともに、わたしはグルノーブルを去ったのだ」と結んでいる。[53]

さて、先にみた一八〇三年の日記においては、「理工科学校生」という項目を設けたこと自体、みずから入学しなかった学校への思いが消えないままに存在していたことを窺わせる。また、三十数年後のテセールを回想する文章のなかにも、スタンダールとの個人的人間関係の実際がどうであったにせよ、やはり理工科学校が影のようにつきまとっているようにみえる。入学を放棄した者が入学を果たした同郷者に対して抱きうる屈折した感情をここに読み取ることは困難ではない。スタンダールにとって理工科学校とは、自分が籍を置くべくして置かなかった場であり、放棄したあとにナポレオンによってあらたなステイタスを獲得し、時代とともに評価が上昇していくにつれて、学校への思いは両義的なものになっていったように思われる。もし理工科学校に入学してポリテクニシアンになっていたら、その後の生活は変わっていたのではないか——そのように想像することもあったのではないだろうか。

こう考えてみると、最初の長編小説の主人公が理工科学校出身者であるのは、いくつかの点で象徴的である。まず、かれには「欲する」対象が不在である。「欲する」こと、すなわち「欲望」の欠如は、「不能」を言外に暗示するための伏線であるともいえるが、「ロウソク消し」の手先と揶揄されつつも、当時の理工科学校に集まるブルジョワ階層の生徒のなかには祖国を守るという情熱の血を滾らせる若者たちもおり、そのなかでオクターヴは内向する変人であって、青春の只中にありながら外に開かれた社会的な目標や志とは無縁にみえる存在である。理工科学校への進学を郷里からの脱出の手段としてしか考えていなかった青年もまた、社会における将来的な欲望の対象をもっていなかった。かりに劇作家になりたいという漠たる思いがすでに芽生えていたとしても、それを社会化された欲望とよぶにはあまりにも漠然としすぎている。スタンダール自身、入学を放棄したあと精神不安定に陥り、一種の心の病にかかっているから、この点でもオクターヴに近いといえる。

さきにも触れたように、ピエール・バルベリスは主人公の「不能」を「社会的不能の形象としての性的不能」(54) としているが、この小説執筆時期のスタンダールの精神的状況もあわせて考えるなら、「欲望の欠如」に象徴される消極性は、およそつぎのように理解されるだろう。つまり、まずは新しい勢力のまえに没落していくことを運命づけられた貴族階級の社会的無力を生理的な「不能」によって表象しているのだが、さらにその深層にはスタンダール自身が置かれていた政治的イデオロギーのジレンマが透けて見えるのである。すなわち、みずから貴族階級を批判しながらも、その一方で、『産業者に対する新たな陰謀について』にあきらかなように、貴族階級と対立する自由主義陣営にも居場所を見出すことができずにいるという、じつに不安定な政治的立場にいたということと相似的である。ナポレオンによって政治化された理工科学校、したがってボナパルティズムの刻印の濃い理工科学校が復古王朝において再組織化されることによって思想的にも折衷化され中和化されるのと同じように、貴族であるオクターヴが理工科学校生であるという設定もまた、同じような両義性のうえに成り立っている。これは、一方で英雄の栄光のもとで行動への若き衝動を形象化していた理工科学校と、去勢不安の表象でもある主人公とのコントラストを連想させるものでもあり、他方でこの学校自体が時代の変化とともに体制内の立身出世のコースのひとつに組み込まれたことに対するスタンダール自身の両義的な思いの反映でもある。この両義性は、小説の最期で語られるオクターヴの死が、バイロンをはじめとするギリシャ独立戦争に志願した英雄たちの土地ギリシャを背景にしているという事実にもあらわれている。いずれにしても、『アルマンス』の理工科学校は、オクターヴの両義的性格（その幾分かはスタンダール自身の心の状態である）を照らし出すうえで重要であったというべきだろう。

b　リュシアン・ルーヴェン

スタンダールの小説作品には、世界の古典に数えられるものとそうでないものとがある。『赤と黒』と『パルムの僧院』は世界文学全集という叢書があれば必ず収録される、いまや押しも押されもせぬ名作である。一方、『リュシアン・ルーヴェン』や『ラミエル』は未完に終わり、『アルマンス』もこの作家の代表作とまではみなされていない。じつは、このふたつの系列のなかで、理工科学校のような近代的教育機関が登場するのは、後者の系列ばかりなのである。

平民ジュリアン・ソレルに学歴がないのと同様（のちの神学校という特殊な教育機関は別にして）、イタリアの大貴族ファブリス・デル・ドンゴにも神学校以外の近代的な意味における学歴がない。スタンダールの小説で傑作とよばれ、後世に読み継がれているものは、階級に属しながらもそれを逸脱するような潜在性と柔軟性をもった主人公を造形している。材木商の小倅から一時的にせよ貴族の称号を獲得するまでに昇つめるジュリアンは、階級の壁を易々と飛び越える存在であるし、ファブリスはといえば、さまざまな人間たちのあいだ、いわば異種環境のあいだを自在に飛び回るような印象を与える。ミシェル・ゲランは『赤と黒』の主人公の父ソレルに土着民的本質（autochtonie）を見、これに対して息子ジュリアン・ソレルには社会文化的移動性（migrations socioculturelles）の匂いを嗅ぎとっている。(55) この見方を借りるならば、ジュリアンやファブリスはスタンダールの登場人物たちのなかでもすぐれてウラノス的であり、この天空神が宇宙全体を纏うがごとく存在するように、複数の社会文化的磁力に縛られることなく、それらを自由闊達に越境していく。個々の局面では特定の場の社会的刻印を受けながらも、そうした土着性をいとも簡単に脱ぎ捨ててつぎの局面へと飛翔するのである。『赤と黒』や『パルムの僧院』に感じられるダイナミズムは、おそらくこのような主人公の据えかたに多くを負っているように思われる。

これに対して、オクターヴもリュシアンもむしろ自らの階級への「土着性」に捕らわれているような印象を受ける。そしてこの両者には、そうした土着性の刻印のひとつとして理工科学校という学歴（放校も含めて）が付与されているのである。『リュシアン・ルーヴェン』もまた、『アルマンス』と同様、理工科学校に言及する一行から開始される。

リュシアン・ルーヴェンは、かれのすべての仲間と同様、禁足になっていた日に折悪しく散歩に出かけたことで理工科学校を放校にされていた。それは、一八三二年、あるいは三四年の六月、あるいは四月か二月にあった有名な日の一日があったころである。[56]

ここに記されている日付は、一見不正確かつ曖昧に書かれているが、いずれも七月王政初期の政治的な事件に関わるものである。ミシェル・クルーゼが適切に指摘しているように[57]、小説があまりに現実に近すぎること、要するに物語が正確な歴史的事実に結びつけられることによって、いわゆる小説的効果が低減するのをスタンダールが嫌がった結果、このようなぼかし表現になったかのように見えて、じつはそうではない。むしろ、主人公の放校という一事によって、この時代に具体化した政治的動乱のいくつかを同時に想起させようという作者の意図がそこに込められていると考えるべきなのである。

まず、一八三二年という年号については、その年の六月五日から六日にかけてパリで大規模な蜂起が勃発した。これはラマルク将軍の葬儀をきっかけに起きたものであり、実際、理工科学校生がそこに深く加担していたことはよく知られている。外出禁止となっていた理工科学校生たちは、葬儀に加わることも、そこに代表者を出すことも許されていなかったのだが、葬送の最中、六〇名ほどの理工科学校生が禁足を破って葬列にあらわれたのであった。これがもととなって騒ぎは拡大し、「学校万歳」という叫びや「共和国万歳、フィリップを倒せ」という声があちこちから上がり、結局、蜂起へと発展した。[58]のちにヴィクトル・ユゴーが『レ・ミゼラブル』において活写するサン・メリ界隈の事件である。これがもとで何人かの生徒は学校を追われることになったが、リュシアンの場合も直接的にはこの事件と関係しているのであろう。

また「二月」に関しては、一八三一年二月のこと、一八二〇年のベリー公暗殺事件を偲んで正統王朝派の執り行うミサに民衆が抗議、その場所であったサン＝ジェルマン＝オセロワ教会を襲撃、略奪した。さらに一八三四年四月についていえば、フランス各地の都市で共和派の労働者による暴動が起きていた時期である。とくにリヨンでは四月九日の蜂起で多くの労働者が虐殺され、一三日にはパリのトランスノナン街で大虐殺が起きたことは有名であろう。A‐M・メナンジェールは、この時リヨンで起きた暴動の場所がヴェーズ（Vaise）地区であり、その名称がそのまま小説の内務大臣の名ヴェーズに移行していると解釈している(59)。

1832年サン＝メリの暴動の際のバリケード

このように、スタンダールは冒頭から作為的に小説のなかに政治をもちこもうとしているのだが、本節の論旨からして重要なのは、そこに理工科学校の存在と共和主義思想の結びつきが明確に打ち出されていることである。『アルマンス』の歴史的背景であった王政復古時代の状況とは異なり、七月革命を経た直後の理工科学校のイメージはかなり様変わりしていて、ポリテクニシアンたちはあきらかに共和主義の側にたち、紛争においては民衆の側にあった。七月革命のあと、早くも八月にギゾーは「栄光の三日間」における理工科学校生の活動に敬意を表して章を授けようとしたのだが、生徒たちは反発し、新しく成立したオルレアン家の王政を「だまし討ちによって据えられた」体制として、これを拒否した。そして率先して反体制側についたのである。かくしてさきに触れた「禁足」が課せられることになったわけだが、三二年の暴動のあと、リュシアンと同じように七名の生徒の放校が最終的に決定したのは、さらにこのあと、三三年七月二七日に「栄光の三日間」を記念して何人かの生徒が「火薬の陰謀」(Conspiration des Poudres) とよばれる儀式を行ってのちであった(60)。この一件のあと、理工科学校は政治から遠ざけられることになったのである。

したがって、理工科学校の共和思想がもっとも現実味を帯び、生徒たちの具体的行動と結びついていたのは、七月革命から一八三三年八月までの三年間であった。それゆえ、冒頭の記述にある放校時点とこの小説が実際に展開している時期とでは、理工科学校の位置づけが微妙に異なっていることを念頭に置いておく必要がある。

当時、かなり常軌を逸した (assez fou)、とはいえ、とても勇気のある若干の青年が、国王 (*king*) の廃位を要求しており、チュイルリー宮の主から快からず思われている理工科学校は、構内に厳重な禁足をくらっていた。散歩に出たあくる日、リュシアンは共和主義という理由で放校された。はじめはひどくがっかりしもしたが、二年まえから、もう日に十二時間も勉強しなくてよいといって、この不幸に諦めをつけている。[61]

前述のとおり、実際には「散歩」のあくる日に放校になった人間はいないので、この設定は史実的にみて正確とはいえない。かれらが放校の憂き目にあったのは、一年後の三三年八月であったことは述べたとおりである。しかしここで興味深いのは、この草稿のこの部分を執筆しているのが一八三五年の七月二八日だという事実である。[62] まさに「栄光の三日間」のちょうど五年後ということだ。そしてこの日付は、「二年まえから」諦めをつけているという文章とも符合する。七月革命で異彩を放った理工科学校生は、ラマルク将軍の葬儀の一件をはさんで、「栄光の三日間」を記念するとした「火薬の陰謀」事件によって放校処分となったわけだが、この事件からちょうど二年後のゆかりある日にスタンダールはこの部分を書いているのである。小説のなかに政治を引き入れるのに理工科学校がいかに重要な役割をはたしているかが見てとれよう。

ここに使われている「常軌を逸した者」(fou)とは、スタンダールの読者ならよく知っているように、尋常とはいえないエネルギーに突き動かされる人間を指すときにむしろ肯定的に用いられる言葉である。この小説家はみずからの主義をはっきりとはみせず、始終韜晦に韜晦をかさねるのが常であるが、リュシアンが放校されるまでの理工科学校は共和主義的であり、その思想を信奉していた生徒たちをあたたかく見ようとしていることは伝わってくる。リュシアンが早々に諦めをつけることができたのは、「十二時間の勉強」から解放されたのをよしとしたからだけではなく、じつはこれを境に理工科学校が政治から遠のき、次第に変質したというスタンダール自身の認識の反映からでもあるのだ。そして、その「変質」を決定的にしたと思われるのが、サン゠シモン主義との関係である。

(四) 理工科学校とサン゠シモン主義

他の小説にはほとんどあらわれることのない「サン゠シモン主義者」(saint-simonien) という語は、その女性形も含めれば『リュシアン・ルーヴェン』には一四回も出てくる。サン゠シモン主義を攻撃した『産業者に対する新たな陰謀について』の直後に書かれた『アルマンス』にさえ見出すことのできないこの語が、なぜ『リュシアン・ルーヴェン』にこれほど登場するのだろうか。もちろん、七月王政のこの時期、サン゠シモン主義者の主張が実業界に相当の影響力をもっていたからではあるが、理工科学校との関係も見逃せない。まずはもと理工科学校生のリュシアンの周辺から見ていこう。

リュシアンは従兄のデヴェルロワから、煙草代ひとつ稼げない、何の取り柄もない子どものような扱いをされ(63)、それを報告した父に今度は、「ひょっとしてサン゠シモン主義者にでもなろうとしているのか」と冷やかされる。(64)イヴ・アンセルが述べているように、共和主義者とサン＝シモン主義者はこの時代、一般市民には重ね合わされて見られるところが少なくなかった。(65)もちろんスタンダールの立場からすれば、これらはまったくの別物であり、父ルーヴェンの口から繰り出される「サン＝シモン主義者」という言葉は、皮肉たっぷりの嘲笑的名辞であって、ここにはスタンダール自身の主張も濃く反映されていると考えるべきだろう。フェルナン・リュードのように、小説におけるサン＝シモン主義への言及をこの思想にスタンダール自身が共鳴していたことの証であるかのごとくみなすのは、あきらかに偏向した読解というべきである。(66)スタンダールがこの思想集団にみたのは、七月王政下にますます閉鎖的になり、かつ宗教化していくその姿であったにちがいない。

すでに述べたように、この時期の理工科学校には、いよいよ教条化し教団化していくサン＝シモン主義者が数多く在籍していた。このような理工科学校の性格は、個人の自由の発露を徹底的に重要視したスタンダールの政治思想や美学とは相容れない。おそらく理工科学校の共和主義的な情熱を懐古的に評価しながらも、サン＝シモン主義と結びつきやすいその体質を的確に理解していたのではないだろうか。

二〇世紀の著名な経済学者のハイエクは、理工科学校のこうした知的風土が、こののちの全体主義や社会主義の無視できない水脈のひとつになったと述べている。

計画的に構成されていないどんなものにも意義を認めようとしないあの統括的精神、軍事的訓練と工学的訓練の二つの源泉から生み出されるあの組織愛、「成長しただけ」のどんなものより、意識的に構成されたものすべてに対する審美的な好み、これらこそ若い理工科学校生の革命的情熱に加わった――そして時の経過とともにそれにとってかわった――ひとつの強力な新しい要素なのであった。この新しいタイプの人間は、「すべての政治的、宗教的、社会的問題に対して、他の誰よりも、正確で満足のいく解答をもっていることを誇りに思っており」、「学校で橋や道路を作るのを習ったように、宗教を作りだそうとした」といわれており、その特異な性格は早くから注目され、彼らが社会主義者になる傾向があることも、しばしば指摘されていた。ここでは、以下のことを指摘するにとどめたい。すなわち、サン＝シモンが、社会再組織に関する最初期の、そしてもっとも空想的な計画のいくつかを抱いたのは、まさにこうした雰囲気の中であったということ、またこの理工科学校が設立されて以来最初の二〇年の間に、オーギュスト・コント、アンファンタン、ヴィクトル・コンシデラン、後の何百人ものサン＝シモン主義者たちとフーリエ主義者たちがここで訓練をうけたということ、そして一九世紀を通じて、ジョルジュ・ソレルにいたるまで、一連の社会改革者がそれにつづいたということである。(67)

誤解を恐れずにいえば、スタンダールはこうした社会主義的精神を育む理工科学校の知的風土を鋭敏に感知していたのかもしれない。のちにも述べるように、スタンダールほど「真の個人主義」という言葉の似合う作家はいないのだが、じつはこの表現はハイエク自身が使ったものである。かれはロック、マンデヴィル、ヒューム、アダム・スミスら、のちの自由主義経済の根幹をつくる思想家たちに「真の個人主義」を見、百科全書派、ルソー、重農主義者たちなど、多かれ少なかれデカルト的合理主義に影響された思想家に「偽の個人主義」を見た(68)。いうまでもなく、自由放任の社会状態に対して、公共の福祉のために中央集権的な統制の必要を強調する社会主義や集産主義へと傾斜していくのは後者であって、スタンダールの経済思想や芸術思想が依って立つ透徹した個人主義とは根本的に方向性を異にしていたのである。

期待していたように父が遺産を残さなかったことに生涯不満の声をあげ続けたスタンダールにあって、サン＝シモン主義が実践しようとした相続の見直し(69)など、到底許容できるはずもない。経済的にも芸術的にもかれの個人主義は徹底していたというべきなのである。理工科学校出身（中退）の主人公たちにとって、芸術が経済原理のなかに埋没してしまいそうな状況にあり、他方であたらしい政治的価値（共和制や民主主義）が公共性のなかに引き込まれつつある時代に、両者から自由であろうとする個人主義をどのように保つかがもっとも重要な問題であった。その個人主義の十字架を背負いつつ社会に対峙する若者たちのありよう、それは小説の主人公たちばかりでなく、一八二〇年代から三〇年代にかけてスタンダール自身がおかれていた精神的状況の反映でもある。

(1) *Lucien Leuwen*, in *Œuvres romanesques complètes II*, édition établie par Yves Ansel et Philippe Berthier, Gollimard, coll. « Bibliothèque de la Pléiade », 2007, p. 463.

(2) *Ibid.*, p. 462.

(3) 「退屈な連中はわたしをうんざりさせる」(Les ennuyeux m'empoisonnent) と『ある旅行者の手記』でも書いている。*Cf. Mémoires d'un touriste*, in *Voyges en France*, édition établie par V. Del Litto, Gallimard, coll. « Bibliothèque de la Pléiade », 1992, p. 323.

(4) *Lucien Leuwen*, p. 462.

(5) 実際、痛風と湿気に関する記述は日記の端々にあらわれる。

(6) *Lucien Leuwen*, p. 458.

(7) *Ibid.*, p. 458.

(8) *Ibid.*, p. 654.

(9) *Ibid.*, p. 654.

(10) Pierre Musso, *Saint-Simon, l'industrialisme contre l'État*, Éditions de l'Aube, 2010, p. 21.

(11) *Ibid.*, p. 25.

(12) *Ibid.*, p. 30.

(13) *Doctrine de Saint-Simon. Expodition.* Deuxième année, Bureau de l'Organisateur, 1830, p. 3. *Cf. ibid.*, p. 108.

(14) *Ibid.*, p. 200.

(15) *Ibid.*, p. 179.

(16) *Ibid.*, p. 55.

（17）　たとえばPaul Curie, *Exposition des la religion saint-simonienne*, Mulhouse, impr. J. Risler et Cie, 1832, p. 20.

（18）　この言葉が最初にあらわれたのは一八三一年一月一八日付の『グローブ』である。この新聞は最初、ピエール・ルルーとポール＝フランソワ・デュボワによって一八二四年に発刊されたものであった。当初は自由主義陣営の若者が集い、革命的急進派には距離をとりつつも八九年の精神を堅持し、王党派には敵対した。文学的にはロマン派寄りで、実際にそれを名乗るものたちもおり、旧来の伝統的文学論を批判して、いまの時代にあった文学の創造を説いた。スタンダールが「悲しいかな、こんにち政治は文学を掠めとり、文学は仕方なしの手段でしかない」と書いてミニェに応答した手紙も、この新聞に掲載されている（lettre datée du 31 mars 1825, *Correspondance II*, p. 59）。その後、七月革命前夜にはしだいに政治色を強めていくが、七月革命は執筆陣の内部に亀裂を生み、新しく立ち上がったオルレアン派に与するものと共和派の対立はいよいよ修復しがたいものとなり、前者の多くは去っていくことになる。財政的にも立ち行かなくなった一八三〇年の秋、編集を続けていたルルーはアンファンタンに新聞の買収をもちかける。こうして同年一〇月、『グローブ』はサン＝シモン主義者の手に渡り、ミシェル・シュヴァリエが責任編集者となった。引用した標語があらわれる一八三一年一月一八日号からは、*Le Globe, journal de la doctrine de Saint-Simon* というタイトルとなって、名実ともにサン＝シモン主義者の機関紙となる。

（19）　小杉隆芳「サン・シモンとサン・シモン主義者――サン・シモン学説解義・第一年度の社会思想について――」、『駒澤大学外国語論集 六』、一九七七年、一一一頁。

（20）　同右。

（21） *Lucien Leuwen*, p. 713.

（22） *Ibid.*, p. 716.

（23） この叙述を最後に小説は中断され、未完のまま終るのだが、スタンダールのプランとしては、このあと、やはり未完のまま終った『ある社会的地位』で扱われたローマの大使館を中心とする物語の展開が予定されていた。ここで「一時的」というのは、任地（小説ではスペインのカペルとされているが、実際にはローマがモデル）での生活までの「ひと時」を意味している。『リュシアン・ルーヴェン』自筆草稿最後の文は、「ついに任地のカペルにつくと、これから会う連中に対してはあの適度な冷淡さ（sécheresse convenable）をとらねばならない、と自戒する必要があった。」（*Ibid.*, p. 716）である。

（24） *Doctrine de Saint-Simon, op. cit.*, p. 126.

（25） José-Luis Diaz, « L'artiste en perspective », *Romantisme*, no 54, 1986, pp. 5-23.

（26） Jules Janin, « Être artiste ! », in *L'Artiste*, première série, t. I (1), 1831, p. 9.

（27） Antoine Picon, *Les saint-simoniens. Raison, imagonaire et utopie*, Belin, 2002, p. 102.

（28） *Vie de Henry Brulard*, in *Œuvres intimes II*, édition établie par Victor Del Litto, Gallimard, coll. « Bibliothèque de la Pléiade », 1982, p. 859.

（29） François Michel, « Stendhal mathématicien », *Stendhal Club*, no 20, 1963, pp. 277-295. ヴィクトール・デル・リット『スタンダールの生涯』鎌田博夫、岩本和子訳、法政大学出版局、二〇〇七年、四八頁参照。

（30） *Vie de Henry Brulard, op. cit.*, p. 873.

（31） *Ibid.*, p. 874.

（32） *Ibid.*, p. 874. なお、ボナパルトによる「ブリュメール一八日」のクーデタは、スタンダールが理工科学校受験のためにグルノーブルからパリに向かう旅程のあいだに起きている。「〔……〕パリから二〇か二五里のところにあるヌムールでわれわれは前日に起きたブリュメール一八日（すなわち一七九九年一一月九日）の事件を知った」（*ibid.*, p. 869）。かれは一〇月三〇日にグルノーブルを出発、ヌムールに一一月九日、パリにはその翌日に着いている。ここで「前日」とあるのはあきらかに奇妙で、デル・リットも注記しているとおり、「その当日」と書くべきところを勘違いしたのであろう（*ibid.*, p. 1501, note 3)。

（33）Balzac, *Wann-Chlore*, in *Premiers Romans de Balzac II*, Robert Laffont, «Bouquins», 1999, p. 808.

（34）Balzac, *Les Chouans*, in *La Comédie humaine*, Gallimard, coll. « Bibliothèques de la Pléiade », 1978, t. VIII, p. 975

（35）Balzac, *La Recherche de l'Absolu*, in *La Comédie humaine*, Gallimard, coll. « Bibliothèques de la Pléiade », 1979, t. X, pp. 766–767.

（36）Balzac, *Le Curé de village*, in *La Comédie humaine*, Gallimard, coll. « Bibliothèques de la Pléiade », 1978, t. IX, pp. 798–799.

（37）*Armance*, in *Œuvres romanesques complètes I*, édition établie par Yves Ansel et Philippe Berthier, Gallimard, coll. « Bibliothèques de la Pléiade », 2005, p. 89.

（38）「ポリテクニーク」という名前は、いうまでもなくそこで教えられるべき技術の多様性を象徴するものであるが、この名称を最初に提案したのは、創設に関わった一人、クロード・プリウール（Claude Prieur）である。

（39）こうしたイメージはいまだに続いており、フランス社会においてこの学校がもちつづけているステイタスと重要性については、ピエール・ブルデューが『国家貴族』のなかで詳細に分析したとおりである。Pierre Bourdieu, *La noblesse d'État. Grandes écoles et esprit de corps*, Les Éditions de Minuit, 1989.（『国家貴族 エリート貴族と支配階級の再生産Ⅰ・Ⅱ』立花英裕訳、藤原書店、二〇一二年）

（40） Gustave Flaubert, *Le Dictionnaire des idées reçues*, Livres de Poches, 1997, p. 153.

（41） Jean-Pierre Callot, *Histoire de l'École polytechnique*, Stock, 1975, pp. 84–86.

（42） *Ibid.*, p. 91. Ambroise Fourcy, *Histoire de l'École polytechnique*, Paris, chez l'auteur à l'École polytechnique, 1828, p. 346.

（43） *Lettres d'Auguste Comte à M. Valat*, Paris, Dunod Éditeur, 1870, p. 24.

（44） *Le Nain jaune ou Journal des arts, des sciences et de la littérature*, Paris, l'Imprimerie de Fain, No 341, 5 janvier 1815, p. 7.

（45） *Ibid.*, p. 8. 騎士団の基本原則は、「統治するために頭を麻痺させ、説得するために執拗に責め立て、成り上がるために這いつくばる」ことであった。「闇の守護神」というリストには、タレーラン、フォンターヌ、シャトーブリアン、ド・ボナルド、ミショー、ベルタン、セギエらの名前がアナグラムであがっている（たとえばChateaubriandはle Révérend Père Aubry de Castelfugens、CuvierはNaturalis Viécurといった具合である）。

（46） *Journal*, in *Œuvres intimes I*, p. 941.

（47） A‐M・メナンジェールもそこにこの象徴性を読み取っているし、プレイヤッド版の注釈者も同様である。Cf. *Lamiel*, éd. d'Anne-Marie Meininger, Gallmard, coll. « folio », p. 331; *Lamiel*, Pléiade, pp. 1471–72.

（48） *Armance*, p. 92.

（49）邦訳（『全集』第一二巻）では「フェリックス・フォール」とされているが、正しくはフレデリック・フォールとすべきで、これはフェリックスの弟にあたる人物である。両者ともにスタンダールと同郷で、少年期の仲間であった。

（50）*Journal*, in *Œuvres intimes I*, édition établie par Victor Del Litto, Gallimard, coll. « Bibliothèque de la Pléiade », 1981, p. 49.

（51）*Vie de Henry Brulard*, *op. cit.*, p. 774.

（52）*Ibid.*, p. 775.

（53）*Ibid.*, p. 775. ちなみに、日記におけるこの人物姓の綴り字はTeisseireであるのに対し、『ブリュラール』の草稿ではTeyssèreとなっているが（*Œuvres intimes II*, p. 1457）、デル・リットの注でテセールは一八〇一年に理工科学校に入学しているとされているし（*ibid.*, p.1458）、アンブロワーズ・フルシの『理工科学校史』の巻末に付された名簿（Liste générale, par promotion d'entrée, des élèves de l'École polytechnique）にもTeyssayrreという名があり、一八〇一年入学となっているから（Ambroise Fourcy, *op. cit.*, p. 507）、同一人物に間違いはないだろう。

（54）Pierre Barbéris, *Sur Stendhal*, Éditions sociales, 1982, p. 90.

（55）Michel Guérin, *La Politique de Stendhal*, PUF, 1982, p. 42.

（56）*Lucien Leuwen*, in *Œuvres romanesque complètes II*, édition établie par Yves Ansel et Philippe Berthier, Gallimard, coll. Bibliothèque de la Pléiade, p. 89. 以下、たんに*Lucien Leuwen*とのみ記されている出典は、この版によるものとする。

（57）*Lucien Leuwen*, éd. de Michel Crouzet, Flammarion, 1982, t. I, p. 342, note 7. プレイヤッド版の注釈者も

この点には同様に触れている。*Lucien Leuwen*, p. 1269, note 4.

（58）Louis Blanc, *Histoire de Dix ans. 1830–1840*, Paris, Pagnerre, 1843, t. III, pp. 298–299.

（59）*Lucien Leuwen*, éd. de Anne-Marie Meininger, Imprimerie nationale, 1982, t. I, p. 384, note b.

（60）J.-P. Callot, *Histoire de l'École polytechnique, op. cit.*, pp. 109–125.

（61）*Lucien Leuwen*, p. 85.

（62）手稿には « Omar, rédaction du 28 juillet 1835 » とある（Omar は Roma のアナグラム）。*Lucien Leuwen*, p. 85.

（63）*Lucien Leuwen*, p. 93.

（64）*Ibid.*, p. 95.

（65）*Ibid.*, p. 1273, note 13.

（66）Fernand Rude, *Stendhal et la pensée sociale de son temps*, nouvelle édition augmentée, Gérard Monfort, 1983, p. 223.

（67）F・A・ハイエク『科学による反革命』佐藤茂行訳、木鐸社、一九七九年、一六三〜一六四頁。

（68）同書、第一部参照。

（69）*Doctrine de Saint-Simon*. Exposition. Deuxième année, Bureau de l'Organisateur, 1830, p. 179.

第七章　金銭問題と文明の風景

（一）　金銭の前景化

一九世紀になって文学の風景が大きく変わった要因のひとつに、確固たる地位をものにした小説で金銭が頻繁に取り扱われるようになったことが挙げられよう。もちろんそれ以前にも「金」はさまざまなかたちで文学の道具立てとなったが、それはむしろ吝嗇や強欲の比喩であり、教訓譚への伏線であり、あるいはユダヤ人の表象として動員されるものであって、ありふれた日常的情景のなかで生活の一部として描かれるものではなかった。また、人間と金との宿命的な結びつきに正面から向かい合うものでもなかった。

これまで見てきたように、一八世紀後半以降、資本主義経済の発達とブルジョワ市民社会の成熟によって、文学と金の関係は新たな局面を迎えることになる。第一に文学の活動自体が市場経済のなかに取り込まれていくこと、第二に文学の消費が市民階級に広く浸透していくこと、第三に、その結果として、描かれる中心的素材が資本主義経済に支えられる市民の社会と生活になったこと、である。これらの変化は、フランスの場合、王政復古から七月王政にかけて拍車がかかり、勢いを増した。一八世紀を通じて、ヨーロッパ全体で読者の数が三倍になったといわれるが、実際にそうした動きが顕著に見えてくるのは一八三〇年代からで――たとえば識字率の上昇を支える初等教育の整備に関する「ギゾー法」が発令されたのは一八三三年六月二八日である――、この時代に新聞小説という新しいジャンルが発明され、文学が市民の日常に浸透し、文学の大衆化へと大きくシフトする。さらにジャーナリズムの発達は、女性、子ども、民衆という三つの集団を新しい読者として組み込むことになる。「絵の力」を武器に一般の人びとに時代の情報を提供することを目的として、エドゥアール・シャルトン（Édouard Charton 一八〇七〜九〇）がフランスで最初のイラスト雑誌 *Magasin pittoresque* を創刊したのも[1]、「ギゾー法」と同じ一八三三年である[2]。

このような趨勢のなかで作家たちがもとめたのは、より市民の生活意識にちかい現実的なものであった。金銭事情はだれにとっても生活のなかでもっともリアルなものである。バルザックをはじめ、一八〇〇年前後以降に生まれた作家たちは、こぞって「金」を小説の道具にした。少しまえに生まれたスタンダールもまた、一八三〇年代に本格的に小説を書き始めるが、「金」に対する立ち位置については微妙に異なる。本章では、スタンダールにおける小説のリアリズムの射程を、彼をとりまいていた金銭の問題から少々立ち入って眺めてみたい。

一八世紀末以降、ブルジョワ市民社会の拡大とともに、他者あるいは社会に対する個人の関係が、それまでの主従や地縁、あるいは信仰にもとづくものではなく、もっぱら「金」に媒介されるようになるなか、文学作品のなかにも「金」がその具体性においてあらわれてくるのは当然といえる。小説のなかに報酬や年金からはじまって、為替操作、株の売買、投機、銀行取引など、当代市民生活の経済を支える金銭的現実のほとんどを書き込んだバルザックのような作家が出現するのは故なきことではない。この時代、リアリズムは「金」を正面から描くこととともに成立した、といってもよい。

さらに個人的なレベルに目をやると、回想録（mémoires）が変容して自伝（autobiographie）というジャンルが形成されていく過程にも、こうした社会的変化と共振しあうものがあるといえ、金が時代の空気を支配していく王政復古期は、自伝が大きく花咲きはじめた時代でもある。ギゾーの言葉とされる「豊かになれ（金持ちになれ）」（Enrichissez-vous）[3]というスローガンは、ある意味で一九世紀前半の世相をよく反映しているが、このスローガンを、経済的に豊かになることでフランス全体の水準を物質的にも精神的（道徳的）にも高めようという主張として読むにせよ、富と蓄財によって選挙権を獲得しようという制限選挙擁護の言説と解釈するにせよ（ギゾーは立憲君主制の理論家であり、普通選挙の立場はとらなかった）、そこにはまず経済と金が先決であるという共通認識が見てとれよう。金を中心に世界が回り始めたこの時代、前世紀にはタブーとみなされた金への言及が、臆面もなく自伝にも登場するようになる。ベアトリス・ディディエによれば、ルソーが自身の金銭的困難を『告白』に書く率直さは、当時の貴族階級には「はしたない」ものと映り、少なからずショックを与えるものであったという(4)。こうした貴族的な恥じらいは一九世紀になってももちろん残っていて、シャトーブリアンは生涯最大の経済的危機を羞恥の感情に苛まれながら綴っている。しかしその一方で、かれはあきらかに経済的困窮から自伝原稿を売り渡すのであり、悲壮感を込めつつ、いわば自らの悲劇的状況を演出するかのようにその窮状を自伝のなかに書いていることも事実である。すなわち、『墓の彼方からの回想』という、多分に非現世的でロマン的なタイトルをもつ自伝は、きわめて現世的な理由によって、墓に入る手前で金に換えられるのだ(「嘆かわしい窮乏によって雁字搦めにされたわたしは、『回想』を売らざるを得なくなった。自分の墓を抵当に入れなければならなくなったことにどれほど苦しんだか、だれにもわかるまい(5)」)。

ここで自伝は二重の意味で金銭とかかわりはじめる。ひとつは作品のなかで金を語ることが恥ずかしいものでなくなったこと、さらに、金銭的窮状が文学的に美化されうるもの、すなわち、貧困の芸術家という新しい文化的価値が生まれ、この時代に神話化されていくということ。出来事の歴史的記述であった回想録は、一八世紀末以降、社会の構造的転換とそれに付随する「わたし」の「昇格」によって、近代的自伝、すなわちそれまで日記や私的な書簡に属していた領域を取り込むきわめて個人的な書きものへと大きく変容する。自伝は、ルソーのように、あるいはシャトーブリアンのように、程度の差こそあれ、内なる「わたし」を濃厚に語り、同時にその「わたし」にまつわる「金」をも語るようになるのである。

ところで、「金」には一般的な金と個人的な金がある。前者は社会や政治などマクロな視点で語られる金であり、後者はひとりの人間の収入や支出、借金や生活費など、個人の生活に直接関係しているものである。金は個人的な位相に近づくにつれて語りを拒否する。個人の金銭は私生活に属するものであり、今も昔も他人の家計や懐具合、さらには所有物の値段でさえ、これをあからさまに問うのは礼儀に反する。一見すると奇妙にみえるかもしれないが、芸術の非商業性、言い換えれば金に対する言及の卑俗さがことさら強調されるようになったのは、じつは一八世紀末ごろからで、ルソーのように個人が自らの経済状態を公に曝すようになってからである。多分に被害妄想的な夢想家であったこの「孤独な散歩者」によって『告白』が書き継がれていたころ、ボーマルシェは著作者団体を立ち上げていた（一七七七年）。私生活を曝け出すことと著作権要求運動とが（ここでは演劇関係者という限定はあるにせよ）ほぼ同時期に蠢きはじめたことは興味深い。一八世紀後半から一八三〇年までのあいだに、それまで絶対的覇権として君臨していた宗教的権威が次第に揺らぎはじめるのにともなって、そうした既存の権威と離れたところで文学および作家という地位が新しい社会的価値として実質的に定着していく。ベニシューはこの過程を詳細に検討し、「作家の聖別」(le sacre de l'écrivain) という言葉で表現したわけだが、一言でいえば、宗教的権威に代わって世俗の文学が「威厳化」

(dignification) していく歴史を、この批評家はロマン主義の展開のなかに読み取ったのである(6)。繰り返しになるが、同書の副題が示すとおり、これはブルジョワの世紀の到来とともに成立する近代フランスのあらたな世俗的権力として「作家」が誕生したことを物語っており、この時期に今日の作家の表象の原型が形成されたことを示している(7)。

ところで、ベニシュー自身は著作権についてほとんど述べていないが、作家が新たな表象を獲得していく過程には著作権の確立運動という歴史的事実を見落とすことはできない。著作権への意識は、自己を文学のなかに解放しようとする書き手が職業的作家としての自立的な経済的源泉を獲得しようとする意思であり、良くも悪くも直接「金」につながっているからである。ロマン主義とともに神話化され、強烈な磁力を放つようになった「作家」という職業は、一方で崇高な威厳を自らに胚胎させるとともに(芸術家、使者)、他方で「金」の問題にかかわることになった。とはいうものの、そのままあらたな支配者となって覇権を握ったわけではない。じつは、ブルジョワ的価値観のもとに新しい権威を得たことは事実だが、ほぼ同時期にそれまでにはなかった二つの動きの契機を生み出したのだ。ひとつはジャン゠イヴ・モリエが指摘したように(8)、作家の聖別は、作家とはべつの重要な役割を準備したこと。すなわち「編集者」という存在の重要性が決定的になったのである。かれらは、もちろん文学的価値を審判する専門家でもあるが、他方で「売る」ことを考えなければならない。作家が著作権の保護を訴えようとする一方で、出版業界も資本主義の経済体制のなかに本格的に組み込まれるようになり、作家の威厳は「金」とは切り離せなくなったのである。

いまひとつは、こうした傾向に対する反作用として生まれたものである。すなわち、文学が社会的地平を超脱して、もっぱら文学的・審美的価値のなかに自足しようとする動きである。反・商業的というべきか、サント＝ブーヴの言葉でいえば「産業的文学」として「生産」されるものに背をむけ、美しき魂として、ブルジョワ的功利主義を拒否しようとする態度である。この傾向は一八四八年の二月革命以降、一層強くあらわれ、ブルデューも文学の自己同一性が文学者の、文学者のための文学が自律性（オートノミー）のなかにもとめられるようになったことを示唆している。[9] フローベールやボードレールの態度に典型的にみられるもので、サルトルが『文学とは何か』のなかで不満を抱いた点につながっている。[10]

（二）　父と金銭問題

いずれにしても、一九世紀の初め、作家は職業的アウラを獲得すると同時に、その身近な問題として金銭が一気に前景化するようになった。

こうしたなかで、スタンダールの金銭に対するスタンスは微妙である。さきに一八世紀後半以降、作家は「わたし」と個人的な「金」を書くようになったと書いたが、じつはスタンダールという作家は、このいずれにもきわめて両義的に反応した作家であった。よく知られているとおり、未完とはいえ興味深い自伝を残しながら、「わたし」を書くことにある種の嫌悪感を示した。したがって、わたしにまつわる「金」を書き込むことにも少なからず抵抗感をもっていた。

金に関することにつかわれる配慮はどんなものでも、わが家では最高にあさましく下劣なものとみなされていた。金を口にするのは言うなれば慎みに反する（contre la pudeur）ことで、金はいわば嘆かわしい必要性（une triste nécessité）であり、その役割は便所と同じで、残念ながら欠くことのできないものだが、けっして語ってはならないものであった。(11)

『アンリ・ブリュラールの生涯』での金の位置づけは、基本的にこのようなものである。ここでいわれる「慎み」は、貴族階級においてはたしかに文化的な価値としてはっきりと確立され、浸透していたものである。少年アンリの家庭はブルジョワ階級とはいえ、貴族的な作法と様式を具えた家庭として描かれていて、「わたしの貴族的な家族」（Mon aristocrate famille）(12)などとも記されている。

ところが、語るべきでないとされる個人的な「金」が集中的に書かれる契機がある。父親がそれだ。小説『ブリュラール』にみられるように、アンリ・ベールの父に対する関係は純粋に金銭的である。小説家スタンダールも、日々の日常を書きつけるアンリ・ベールその人も、金の捉え方（感じ方というべきかもしれない）においてはきわめて旧体制的、言い換えれば貴族的であった。ブルジョワの世紀にあって、金は職業、より具体的には労働をその源泉とするのが原則であり、それゆえにこそ「家」ではなく「個人」の力量が試される時代が到来したといえるのだが、一貫して個人主義にみえるスタンダールにとって「金」は世代の連続性のなかで受け継がれるものであって、日々の生活のために個人が「稼ぐ」ものではなかった。したがって父という存在は、そうした連続性を保証するものとしてあるのであり、本質的に金銭的であった。母との関係が情緒的・感性的に描きあげられ、ブルジョワ的社会関係を超脱したところに位置づけられ（「顔つきには高貴さ（noblesse）と穏やかさがあった」[13]）、もっぱら少年アンリの愛情の対象となっているのは、ちょうど父と真逆のありようである。

バルザックやゾラのように、金や社会的栄達を正面から描くことを好まなかったスタンダールだが、自伝や日記にあきらかなように、父についてはほとんどが金とのかかわりにおいて言及されている。最初の経済危機には仕送りをしない父の吝嗇を呪い、死んだときには相続すべきものを残さなかったことを何度も繰り返している。この点は前述の繰り返しになるが、もう一度確認しておこう。

かれの父親は、世間一般の声にしたがえば、五〇〇〇ないし六〇〇〇フランの年金をかれに残してやるべきだった。が、その半分も残さなかった。だからベール氏は生活を切り詰めるべく努力し、それに成功した。[14]

三人称で書かれたこの自伝的断片は、一八三〇年、すなわち父の死の翌年のものだが、一八三三年の「アンリ・Bの回想録」(MÉMOIRES DE HENRI B)と題された断章や、一八三七年の断章にも同様の記述がみえる。(15) このように、父は晩年にいたるまで「金」を通して書かれ、破産して十分な遺産を息子に残さなかったがゆえに、その本質的な意味を失うことになった。「破産する父をもつことの不幸をこれほど身に沁みて知ったことはない」(16)、友人に宛ててそんなふうにも書いている。

ここでスタンダールの経済的窮乏について少し立ち入ってみておこう。王政復古期の末期、とくに一八二八年から七月革命の動乱前後にいたるまでのあいだ、スタンダールは金銭的な危機にあった。かれ自身、生涯に二度あったという金との「戦争」(17) のうち、二番目のものである。最初の「戦争」はまだ二〇代の若いころ、「一八〇五年末から一八〇六年八月に」かけてで(18)、父親から定期的な仕送りが断たれた時期であった。「父はもう金を送ってこなかった、しかも予告することもなく。(19)」このときもたしかに大いに窮したが、二度目のそれは最初のものとずいぶん趣を異にする。四〇歳半ばを越えた無頼の中年にとっての経済的困窮は、いくら当人が「一冊の白紙のノートと一本のペンをもって、快活に、無頓着に、幸福そうにしている」(20) と言っても、それまで経験したことのない借金を余儀なくさせるものであった。(21) 実際、生活の安定のために再三にわたって就職活動を展開したことも事実だ。(22) 窮乏の度合いは一八三〇年になって緩和されるとはいえ、ようやく領事職を得て赴任したトリエステ(すぐにチヴィタ・ヴェッキアへと変更されることになるが)の旅籠、「黒鷲」(*Aquila Nera*)での出来事が物語っているところをみれば、それまでの生活の状態がみてとれる。領事の下着類はぼろ布同然に擦り切れており、最初の俸給を待ってやっとシャツと取り付け襟を買うと、古くなった衣類を便所に押し込んで詰まらせ、宿主と悶着になったらしいのである。(23)

ベールがトリエステに向けてパリを発ったのは、一八三〇年の一一月六日。この時期までの経済状態は相当深刻で、それまで『アルマンス』で入った金と貯金を元手に数度イタリアに旅行に出ているものの、原稿による収入は途絶えていた。ロンドンの知人ストリッチを介してコルバーンと交渉した結果、年一五〇フランで『ニュー・マンスリー・マガジン』への寄稿再開の契約を取りつけ、『アテネウム』にも書く場所を得た。しかし、実際には約束された原稿料は定期的に支払われなかったようで、『ローマ散歩』を早々に売ることを考えている。(24) 一八二九年はじめのマレスト宛の手紙では、もし自分が「脚のない」ベルタン氏の(25)娘と結婚していれば、『散歩』二巻本で六〇〇〇フランを手に入れることができたであろうが、かりに三〇〇〇フランでもよしとしなければならないと言い、とにかく「金が必要だから〔中略〕、たとえそれ以下でも売り渡すだろう」とまで書いている。(26) すでに述べたとおり、この間、報酬のある仕事をもとめ、結局就くことはなかったものの、古文書館や王立図書館の司書または補佐の職も紹介されている。(27)

さて、こうした金銭的困難は、この時期、他のさまざまな困難とともにスタンダールをかなり追いつめていたことは否定できない。生涯にわたって多くの遺書を残したことでも知られる小説家だが、もっとも集中的に遺書が書かれたのがこの時期だからだ。そしてこの時期の最後の遺書がロマン・コロンに宛てた手紙のなかにあらわれる。「ぼくが死んだら、『ローマ散歩』を仕上げてほしい。こんな簡単なことはない。見かけは錯綜しているが、ローマについてのぼくの原稿をユラレス氏に渡してくれたまえ（……）。」そう頼んだあと、遺書形式の文章を二度にわたって作成している。「H－M・ベールの遺書／リシュリュー通七一番地、ホテル・ヴァロワにあるわたしの所持品すべてを従弟R・コロン氏に与える。」(28) この作家の常として、無援の苦悩に陥ったときにこそ死への誘惑に負けまいと「書くこと」に粉骨砕身する。おそらく現実をまえにしたとき、無気力感と落胆阻喪に対する逃避として書くという行為があったのかもしれない。(29)

とはいえ、そもそもスタンダールはバルザックとちがって「ペンによる生活」からはるかに隔たったところで生きていた。したがって、書くことに幸福を見出しはしたが、原稿を売って生活をすることを考えていた人間ではない。ここがあとにくる世代の職業作家的精神と根本的に違うところで、それゆえにこそ、あれほど年金にこだわりをみせ、それを残さなかった父を恨めしく思ったのである。墓碑銘として残された « Scrisse, Amo, Visse » という言明は、書くことが愛することや生きることと同列におかれ、そこに金銭の入る余地がない。「幸福の狩人」にとって、書くことは職業ではなく、どこまでもエクリチュールの快楽を見出すべき行為であった。(30)

したがって、『ローマ散歩』を少しでも早く売らなければならないような状況は、スタンダールにとってこのうえない不幸であったはずである。年金を保証すべきはずの父は期待した役割を果たし得ず、結局は「金」のために仕事につくことを余儀なくされる。しかしながら、七月王政がはじまってから死にいたるまで、この作家は死ぬほど退屈な官職であったチヴィタ＝ヴェッキアの領事職を離れることはなかった。ランペドゥーサがいうように、その給料のおかげで「報酬のために」書かねばならないような文学営為から免れることができたからである。[31] 父に望んだのも莫大な遺産ではなかった。すでに触れたように、「一八三六年、わたしは六〇〇〇フランとわが自由を熱望している。それ以上あっても幸福にとってはほとんど意味がない」と言い、もし土地や家のかたちで一〇〇〇〇フランの年金があったらずいぶん不幸になるとだろうとさえ書いている。[32] スタンダールにとっての経済的幸福とは、日々の生活費を稼がなくてすむ最低限の財を手許におくことであり、奇妙なほど執拗に繰り返される六〇〇〇フランという額は、そのための理想的な値なのである。

（三）　小説と金

作家個人の金銭的問題は、一見すると取るに足りない日常生活上の垢のようにみえるが、スタンダールの場合、金に対するこうした立ち位置はこの小説家の文学を方向づけるものとして作用している。この点について、ジュリアン・グラックがスタンダールの本質をつくような文章を書いている。

社会構造の不透明性や宿命性は、バルザックのどのページにもそれが物理的重さをもって感じられるのに、スタンダールにおいては半ば妖精譚的な現実しかもたない。金が何の役割も演じず、社会的関係がほとんど田園小説の王様と羊飼いのそれのように扱われている『僧院』は措いておこう。しかし、『赤と黒』を例にとっても、全体にわたる見かけのリアリズムにもかかわらず、バルザック流の実際のふたつの現実、すなわち金と社会的地位の上昇は、まったく妖精譚の様式で扱われていることを確認しなければならない。ジュリアンの野心がいくら計算づくであっても、金は神秘的な為替のような匿名のかたちでしかかれのところへやってこない——社会的地位の上昇も、同じように神秘的なラ・モール侯爵家への召喚によってなされる。「出世主義者」ジュリアン・ソレルの経歴のどんなときにも、意思と結果のあいだにはこれっぽちの関係もない。(33)

ここでグラックが指摘しているのは、スタンダールのリアリズムはバルザックのそれとは本質的に異なっている、という点である。バルザックの小説では描出される社会に細部を稠密に積み重ねていくことによって小説空間が実体性を獲得し、厚みをもって現前する。そこでは、舞台となるブルジョワ社会が最大の関心事とする金と社会的上昇が、社会のなかで実際にあるべきリアリティをもち、したがって、社会の論理でプロットは進展する。ところがスタンダールの小説にあっては、金や上昇志向は本来の役割を果たさない。ジュリアン・ソレルが上昇階段を駆けあがるのは、金のちからでもなく、計算された振る舞いによるのでもない。本人の意思にかかわりのないところで起きる偶然によってである。実際、マチルドの結婚相手になり、ド・ラ・ヴェルネーという名に到達するのも、かれの仕事ぶりや能力にまったく関係していない。杖の一振りが運命を変えてしまう妖精譚のように、スタンダールの小説にあっては、道具立てや背景は一九世紀的そのものであっても、主人公の生きる運命の決定は根本的に違う次元でなされるのである。『僧院』でさらにそれが濃厚になっていることは言を俟たない。

社会のどん底から這い上がろうとする人間は出世主義でなければならない。銀行家の息子がそれらしく社会のなかで地位を保つには、銀行家の精神を受け継いでいなければならない。バルザックやゾラが描いたのは、そうしたいわば社会的遺伝であり必然である。しかし、スタンダールの主人公たちは、奇妙にもそうした必然の網目からすり抜けている。一言でいえば「らしくない」のだ。ジュリアン・ソレルが同時代の読者に理解されなかったのも、こうした社会的必然と乖離した存在様態をみせているからであろう。ジュリアン・グラックは先の引用のなかで「見かけのリアリズム」（réalisme apparent）という言葉を使っていたが、リアリズムの最初の作家として位置づけられるのとは裏腹に、小説家スタンダールの文学的体質にはリアリズムへの志向とまったく違うものがあった。一九世紀末にこの作家が再発見されるに際して、ゾラがリアリストの系列に置いたがためにそのような見方がなされるようになったが(34)、スタンダール自身の美学は細部まで丹念に筆を運んで描写をするところにあったのではなく、むしろそのような小説の必要性を一九世紀に見合うものとして認識するにとどまっていたというべきだろう。「一九世紀において、民主主義は凡庸で、理性的で、偏狭で、文学的にいえば平板な人びとの支配を必然的に文学のなかに持ち込む」[35]のであるから、読んでもらうためには「小間使い」が理解できる小説[36]でなければならない。かれは、近代とはそういう時代なのであり、そうした細部の必要性は認知しながらも、それが文学にとって最善の方法であるとは考えない。このようなレベルでの葛藤はバルザックにはけっして見られないものであり、スタンダールがリアリズムの第一世代でありつつも、前世紀の貴族的な美学を癒しがたく抱えこんでいる作家であることは明白であろう。

細部としての「金」、スタンダールにとってもっとも厄介な問題はここにあった。主人公の父を銀行家に設定した『リュシアン・ルーヴェン』は、その限りできわめて一九世紀的な小説といえるが、奇妙なことに「銀行家」や「銀行」という言葉の使用頻度が想像以上に低い。では、スタンダールが一貫して銀行家に敵愾心をもっていたかというと、かならずしもそうではない。若いころの日記をみても、たとえばかれの知人リストには銀行家もはいっており、「われわれはシェイクスピアと銀行の話をした」[37]とか、「銀行を始める」[38]とか、あるいはまた、「銀行、マントと同じくらいしっかりした友人と一緒に稼いだ六〇〇〇フランの年金があれば、すべての苦痛がなくなるだろう〔……〕」[39]とも言っている。もちろん、「銀行」への関心は商業的利潤追及や投機目的でもなければ、経済的な栄達を目論むものでもなかったことはいうまでもない。かれの生活のなかで「金」がどのような位置を占めているか、つぎの日記はそれを如実に物語っている。

わたしはずっと以前から、自分の感受性が強すぎること、自分が送っている生活にはたくさんの刺々しさがあって、それがわたしをひっかいていることを知っている。こうした刺々しさは、一〇〇〇〇フランの年金があれば取り去られるだろう。財産はわたしにとってほかの人にとってのように（と同じ具合に）必要なのではなく、わたしの過剰な感受性のゆえにもっと必要なのだ。言葉の抑揚や思いがけない身振り一つで幸福の絶頂にものぼり、絶望のどん底にも沈むこの感受性のゆえに。それをわたしは騎兵のマントの下に隠している。(40)

「金」は、社会生活を営む人間にとって社会との接点に介在するものであり、その意味できわめて社会的な存在である。金を得るために社会に出るのであり、社会（あるいは特定の集団）への貢献とその評価に応じて支払われる金は決まる。そういう経済システムを市民において確立したのが一九世紀の社会なのであり、人びとは「金」を介して社会と向き合う、あるいは結び合っているといってもよい。ところがこの二二歳の若き文学青年にとって、金や財産あるいは年金の必要性は、金銭的な価値の追求によるのではなく、社会との結びつきを保証するものでもなく、ただ自分の内なる生活と社会のあいだに防御壁をつくるための手段なのだ。ルソーばりの「感じやすい魂」（若きベールは盛んにルソーを引き合いに出している）と社会との臨界面で生ずる「刺々しい」摩擦から自己を防衛する手立て、それが「金」なのであって、年金や銀行にまで言及されるのも、そうした手段を獲得するためである。

（四）リアルとイデアルのあいだ

さきのジュリアン・グラックの指摘は、スタンダールの文学をリアリズムとは別の次元に位置づけるものとして読める。世代的には大革命以前に生まれ、『ラシーヌとシェイクスピア』で時代の先端をいくようなロマン主義のマニフェストをものしたものの、一九世紀的世相にはいくぶん乗り遅れた世代に属する。というのも、その文化的体質が旧体制下で育まれたものであり、ブルジョワ市民社会の政治理念や共和主義思想を観念的には理解しながらも、文化として取り込むことができなかったからであろう。これは、小説の主人公たちにも反映されていて、銀行家の父とその体質を受け継いでいるとはいいがたいリュシアンの対立、あるいはまた、ブルジョワ的俗物の典型ともいうべき打算にまみれた父と、それとは根本的に体質を異にするジュリアンとの対立としてあらわれているといえよう。一九世紀をリアル（réel）に生きる人物たちは、ブルジョワ的市民の特性を具現しなければ小説のリアリズムを体現することはできない。しかし、スタンダールの主人公たちは、そういう境遇にどっぷりと浸かりながら、それとは異なる美学的力学によって浮上し、個性を輝かせる。現実をもっともリアルに表現する「金」がこれらの人物たちの周囲ではほとんど威力を発揮しないことはすでに述べたが、その分、かれらの存在はリアリズムを離れて、観念的（イデアル）な存在、あるいは美学的感性によって生きる、どことなく現実感をともなわない存在となってしまうのだ。スタンダールのリアリズムの限界はまさにこの点にある。

このことは、ジャーナリズムの世界でスタンダールを有名にした二つのパンフレットについてもあてはまる。クルーゼも指摘するとおり、『産業者に対する新たな陰謀について』は、老体同然のアカデミーを叩くことを目的とした『ラシーヌとシェイクスピア』とちがって、一九世紀の「宗教」ともいうべき経済を攻撃する論説であった(41)。いうまでもなく経済は自由主義の母体となるものである。『ラシーヌとシェイクスピア』では革新的論者（「左」）として振舞い、多くの反響を得、これによってロマン主義の理論家と目されるようにもなった。しかし、今度はサン＝シモン主義者を中心とする時代の進歩派に対する、いわば保守的立場（「右」）からの攻撃である（この論説が保守派的立場からのものであるということは、著者自身がおそらくは故意に « de Stendhal » と署名していることからもあきらかであろう）。この攻撃はしかし、われわれの社会が拠って立つ近代への、その出発点での攻撃である。「このパンフレットは、われわれをわれわれの起源、すなわち、経済なるものに基盤を置く社会という考えがひとを驚かせ、眉をひそめさせていた時代にわれわれを送り返すのである。」[42]

スタンダールは経済の覇権、経済による文化の支配への意図に徹底的に抵抗し、ロマン主義の価値観を対置しようとした。『ラシーヌとシェイクスピア』の先進性は、社会の現実とそのイデオロギーのレベルでは旧体制の価値（貴族主義的価値観）を引きずるものとしてあらわれざるを得ないのである。

パンフレットの著者はこうした矛盾をよく理解していた。共和主義や民主主義といった近代的なシステムとそれを支える自由主義経済の必要性は時代の必然として肯定すべきものであること、しかし他方でみずからの文化的体質がそれを完全には許容しないこと――おそらくこのどうしようもない矛盾と葛藤のゆえに生み出されたのが「考える階級」である。すでに見たように、たびたび繰り返される六〇〇〇フランの収入（あるいは年金）も、『産業者に対する新たな陰謀について』において再び意味づけがなされている。すなわち、「考える階級」は「金持ちでも貴族でもなく」、「六〇〇〇リーヴルの年金を有する人々の階級」である。[43]「産業主義と特権階級という相対立する二つの陣営の滑稽さを見出すのに恰好の位置にいる」「考える階級」の社会的地位を示すものとして、「六〇〇〇リーヴル」という金銭的価値は用いられるのである。[44]

ところで、さきに引用した二二歳の日記に、「わたしはずっと以前から、自分の感受性が強すぎること、自分が送っている生活にはたくさんの刺々しさがあって、それがわたしをひっかいていることを知っている。」[45]という一文があった。ここで「刺々しさ」と訳した部分の原語は«aspérités»である。一般にこの語はそれほど使用頻度の高い語ではないが、スタンダールの読者ならすぐに«âpreté»という類義語を連想するであろう。両者が同じ語源から派生していることはいうまでもない。[46]あまり一般的でない«aspérités»を同じ意味とニュアンスをもつ«âpreté»に代え、後年、小説のなかでもいくつか重要な局面で使用している。たとえば『リュシアン・ルーヴェン』第六章の最後で主人公は言う、「(……)わたしはフランスよりアメリカを好きになることはできない。わたしにとって金はすべてではなく、さらに民主主義はわたしの感じかたにとってはあまりに刺々しい(âpre)」。[47]この«âpre»という一語によっても、若きアンリ・ベールの感性がそのままリュシアンの感じ方へと受け継がれていることはあきらかだろう。

政治や経済の問題は、スタンダールの場合、議論においてどれほど政治的あるいは経済的な語られかたをしても、最終的には感性的な判断によって決着がはかられる。だからであろう、«âpre»という語はとくに現実が政治的に捉えられるときに好んで用いられるようにみえる。ファブリスにとっての崇高な美しさをたたえる風景は、そのような政治的な野心から解放されていることを物語り、一種の癒しの効果としてあらわれる。

湖水と空は深い静けさを湛えていた。ファブリスの魂はこの崇高な美しさに抗うことができなかった。立ち止まり、それから湖のなかに突き出して小さな半島のような形をなす岩に座った。〔中略〕ファブリスはイタリア人の心をもっていたのだ。そのことについてはかれに代わってわたしが許しを請うが、この欠点――それによってかれの好感の度合いは落ちるだろうが――は、とくにつぎのような点にあった。かれは発作的に虚栄心をもったが、崇高な風景を見るだけでほろりとして、心配事からその刺々しく（âpre）辛い剣先を取り除いてくれるのであった。ぽつんと離れた岩に座り、もはや官憲に警戒することもなく、深い夜と広漠として静けさに護られて、目は優しい涙にぬれて、かれは久しく味わうことのなかったこのうえなく幸せな瞬間を見出した。[48]

ここではテキストそのものが明示的にファブリスの現世的野心のなさを語っている。二度にわたって繰り返される「崇高な美しさ（beauté sublime）」はもちろん自然の美しさであって、注目すべきは、こうした美を目にするだけで「彼の心配事からその刺々しく（âpre）辛い剣先を取り除いてくれる」という部分に « âpre » という語が使われている点である。刺々しく突き刺さる心配事が、こうした美しい自然の風景が誘う夢想とは真っ向から対立する現実の苦難を指すことはいうまでもない。別のところでは、モスカ伯の口を通して宮廷の政治的現実がこの言葉で形容される。[49]『赤と黒』冒頭のエピグラフ、「真実、苛酷な真実」と一般に翻訳される « La vérité, l'âpre vérité »[50] というダントンに帰された一句もまた、感じやすい魂にはあまりにも肌理の粗い、ごつごつした醜い現実を暗示していた。

このように一八〇五年の日記に記された « aspérité » の意味内容は、若干の変奏をともないながらも晩年にいたるまでほぼ一貫したコンテキストのなかで繰り返されている。スタンダールにとって「生の」(リアル)現実はつねに「肌理の粗い真実(âpre vérité)」なのであり、そのかぎりでこれを小説化する際にはイデアルなものに調停されなければならなかった。『リュシアン・ルーヴェン』第一七章最終部にあたる原稿の余白に残されたこの章以降のプランにおいて、リュシアンがケイヨ嬢に愛される設定についてつぎのように記されている。「けれども、辻馬車のなかで話してもらったケイヨ嬢の金の細々したことは、現実(réalité)においてはとても興味深いが、はたして芸術(Art)においてためになるだろうか(51)」。ここでは「現実」と「芸術」とが明確に対立している。スタンダールの小説のなかでもっともリアリズム的要素の濃い『リュシアン・ルーヴェン』の執筆渦中にあっても、「現実」(リアル)は「イデアル」なものへの志向によって検閲を受けなければならない。スタンダールのリアリズムとは、イデアルなものへの志向を抱え込んだ矛盾と葛藤のうえに成立するものなのである。

(五) 文明の風景

周知のように、スタンダールはあまり「描写」を好まない。小説であれ、旅行記であれ、自伝であれ、世界をビジュアルに想起し、これを丁寧にエクリチュールへと変換していくという書き方をとらなかった。『アンリ・ブリュラールの生涯』のクロッキーがよく物語るように、作家であるにもかかわらず、文章によって構築していくべき空間を、代わりに自分の記憶の像を固定する二次元の図面を原稿の端々に粗描するにとどめ、プルーストのように空間的イメージを、その内部に住まう意識によって動化させ、時間の流れのなかにそれを立体化していくようなエクリチュールを生み出さなかった。実際、プルーストはスタンダールの描写に関してつぎのように言っている。「ベールがある風景について《この魅惑的な場所》とか《このうっとりするような場所》とか言うとき、そして女性主人公の一人について《この愛くるしい女性》とか《この魅力的な女性》と言うとき、かれはそれ以上の詳細を望んではいなかった。[52]」したがって、小説においても、静止画としての風景的描写が動的な小説的アクションのなかに割り込む場合はきわめて少なく、両者が交差しながら小説の仮構的時間を引き延ばすということは、この作家の作法にはなかった。むしろそうした時間的引き延ばしは現実の動性を疎外する要因、あるいは実際の経験を偽るものとして意識されており、ほんの一瞬に起きた事柄について、その生起にいたる心の動きをゆっくりと印画紙に焼き付けていくように叙述したり、その周囲の描写を多量に繰り出すことで意識をとりまく精神的状況を具体化するといった、リアリズム以降の作家の手法はスタンダールになかったといってよいのである。

描写の一形態である「風景」についても同じことがいえるだろう。土地の風景に対する関心に支えられているはずの旅行記を少なからず書いていながら（『ローマ、ナポリ、フィレンツェ』や『ローマ散歩』などの愛すべきイタリアの旅行記のみならず、『ある旅行者の手記』などフランスの紀行文もプレイヤッド一巻をなすほどに書き残している）、スタンダールの筆が風景を仔細に描き出すということはそれほど多くない。これは小説という仮構世界においても同じことで、この点で同時代の趨勢とはおおきく異なるといえる。たとえばシャトーブリアンの『アタラ』に自然風景は欠かせないし、スタール夫人の『コリンヌ』をはじめ、その後のロマン派の作品にはことさらに自然を描くという流行があった。

では、スタンダールが「風景」を好まなかったかといえば、けっしてそうではない。たとえば『ブリュラール』にもその証左となる一節があることはよく知られている。

わたしは妙なる感受性をもって美しい風景の眺望をもとめてきた。旅行をしてきたのはもっぱらそのためだ。(53)

さらにこれに呼応するかのように、『ある旅行者の手記』でもつぎのような証言に遭遇する。

わたしは美しい風景が好きだ。それらは時々、よく響くヴァイオリンに弓をうまくあてたのと同じ効果をわたしの魂にもたらす。強い感覚を生み出し、不幸をもっと耐えやすいものにしてくれるのだ。(54)

この告白は、スタンダールもまた、同じ世代の作家たちとともに風景に心を癒す効果があること、逆に言えば、そうした効果を風景にもとめていたことを示す重要な証言である。では、なぜスタンダールは他の者とちがって、こうした自然の効果を小説内に持ち込んでそれを描写するという手法をとらなかったのだろうか。

a　美しい風景

さきに引用した『ある旅行者の手記』の一文をもういちど考えてみよう。一見したところ、たんなる比喩にみえるこの文章には、この旅行記を記す作家の本質的な知覚的性向が表明されている。すなわち風景と音楽が深く結びついているということ。風景はいうまでもなく視覚的なものであり、そのかぎりにおいて空間的なものであるのに対し、音楽は聴覚的なものであって、そうであるかぎりにおいて時間的秩序にしたがうものである。したがって、両者は第一義的には互いに異なる位相にあり相容れないものであるにもかかわらず、この旅行記の作者が「美しい風景」というとき、多くの場合、そこには「音」の隠喩が介入し、「聴く」ものへと転化される。(55)

なにがしかの形で「美しい」と形容される風景は、それが「響きのよいヴァイオリンに弓がうまくあてられたときと同じ効果を魂にもたらす」ようなものであるかぎり、このような比喩としてしか描くことができない。スタンダールの風景は、ほとんどそれを描くためにしっかりと「眺められている」のではなく、むしろ眺めるという行為をやめるところに成立しているものである。美しい風景は、奏でられる音楽のはじまりにはなっても、それを視覚的に追うことはその瞬間に停止させられてしまう。そこから聞こえてくる音のない音楽を聴くために目を閉じ、絵画的に空間を満たしていく風景というよりは、音楽のように時間のうえに流れては消えていくイメージの残像を追いながら、その流れに身を任せるような感覚に依拠している。したがって、「美しい風景」は原理的に描けるような静止した空間を構成しないのであって、その発端はつくるとしても、そこからすぐに逃げ去っていくものなのだ。音楽が誘う内なる感覚的風景――それは美しい記憶と同じようにつねに甘美で曖昧なものにすぎない――は、現実の明瞭な輪郭をもつ個々の細部に、あるいはそうした外部の細部を描こうという意識に、邪魔されてはならない。外部は、感じやすい魂にとってつねに「肌理の粗い（âpre）」現実なのである。

さて、こうした態度はいうまでもなくスタンダールの美学的価値と密接に結びついている。『イタリア絵画史』の著者の美学的感性にあって、評価すべき画家はおしなべて細部の描写を薄め、フェイドアウトしていくように甘美な曖昧さのなかに対象を封じ込めてしまうがごとき雰囲気（レオナルドの背景画のように）を絵に与える技量をもった芸術家たちである。小説や旅行記における風景においても、やはりこうした外部的細部の描写は実行されない。「風景」という点にしぼるならば、『僧院』のなかの有名なコモ湖の描写にそれが典型的にあらわれている。ジーナの心の思いとともに繰り出されるこの部分を、すこし長いが引用してみよう。

伯爵夫人はファブリスとともにグリアンタ付近の、旅行者たちがあんなに賞賛する美しい場所を久しぶりに見てまわった。館の正面に、湖水の対岸にあってこちらの眺望をいっそう引き立てているメルツィ別荘、その上に広がるスフォンドラータの神韻縹渺たる森林、湖水を、あのように逸楽的なコモ湖と、レッコのほうへ流れる峻厳に満ちた支湖との二つに分かつ毅然とした岬など、崇高でしかも優雅なこの風景は、世界にもっとも名高いナポリ湾の景色さえ、これに比肩するともけっして凌駕しない。夫人は、恍惚としてその少女時代の思い出を心に浮かべ、いまの気持ちに思い比べるのだった。コモ湖は、ジュネーヴ湖のように、あの金銭と投機を思わせる、最上の方法で開拓された大きな土地で囲まれてはいない、と思う。ここはどちらを見ても気まぐれに植えられた樹々の茂みに蔽われた高低ふぞろいな丘ばかりだ。まだ人間の手がそこなわず、収入を得るために、不自然にしていない。素晴らしい形をしてひどく奇異な傾斜となって湖面にむかって降りていて、この丘のなかにいるとタッソーやアリオストの描写がそのままに浮かんでくる。すべてが気高くやさしい。文明の醜さを思い出させるものは少しもない(56)。

コモ湖（19世紀）

この文章を仔細にみれば、まずコモ湖畔の詩的情景それ自体が描写されているというよりも、いわば婉曲語法的なレトリックをもちいて提示されていることがわかる。すなわち、だれが書いたとしてもあらわれるはずの固有名詞を並べること、さらには風光明媚なナポリと同等もしくはそれ以上の位置づけをすること、ジュネーヴ湖を引き合いに出し、これを否定的に語ることでコモ湖の美しさを強調するという否定のレトリックによって叙述すること、さらにはここでもアリオストやタッソーといったルネサンス期の詩人への参照を要求していること、などである。したがって、この場の情景が直接言及されているのはほんの三行ばかりで、はたしてこれで風景描写と呼べるのかと訝られるほどだが、スタンダールのテキストのなかで崇高な自然描写といえばかならず引かれるのがこの場所なのである。

音楽が生み出す内的感情、しかし、外部世界が闖入してくることによって無化される危険と隣り合わせの内的感情を護るために、世界の描写を放棄すること（« Je voudrais pouvoir éviter le laid de la vie » ; « il faut en revenir à ce triste monde tel qu'il est »）(57)、あるいは、そうした光景から目をそらすこと——。ここでは一貫して視覚的幻想（影）を優先し、視界を内的反省へと回折させて、閉じられた瞼の裏の残像から誘発される感覚的高揚を再構成するという方法がとられている。したがって、スタンダールが風景を前にしたときにとる態度には、①目の前に展開する情景をエクリチュールとして転写することを放棄する、②目を閉ざし、風景を内的心象風景へと転化し、随伴する感覚的高揚感のみを報告することで描写に代える、という二段階があるということができる。

ところで、自然の風景といってもさまざまで、ロマン派は、ルソーの影響を多分に受けて海、山、荒地、砂漠を新しい風景の対象として生み出したが、スタンダールの数少ない自然描写がそれらと交差するのは、山（およびそれに付随する湖）のみである。サロンのジュリアンの味気ない生活の退屈が「荒地」に擬されていることからもわかるように(58)、砂漠や荒地の荒涼感に対するロマン主義的感傷は、スタンダールには微塵もなかった。海についても、果てしない大洋を少なくとも風景として眺めるといったシチュエーションは、ほとんど思い浮かばない。ナポレオンの遠征に付き従い、ロシアの地にまで足を踏み入れ、それなりの数の旅行記を書いた作家でありながら、書き物のうえではほとんどイタリアとフランスにしか興味を示さず、この狭い領域の外へと足を伸ばすことは生涯なかった。挿話的にアラブ世界の話題が顔を出すにしても、その地の風景に頁を割くということはなかったのである。

『ブリュラール』には「わたしは一〇歳でアリオストを読んだときのように、愛のお話や森林のお話（森とその広大な沈黙）、そして高邁な話に共感する」[59]という告白があるが、イヴ・アンセルは正当にもスタンダールの風景にある中世的性格を言い当てている。小説においても基本的にこの趣向に合致しているというのだ。ちなみに、どの小説においても、中世的雰囲気を呼び覚ます« bois »という語が« forêt »にくらべて圧倒的な頻度をもってあらわれる事実が指摘されている[60]。すなわち、スタンダールの世界に登場する自然、なかでも「美しい風景」とされるものは基本的に「山」と「森」と「湖」であって、それらはかならずしも当時のロマン主義的な流行によってもたらされたものではなく、実際の観察をもとにしたものでもなく、多分にリブレスクな伝統的借用からなっているとみなしたほうが自然なのである。実際、こうした情景の美を喚起させようとする場合、スタンダールは好んでアリオストやタッソーの名を引き、あるいはまた、ルネサンス時代の画家を参照させようとする。あたかも現代という時代から距離をおかなければ美しい風景が存在し得ないかのように、また、それが旅行ガイドブックに書かれるような美しい風景であったとしても、そのまま（なまのまま）描かれるべきものではないとでもいうかのように。事実、スタンダールは風景を絵画的に美しく描くことをイギリスからの輸入品だと考え、[61]これをかなり冷ややかに見ている。

さきに引いたスタンダール的「美しい風景」であるコモ湖の情景がその簡素さにおいて物語っているものは、新しい時代の息吹からうまれた風景ではなく、むしろ伝統的な教養に支えられた、しかし急速に侵犯されつつ美的感性を共有する幸福な少数者にむけられたメッセージなのである。

b 醜い風景

ところで、『僧院』にみるコモ湖の風景には「文明の醜さ（laideur de la civilisation）」が対置されていたが、じつをいうとこの作家の描く風景においては、いささか逆説的なことに、否定的な、つまりは醜い風景のほうが描写的なのである。

スタンダールにおける「醜」の実存的問題についてはかつて論じたことがあるが、[62]「醜さ」をめぐって同時代の他の作家と比較して特徴的な点を加えるとすれば、この小説家がおそらく突出して「醜い」という語を多用しているという点である。これを数字で確認するために、たとえば《laid》という形容詞を調査してみると興味深い結果が得られる。スタンダールの代表作『赤と黒』（一八三〇年）では一六回あらわれるのに対し、これから五年ほどのちに書かれたバルザックの『ゴリオ爺さん』では同じ形容詞が二回しか用いられず、名詞形《laideur》にいたっては一度も使用されていない。『赤と黒』よりもはるかに長い『幻滅』でさえ、全体をとおして問題の形容詞は四回、名詞のほうは一回にすぎない。さらにこれまた長い『娼婦の栄光と悲惨』を調べてみても、この形容詞と名詞はそれぞれ三回ずつしか使われていないのだ(63)。

バルザックの描写は、そこにこそ作家の情熱が結集したとでもいいたくなるほどに圧倒的な分量を誇っている。したがって、ふつうに考えれば対象の性質を表現する品質形容詞はスタンダールではなくバルザックのテキストのほうに圧倒的に多くあらわれるという印象をもつのが自然だが、《laid》という形容詞に関していうならば、上に示したように結果は逆である。この事実はどう考えるべきだろうか。

《laid》という形容詞が『赤と黒』に多いからといって、スタンダールが登場人物や社会の醜さをことさらに強調して描いたわけでもなければ、「醜い」ものを「醜い」ということが小説技法からすれば未熟であることを知らなかったわけでもない。そこに読み取るべきは、むしろ描写に対する美学であり、ひいては小説的意図に対する作家なりの位置づけの問題なのである。

スタンダールの風景においては、文明はことごとく否定的価値の相貌のもとにあらわれ、高貴、愛、優しさといった感情と根本的に対立する。この場合、さきの引用文にもあるように、文明の側にあるものは「しっかりと囲われて最良の方法で耕された大きな土地の区画」のように、生産と投機という一九世紀ブルジョワ社会を象徴する経済行為を喚起するものであり、はっきりと《laideurs》という語によって示されている。この小説家のいう美しい風景は、すでにみたように、こうしたものの不在によって特徴づけられるといってよい。しかも、それはロマン主義的な自然讃美に彩られるというよりは、近代初期のアリオストやタッソーの、まだ多分に中世的雰囲気を残している自然への讃辞なのであった。

さて、こうした態度にはその前提として外的世界の醜さが想定されている。『赤と黒』の副題には「一九世紀年代記（Chronique du XIXe siècle）」とある。スタンダールにとって一九世紀というブルジョワ階級勃興の時代は、外的世界の醜さがかれ自身の感性とのあいだに大いなる軋みを生み出す世の中であった。小説の劈頭に付された「出版者の緒言（Avertissement de l'éditeur）」にみえる、「七月の大事件が起きて、すべての精神を想像力のたしなみにはほとんどふさわしからぬ方向に向けてしまった」[64]という文章は、七月王政の空気を鋭く予見したものであるし、つづく冒頭のエピグラフ、さきにも触れた「真実、苛酷な真実」というダントンに帰された一句[65]もまた、感じやすい魂にはあまりにも肌理の粗い、ごつごつした醜い現実を暗示している。

ちなみに「醜さ」をあらわす単語《laid》とその名詞形《laideur》をスタンダールの作品間で比較しても興味深い。小説の長さからすればほぼ同程度である二代表作、『赤と黒』（一八三〇年）と『パルムの僧院』（一八三九年）[66]は、《laid》という形容詞の使用頻度（女性形、複数形を含む）において大きな違いがあるからだ。すなわち、前者では一六回であるのに対し、後者は六回にとどまる。この事実は何を意味するのか。

『僧院』にみなぎる自由と解放感についていえるのは、五二日間というきわめて短期間に口述筆記されたこの小説が、まったくその逆をいく『リュシアン・ルーヴェン』と対照的に、現実を現実のままに提示しなければならないというリアリズムの要請[67]の呪縛から解き放たれているということであろう。言い換えれば、現実からの距離がこれを保障しているということである。まず、イタリア古文書の一挿話が起源であること自体、この小説と同時代的現実との距離を物語っているし、また、このとき作者は舞台であるイタリアではなくフランスに身をおいているということも考慮に入れなければならない。「フランスにおいてのほうがいっそう気楽な心持ちでイタリアを夢想できた」[68]のである。クルーゼに倣って[69]、「心地よい場所は、かつてわたしにとって紙幅を満たすようにとやさしく誘うものであった」« *Gia mi fur dolci inviti a empir le carte I luoghi ameti* » という、『僧院』冒頭のアリオストからとられたイタリア語のエピグラフを[70]、『赤と黒』のそれ（「真実、苛酷な真実」）と比べてみてもよい。「真実」を「現実」と読みかえれば、『僧院』の小説的世界は、現実の毒々しい刺激から遠く隔たった陶酔的なユートピアにも似た場に安んじて、そこからほとばしるように湧き出す雰囲気に満たされているといっても過言ではない。

このように考えるとき、『赤と黒』とは一転して『僧院』に « laid » や « laideur » という語の頻度が低くなる客観的事実は首肯できるだろう。「この完全なる自由」« cette liberté totale, cette liberté royale »[71]は、もともと想像と創意の力に支えられている。スタンダールにとって現実とは攻撃性としての「醜さ」であり、これは自由な想像力を萎ませる悪しき力でもある。[72]『僧院』という稀有の作品に結晶した、ほとんど奇跡的といってもよいエクリチュールの快楽[73]は、まさに現実の肌理の粗さが見えないところまで距離をとり、いわば世界を生の現実から自在な絵画的空間へと変換し、そのなかに想像力を闊達に泳がせるところに成立するのである。

ところで、想像力を直ちに塞いでしまうこうした現実の肌理の粗さは、スタンダールの場合、地方に集中している。パリと地方との関係は、重要性という点では圧倒的にパリに傾斜していて、『赤と黒』の地方ヴェリエールの書かれ方は、第二部冒頭第一章の « Les Plaisirs de la campagne »（田園の楽しみ）という皮肉たっぷりのタイトルからしてまぎれもなく地方都市の卑小さを露骨に物語るものだし、ジュリアンの社会階梯の上昇そのものがその地方的因襲からの解放を意味している。[74]そして作家自身、折にふれ、地方の無骨さ・卑俗さを、夢想から現実へと引き戻す嘆かわしい要因として書き込んでいる。

しかし、この病を白状しなければならない。卑俗なものを嫌悪するあまり、もし新しい風景を通過しながら（そしてそのためにこそ旅行する）、道を聞かなければならないとしたら、わたしは感覚のつながりをすべてなくしてしまうのだ。わたしにこたえる相手が少しでも大袈裟だったり滑稽だったりすれば、もうかれを嘲笑することしか考えない。そして風景への感心は永遠に消え

去るのである。(75)

「木を切る」という反自然的な行為が「金儲け」につながる地方、都会を「模倣」する地方の悲しさ——作家はこうした地方と地方人のありようを徹底的に悲観すると同時に、旅行記でもこれを戯画化した（「わたしに言わせれば、金額をいうときの地方人の表情（physionomie）ほどおもしろいものはない。で、かれはほんの少し沈黙したかと思うと、下唇を突き出して首を縦に振るのである。」(76)）。地方が一貫して「ブルジョワ的卑小さの国」« le pays de la petitesse bourgeoise »(77)であるにもかかわらず、『ある旅行者の手記』がなぜパリではなく地方を描くために企図されたのか。デル・リットは、スタンダールの地方に対するもうひとつのスタンスをあげている。すなわち、一八三〇年代の地方の変化を報告するという目的である。そして、この目的を支えているのが、地方の未来に対するある種の期待であるという。「一八五〇年の立派な人間は、大多数がパリから遠く隔たったところから採用されるとさえわたしは思う。際立った人間になるためには、ほとんど地方にしかみられないあの魂の熱さ、さらに言えばあのだまされやすさが二〇歳のときに必要なのだ。(78)」地方の青年に対するこうしたある種の期待は、なにもかもが硬直化し、過去にしばられたパリを知っているスタンダールにとって、すでにジュリアンを創造する以前から感じられていたもので、たしかにそういう側面は否定できない。

しかしながら、地方の変化を報告するこの旅行記の、より強い動機づけとなっているのは、今日の地方の卑俗さと凡庸さに対するスタンダールの憤りのほうである。都会をまねて極度にステレオタイプ化し、どこを見ても価値が一元化していく地方、そしてそれを「文明化」と呼んでいる世の中の趨勢に、革命以前に生を受け、いまや老境にさしかかろうとする作家は激しく憤慨するのである。そこでかれがとった手段は、こうした文明化の結果を「風景」として描き出すことであった。風景がそれを見るものの心持ちや教養や感性によって見え方が変わるのはよく知られた事実だろう。ここに風景がたんに知覚された景色ではなく、本来的に文化的なものであるといわれる所以がある。荒廃した風景、想像力を封殺する風景が描き出されるのは、「文明化」していく世界を提示し、そこに同時代のブルジョワたちの感性と教養が滲み出していることを言わんがためなのではなかろうか（この風景を俗人たちは「美しきフランス（la belle France）」と呼んでいる）。美しい自然をことさらに描かなかったのも、こうした美しさや崇高さといったものを感じ取る精神のありようが社会階層的に異なることを示そうとしているからかもしれない。[79] 少しばかり単純化して言えば、スタンダールにおける風景の美は、それを感じ取ることができる魂とそうでない魂を区別するためにそこにあるのであって、それ自身の美や崇高さにほとんど意味が付与されていないのである。感じ取ることのできる者にはほんの少しの言葉でよい……。したがって、同じような自然があったとしても、どの社会階層の人物がそれを見るかによって根本的に価値が変わるのである。これは森と木をたんなる投機の対象としてしかみないブルジョワ階層とジーナのような特権的人物のあいだにある対立を示すばかりではない。『赤と黒』第一部第一〇章の最後、下界から隔絶された岩上に立つジュリアンは、その周囲に広がっているはずの自然を一顧だにしない。彼の目が追うのは飛び立ったハヤブサの軌跡であり、夢想するのは自己を投影したナポレオンの運命である。ファブリスにとっての湖上の岩がこれとはまったく対照的な意味をもっていたことは本章前節で示したとおりである。

未完の大作『リュシアン・ルーヴェン』第一部の地方都市ナンシーについても同様のことがいえる。中間都市ナンシーの描写は、さきに述べたブルジョワの心性の表象としてとらえるべき「風景」としてあらわれる。第四章の冒頭は以下のような叙述によって始められている。

テランス男爵がこのようにナンシーに関する陰気な描写を続けているあいだに、槍騎兵第二七連隊は世にも物寂しい平原を通って、ナンシーへ近づきつつあった。小石だらけの痩せた土地からは、何もとれないように思われた。また一里手前でリュシアンがふと気づくと、わずか木が二、三本しかないようなところさえあり、道端に伸びた木は見るからに弱々しく、高さは二〇ピエにも達しない。裸の丘の連なる遠景がひどく迫っていて、この谷間にできた傾斜地には、貧相な葡萄畠がいくつか見えている、町の一キロ手前にくると、国道に沿っていじけた楡がさびしく二列に並んでいた。行く手で出会う百姓たちはみすぼらしいなりをし、おどろいた顔をしていた。「いったい、これが麗しのフランスなのか」とリュシアンは思った。連隊はいよいよ街に近づき、屠殺場、精油工場など、有用できたならしい、完成された文明をかくも痛ましく示している大建築のまえを通った。こういうご立派な建物を通り過ぎると、キャベツの植わった庭があらわれたが、ちっぽけな灌木ひとつはえていないのだった。(80)

まず指摘しておかなければならないのは、この部分は初稿の段階ではほとんど欠落していたという点だ。周知のように、『リュシアン・ルーヴェン』の最初の一八章については、一八三四年五月に開始されたスタンダール自身の手によって書き残された草稿と、のちに口述筆記され、*Le Chasseur vert* の表題でロマン・コロンが一八五五年に発表したテキストとがあるが、(81) 前者におけるこの部分は « Pendant que le baron Térance faisait toutes ces doléances au lieutenant général N., pair de France, etc., etc., le 27e régiment s'approchait lentement de Monvallier. » という、さきの引用の冒頭二行分の記述しかない。(82) スタンダールの執筆の常として、最初の粗描をもとにして口述筆記によって肉付けをしていったという事実はよく知られているが、このナンシー（初稿ではモンヴァリエ）に入る直前の風景はそのもっとも顕著な例である。

さて、この風景描写で気づくことは、ほとんど描写をしないといわれるスタンダールにしてはかなり念入りにそれがなされていることに加えて、この描写が徹底して否定的であることであろう。最初の文章から、およそ小説家らしからぬ「悲しい（triste）」という語の反復がみられ、「乾いた（sec）」、

「石ころだらけの（pierreux）」土地で、「何ひとつ産み出さない」ような風情が執拗に繰り返されている。リュシアンの目に入るのは三本しかない低い木、しかもそのうちの一本は「病的（maladif）」で「二〇ピエもない」。丘は「はげて（pelées）」、葡萄の木の「生育は悪い（chétive）」。二列に並ぶ楡の木は「成長乏しく（rabougris）」、農民の様子は「惨め（misérable）」である。

ナンシー近郊の風景は、このように否定性に貫かれている。この描写にあらわれる形容詞に、反語的用法（« la belle France »、« ces belles choses »）をのぞいて肯定的価値をもつものは一つとしてない。とくに注目すべきは、原書にして二〇行ばかりの文章に « triste » という語が三回、その副詞 « tristement » を含めると四回繰り返されているということである。では何が « triste » なのか。いうまでもなく樹木のない空間あるいは成長を阻害された樹木は、この小説家にとっては去勢的な意味をもつほどに悲しい現実のメタファーである。『赤と黒』のヴェリエール然り、『僧院』のジュネーヴ湖然り。そもそもはじめてパリに上る若きベールがパリ近郊の風景に愕然としたことはよく知られている（« Les environs de Paris m'avaient semblé horriblement laids : il n'y avait point de montagnes ! »）[83]。しかしさらに重要なのは、この惨めで悲しい風景がそのまま文明の悲しさを表象しているという事実である。「屠殺場、製油所などといった、完成された文明（une civilisation perfectionnée）を悲しいばかりに（tristement）予告するこうした有用な（utiles）、しかし汚い（malpropres）大施設」。じつは、こうした否定性の風景は、この小説にのみあらわれるのではなく、スタンダールの書き物にある程度一貫している。たとえば『ある旅行者の手記』の最初でも、類似の描写を確認することができる。

わたしの通過している国は恐ろしいばかりに醜い。地平線に見えるのは灰色で平たい線ばかり。前景にあるのは、まったく肥沃さのない土地、柴束をつくるために痛々しく刈り込まれいじけた樹々。青い布をみすぼらしく身にまとった農夫。そして寒い。これが麗しのフランスとよんでいるものなのだ。(84)

有用性は汚さ・醜さに通じ、さらにそれは悲しくも「文明」の不可欠の要素であるというスタンダールの文明観は、このように多くの場合、否定的な風景とともに語られる。美的感性をそなえた階級の消失と無粋なブルジョワと民衆に必然的に侵食されてゆく風景は、いわば同語反復であり、「美しきフランス」は醜い現実でしかない。スタンダールにおける文化の死と文明の発達は、こうして風景をとおして語られるのである。

（六）文明論としての風景

大雑把な歴史的文脈でいえば、いわゆる「民衆」が問題として浮上してくるのは、近代のブルジョワジーが、自分たちの社会が失いつつある文化にノスタルジック＝コロニアルなまなざしを向け始めた、一八世紀末から一九世紀にかけてのころである。「自然で、素朴で、文字を知らず、衝動的で、非合理で、伝統と地域の土地に根ざし、個別性の感覚をもたぬ人びと」（すなわち大衆）を近代世界の外部に「発見」することは、「未開への文化的復帰運動の一部」にほかならなかった。すなわち、「タヒチやイロコイの人びとの生活習慣の研究から出発して、フランスの知識人がフランスの農民を見始め、信仰や生活様式においてかの地の人びととさして遠くないところに自国の農民もいると考えるにいたるまでは、ほんの一歩の距離でしかなかった」[85]のだ。

文明化されたものとそうでないものの差を明確にすることによって、言い換えれば、「大衆的なもの」を「異文化」として見、語るまなざしをもつことによって、支配的ブルジョワジーや知識人たちは近代的文化価値の体現者としてのアイデンティティを担保していく。ここにはそういう無意識的な意図が働いている。このような歴史的文脈のなかで文化的意味づけのもとに成立する風景もまた、こうした見えざる意図の刻印を受けながら、小説の描写のなかに潜行していったと考えられるのである。

ジュディス・ウェクスラーがみごとに洞察したように[86]、産業革命以降の都市人口の爆発的増大とともに、「他者」を「観察」するまなざしが都市社会のなかで重要な位置をしめるようになった。一八世紀の終わりから一九世紀初頭にかけての観相学的関心の復活は、まさにこうした事情によるものである。自分が属する社会のなかに「他者」をみるという状況（これは異文化の発見でもある）は、当然のことながら自国にもういちど確かなまなざしを向けてみようという意識を生むであろう。交通手段の発達は人の移動を容易かつ迅速にしたが、見知らぬ者たちどうしの巨大な集合体である都市は、他人の顔、ある種の人びとの住む街区、職種ごとの振舞いといったものがもつ表情（physionomie）への視覚的関心を肥大化させるものであった。バルザックをはじめとする小説の描写の意味は、こうした関心に支えられている部分も大きいのである。『ゴリオ爺さん』のヴォーケール夫人の描写を執拗に提示するのは、「下宿屋が夫人の人となりを予想させるように、夫人の人となりが下宿屋を説明している」からであって、「それぞれの身体的な細部にまた別の、さらに大きな現象を暗示させる」（アウエルバッハ）ためである。「細部が本質的に社会のほかのすべてのことと関係しているように思わせて細部を膨らませ」るのだ。[87] バルザックの描写は、「パリは新世界の森のようなもので、沢山の野蛮人がうろついているんです――インディアンのイリノイ族やヒューロン族が、別の社会階級から提供される収入で生活しているんです。」（『娼婦の栄光と悲惨』）という認識に裏打ちされているといってもよい。さきにも述べたように、まさに、地方人、民衆、労働者があたかもフランスの内部に「異文化」を構成していて、その異文化を読み解くための格子が当時流行した観相学であり、生理学研究（physiologie）であったのである。

さて、こうした歴史的文脈は、スタンダールの「民衆」に対する一見矛盾するかのような態度のなかにもある程度浸透しているようにみえる。スタンダールにとって下層階級やある種のブルジョワジーは、政治理念的には救われるべき対象であるが、美学的には排斥される対象であった。「わたしは民衆を愛するし、かれらを抑圧する者は大嫌いだ。が、民衆とともに暮らすとなれば、それは絶えざる責め苦だろう。(88)」という言辞はこれをよくあらわしている。すなわち、スタンダールの風景には、民衆階級や厭わしいブルジョワたちがそこに回収されるべき枠組としての風景が一方にあり、他方にそうしたものの侵入する余地のない「美しい風景」がある。そしてこの両者は絶対に相互浸透することはない。したがって、この小説家の描く風景は、一種の文明論として成立しているとしてもなんの不思議もないのである。

（1）シャルトンとこの雑誌については、Marie-Laure Aurenche, *Édouard Charton et l'invention du Magasin pittoresque (1833–1870)*, Honoré Champion, 2002 が詳細に論じている。

（2）R. Schenda は一九世紀のジャーナリズムにおいて絵や図版が飛躍的に増加し、それによって知識や情報が民衆に伝播する事態を « iconisation du peuple »（民衆のイコン化）という言葉で説明している。« La lecture des images et l'iconisation du peuple », *Revue française d'histoire du livre*, no 114–115, 2002, pp. 13–28.

（3）実際にギゾーがこの言葉を発したという確証はどこにもなく、大部な伝記を著したド・ブロイも、おそらくは敵対する陣営がギゾー批判のためにギゾーに帰した可能性が高いと述べている。*Cf.* Gabriel de Broglie, *Guizot*, nouvelle éd., Perrin, 2002.

（4）Béatrice Didier, « L'argent dans la 'Vie de Henry Brulard' », *Stendhal Club*, no 144, 1994, p. 277.

（5） F.-R. de Chateaubriand, *Mémoires d'outre-tombe*, Flammarion, 1982, t. I, p. 7.

（6） Paul Bénichou, *Le sacre de l'écrivain 1750–1830. Essai sur l'avènement d'un pouvoir spirituel laïque dans la France moderne*, José Corti, 1973.

（7） サルトルもまた、一七八九年以降、社会のなかで作家の位置が変化しはじめ、一八四八年を境として大きく転換するとしている。

（8） Cf. Jean-Yves Mollier, « Naissance de la figure de l'éditeur », in Bertrand Legendre et Christian Robin (éd.), *Figures de l'éditeur*, Nouveau Monde, 2005.

（9） Pierre Bourdieu, *Les règles de l'art. Genèse et structure du champ littéraire*, Seuil,1992, p. 49.

（10） Jean-Paul Sartre, *Qu'est-ce que la littérature ?*, Gallinard, coll. « Idée », 1964, p. 46.

（11） *Vie de Henry Brulard*, in *Œuvres intimes II*, édition établie par Victor Del Litto, Gallimard, coll. « Bibliothèque » de la Pléiade », 1982, p. 599.

（12） *Ibid.*, p. 569.

（13） *Vie de Henry Brulard*, p. 556. このように幾分貴族的な印象を与えると同時に、彼女だけがダンテの『神曲』を原語で読んでいた。スタンダールにとってブルジョワ的フランスを解毒する最大の薬はイタリアであり、生涯の最初のところで母がそれに結びつけられている。

（14） « Notices autobiographiques », in *Œuvres intimes II*, p. 969.

（15） 「わたしの父は、死に際して三九○○フランの金をわたしに残した。当時わたしはデ〔ンボウスキ〕夫人に首ったけだった。この知らせを聞いてから最初の一か月間、三度とそのことに思いを致さなかった。」*Ibid.*, p. 974. 一八三七年の断章では、父の死亡年を間違え、「B氏は（フェリックス・フォール氏を介して）息子に一〇〇〇〇フランの年金を残すと言ったのに、残したのは三〇〇〇フランの財産だった。」*Ibid.*, p. 979.

（16）Lettre à Mareste du 17 janvier 1831, *Correspondance II*, édition établie annotée par Henri Martineau et V. Del Litto, Gallimard, coll. « Bibliothèque de la Pléiade », 1967, p. 215.

（17）「これまで金がわたしに戦争を仕掛けてきたのは二度だけだ」と『アンリ・ブリュラールの生涯』で回想している。*Vie de Henry Brulard*, p. 545.

（18）スタンダールはこのように記しているが、日記やポーリーヌ宛の手紙のなかで父親の吝嗇への批判が繰り返されるのは一八〇四年から一八〇五年であって、この日付は怪しい。デル・リットも記憶が一年ばかりずれていると考えるべきだとしている。Cf. *Œuvres intimes II*, « Notes et variantes », p. 1337.

（19）*Vie de Henry Brulard*, p. 545.

（20）*Ibid.*, p. 546.

（21）*Ibid.*, p. 545.

（22）*Correspondance II*, p. 215.

（23）このエピソードは、スタンダールの最初の伝記を書いたイギリス人で外交官でもあったアンドリュー・ペイトンが伝えている。“When the receipt of his salary enabled him to renew his shirts and nechcloths, he thrust his old linen into a certain locality, so as to stop the conduits.” Andrew Paton, *Henry Beyle (Otherwise de Stendhal). A Critical and Biographical Study Aided by Original Documents and Unpublished Letters from the Private Papers of the Family of Beyle*, London, Trübner & Co., 1874, p. 210. *Cf.* Michel Crouzet, *Stendhal ou Monsieur Moi-même*, Flammarion, 1990, p. 446.

（24）« Colburn ne paie pas, il faut vendre même mal. » Lettre à Adolphe de Mareste du 5 mars 1829, *Correspondance II*, p. 163. Cf. Michel Crouzet, *op. cit.*, p. 444. 実際にDelaunayとのあいだに交わされた出版契約では、一五〇〇フランであった。« Notice » des *Promenades dans Rome*, in *Voyages en Italie*, Gallimard, coll. « Bibliothèque de la Pléiade », 1973, p. 1595（典拠となっているのはAuguste Cordier, *Comment a vécu Stendhal*, pp. 187–188.）

（25）ここにあらわれるベルタン氏とは、*Journal des Débats* の発刊者の一人ルイ・フランソワ・ベルタン（Louis François Bertin）で、娘Louise Bertinは脚に障害があり椅子に座っての生活であったが、当時音楽家として知られていた。この新聞は、王政復古期を通じて *Le Constitutionnel* につぐ発行部数を誇っており、ベルタン氏は出版界には大きな影響力をもっていた。（スタンダールはBertin de Vauxとしているが、これは弟のほうで、ベルタン嬢の父は兄のほうである。）ベルタン嬢に関しては、一八二六年一月三〇日に *Journal des Débats* を読みながら着想されたという *La Gloire et la Bosse* という芝居の断章にも登場する。ジャーナリズムで出世しようとする若者がその目的のために信用のある新聞の所有者ベルタン氏の娘（ここではbossueとされている）と結婚する筋書だが、フランソワ・ミシェルによれば、スタンダール自身が自らの経済的不安定を振り返り、ベルタン嬢と結婚でもしていれば、その新聞で掲載されている記事ぐらいの栄光は得ていただろうと考えたのが、このプロット着想のきっかけである。*Cf.* « Préface » de Del Litto au *Théâtre II*, *Œuvres complètes de Stendhal*, Cercle du Bibliophile, t. XLIII, p. XV, et p. 243.

（26）Lettre à Adolphe de Mareste du 15 janvier 1829, *Correspondance II*, p. 155. すでに述べたとおり、実際の契約書では一五〇〇フランであった。

（27）M. Crouzet, *op. cit.*, p. 459.
（28）Lettre à Romain Colomb du 15 janvier 1829, *Correspondance II*, p. 152.
（29）« Notice » des *Promenades dans Rome*, *op. cit.*, p. 1594.
（30）書くことの幸福については、スタンダール自身が何度も繰り返し記している。
（31）Giuseppe Tomasi di Lampedusa, *Stendhal*, Éditions Allia, 2002, p. 57.
（32）*Vie de Henry Brulard*, p. 948.
（33）Julien Gracq, *En lisant en écrivant*, in *Œuvres compètes II*, Gallimard, coll. « Bibliothèque de la Pléiade », 1995, pp. 571-572.
（34）Émile Zola, *Les romanciers naturalistes*, in *Œuvres complètes*, t. XII, p. 76.
（35）*Ibid.*, p. 1362.『緑の狩人』の「第三序文」の最後に付された段落（一八三六年一〇月二一日）。スタンダール自身による手稿。
（36）Stendhal, *Projet d'article sur « le Rouge et le Noire »*, in *Œuvres romanesques complètes I*, édition établie par Yves Ansel et Philippe Berthier Gallimard, coll. « Bibliothèque de la Pléiade », 2005, p. 824.
（37）*Correspondance I*, édition établie et annotée par Henry Martineau et V. Del Litto, Gallimard, coll. « Bibliothèque de la Pléiade », 1968, p. 43.
（38）*Correspondance II*, p. 70.
（39）*Correspondance I*, p. 279.
（40）一八〇五年二月一一日付の日記。*Journal*, in *Œuvres intimes I*, édition établie par Victor Del Litto, Gallimard, coll. « Bibliothèque de la Pléiade », 1981, p. 212.

(41) Michel Crouzet, *D'un nouveau complot contre les industriels de Stendhal*, Champion, 2008, pp. 8 et suiv.

(42) *Ibid.*, p. 9.

(43) *D'un nouveau complot contre les industriels*, in *Œuvres complètes*, Cercle du Bibliophile, t. 45, p. 272. なお、ここで使用されている「リーヴル」の単位は「フラン」と同じである。

(44) *Ibid.*, p. 272.

(45) *Journal*, p. 212.

(46) どちらもラテン語の *asper*（粗い、でこぼこした）の名詞形 *asperitas* から派生したフランス語である。ちなみに « aspérités » も « âpreté » も形容詞は « âpre » である。

(47) *Lucien Leuwen*, *Œuvres romanesques complètes II*, édition établie par Yves Ansel, Philippe Berthier et Xavier Bourdent, Gallimard, coll. « Bibliothèque de la Pléiade », 2007, p. 780.

(48) *La Chartreuse de Parme*, in *Œuvres romanesques complètes III*, édition établie par Yves Ansel, Philippe Berthier, Xavier Bourdenet et Serge Linkès, Gallimard, coll. « Bibliothèque de la Pléiade », 2014, pp. 165–166.

(49) *Ibid.*, p. 127.『僧院』全体を通じて « âpre » という語が使用されているのはこの二度だけである。

(50) *Ibid.*, p. 351.

(51) *Lucien Leuwen*, p. 920.

(52) M. Proust, *Contre Sainte-Beuve*, Gallimard, coll. « Bibliothèque de la Pléiade », 1971, p. 611.

(53) *Vie de Henry Brulard*, p. 542.

(54) *Mémoires d'un touriste*, in *Voyages en France*, édition établie par Victor Del Litto, Gallimard, coll. « Bibliothèque de la Pléiade », 1992, p. 50.

（55）　美しい風景と音の関係は、« Les paysages étaient comme un archet qui jouait sur mon âme [...] » (*Vie de Henry Brulard*, p. 542) ; « ces regards étaient archets [...] : ils furent pour moi comme les beaux paysages [...] » (*Journal*, 16 février 1840, *Œuvres intimes II*, p. 371) など。

（56）　*La Chartreuse de Parme*, p. 45.

（57）　*Vie de Henry Brulard*, p. 734.

（58）　*Le Rouge et le Noir*, in *Œuvres romanesques complètes I*, p. 721.

（59）　*Vie de Henry Brulard*, p. 730.

（60）　Yves Ansel, « Le paysage est un miroir qu'on promène le long du roman », in *L'Année Stendhalienne*, no 3, Honoré Champion, 2004, p. 13.

（61）　« Le pittoresque, comme les bonnes diligences et les bateaux à vapeur, nous vont d'Angleterre ; un beau paysage fait partie de la religion comme de l'aristocratie d'un Anglais ; chez lui, c'est l'objet d'un sentiment sincère. » (*Mémoires d'un touriste*, p. 347.)

（62）　「スタンダールにおける《醜》の問題——自伝の読解から——」、『スタンダール変幻　作品と時代を読む』、慶應義塾大学出版会、二〇〇二年。

（63）　ちなみに四半世紀後に書かれたフローベールの『ボヴァリー夫人』でも « laid » は四回、« laideur » は一回のみである。

（64）　*Le Rouge et le Noir*, p. 349.

（65）　*Ibid.*, p. 351.

（66）　プレイヤッド版の頁数でいえば、一〇頁ほどの差しかない。

(67) スタンダールの小説は、「小説とは道路に沿って持ち歩く鏡である」という言葉とともに、「鏡」の隠喩として語られることはよく知られている。

(68) Jean Prévost, *La création chez Stendhal*, Mercure de France, 1971, p. 343.

(69) Michel Crouzet, « *La Chartreuse de Parme*, roman de l'euphémisme », in *Stendhal La Chartreuse de Parme*, Actes du Colloque international de Paris IV-Sorbonne 23-24 novembre 1996, Textes réunis par Michel Crouzet, Éditions InterUniversitaires, 1996, p. 129.

(70) *La Chartreuse de Parme*, p. 21.

(71) Maurice Bardèche, *Stendhal romancier*, La Table Ronde, 1947, p. 431.

(72) Cf. M. Crouzet, *op. cit.*, p. 129 : « La laideur, c'est le mal, c'est une infirmité du réel.»

(73) 事実、こうした快楽はつぎの『ラミエル』では消失している。

(74) V. Del Litto, « Introduction » pour les *Voyages en France*, p. XLIX.

(75) *Mémoires d'un touriste*, p. 284.

(76) *Ibid.*, p. 285.

(77) *Ibid.*, pp. 190, 207 et 337.

(78) *Ibid.*, p. 37.

(79) Yves Ansel, *op. cit.*, p. 17.

(80) *Lucien Leuwen* (*Le Chasseur Vert*), in *Œuvres romanesques complètes II*, p. 748.

(81) 一八三四年五月初めに開始された執筆は、翌一八三五年四月三〇日まで続く。この間、加筆修正を含めて原稿は膨大な量になった。最終的に第三部の削除を決め、*Le Chasseur vert* という表題のもと、清書と修正の目的で同年七月二八日から口述筆記を開始するも、九月二三日、第十八章の途中で突如中断された、以後ふたたび着手されることはなかった。スタンダールの死後、ロマン・コロンによって出版されたテキストは、この清書された原稿がもとになっている。

(82) *Lucien Leuwen* (Manuscrit autographe), in *Œuvres romanesques complètes II*, p. 106.

(83) *Vie de Henry Brulard*, p. 870.

(84) *Mémoires d'un touriste*, p. 4.

(85) ピーター・バーク『ヨーロッパの民衆文化』中村賢二郎、谷泰訳、人文書院、一九八八年、一八六頁。

(86) ジュディス・ウェクスラー『人間喜劇　十九世紀パリの観相術とカリカチュア』高山宏訳、ありな書房、一九八七年。

(87) リチャード・セネット『公共性の喪失』北山克彦、高階悟訳、晶文社、一九九一年、二二六頁。

(88) *Vie de Henry Brulard*, p. 686.

おわりに

一九世紀文学にかぎっていえば、いわゆるリアリズム以降の文学の特徴のひとつに、社会を描こうとする強い意思がある。文学史的にはバルザックやゾラの小説がその典型といえよう。たとえばバルザックについていえば、しっかりとした登場人物の造形があって、ゴリオやヴォートラン、ラスティニャックやリュシアン・ド・リュバンプレをはじめ、それぞれに個性に彩られた人物像が数多く登場するのだが、それ以上に特徴的なのは、そうした一人ひとりの人物像を超越したかたちで、『人間喜劇』のような巨大な銀河ともいうべき全体としての世界、あるいはゾラにみるように、数代にわたる家系樹が織りなす人間模様を社会のネットワークのなかで総体として提示しようといった構想がそこに宿っていることである。『人間喜劇』や『ルーゴン＝マッカール叢書』のような壮大な企図をもたなかった作家であっても、目的として社会を描くという意図で小説を書いた作家は一九世紀には多い。

資本主義化が猛烈な勢いで進む一九世紀にあって、社会はそれまで以上に経済的因子によって左右されるようになった。銀行、投機、証券取引、貧困、格差意識、労働問題――これらはこの世紀の小説の主題であるが、いずれも経済事象から独立してはありえない。一八世紀末にアダム・スミスが資本主義経済の理論的基盤をつくって以降、かつては個人の道徳や倫理に結びつけて語られてきた「金」の問題は、社会全体を動かす「経済」問題として語られるようになった。したがって、世界は多かれ少なかれ経済的な視線で分析され、個人の金銭であっても社会関係に位置づけて眺めるような視覚から論じられることが必然的に多くなる。「社会問題」という語が登場するのも同じ一九世紀である。

本書でも論じてきたように、スタンダールの世代はこのような経済学が成立するまさにその時に著述家としての活動をはじめた。社会をみるまなざしが経済的要因につよく影響されるようになった時代の第一世代といってもよいだろう。そのような観点にたって、スタンダールの周囲にある経済的因子を「オイコノミア」と総称し、スタンダールのみる社会の経済現象をこれまで論じてきたわけだが、やはりスタンダールにはそのような新しい社会への肯定と、十分には順応しきれない否定とが相混じる作家として際立っているように思う。過渡期を生きる者の必然と言ってしまえばそれまでだが、かれにとっての経済の大部分は、なお政治を語るためにあったといってよい（その意味で « économie politique » であった）。とはいえ、小説のなかで展開される政治は、社会全体を描くという意思に支えられているものではなかった。結論的に言えば、スタンダールにとっては経済も政治も、結局は「個人」に従属するものとして位置づけられ、バルザックやゾラのように社会的ひろがりをもたない。このあたりをバルザックの論評を借りながらまとめることで総括に代えたい。

バルザックは有名な「ベール氏研究」（Étude sur M. Beyle）(1) でスタンダールを観念の文学者として

いる。バルザックによれば文学には三つの形態があって、第一は「イメージの文学」(Littérature des Images)、すなわち叙事詩や叙情詩を書くように、壮大な自然の光景を哀歌風に、瞑想的に、あるいは観照的に描くもので、大衆にはもっとも受け入れやすく、その代表はヴィクトル・ユゴーである。第二は、「観念の文学」(Littérature des Idées)とかれがよぶもので、瞑想や夢想を喚起するようなイメージは抑制し、「速度、動き、簡素さ、衝撃、行動、ドラマ」などを優先させる特徴をもつ。その語り口は一八世紀的で、スタンダールはこの文学の代表とされる。そして第三は、バルザックがみずからをそこに分類する「文学の折衷主義」(Éclectisme littéraire)である。「現代社会を描くには一七、一八世紀の簡素厳格な手法では不可能」であり、「劇的な要素、イメージ、描写、叙述、対話」などをそこに導入しなければならないが、それを可能にするのがこの折衷主義ということだろう。したがって、この第三の文学は第一と第二の文学の「総合」であり、両者の進化形として同時代の社会総体を描くふさわしい形式と位置づけられている。

スタンダールにおける描写の抑制についてはこれまでにも述べてきたとおりで、バルザックも的確に指摘している。

人物の肖像は短い。ごくわずかな言葉で足りるのも、ベール氏が登場人物をその行動と対話によって描くからである。かれは描写で退屈させることはせず、ドラマへと疾走し、一語または一

考察だけでそこに到達する。(3)

ここに両作家の体質の違いがみえて興味深いが、スタンダールの作品が政治を描いてもそこに社会的広がりをもたないという意味は、この小説家にとって、登場人物が動き出す状況が最小限整えば、あとはその人物の行動や振舞いが織りなす物語によって作品を編み上げていくのであって、背景をなす社会的状況はそれ以上詳しく叙述されず、したがって、場合によってはきわめて抽象的な物語空間を構成することになる。そのため、物語設定がしっかり限定されているとしても、読者に与える印象からすればその時代的空間的限定はかなりゆるやかで、ときにはどの時代であるかを忘れるような場合さえある。それゆえにこそ社会的背景よりも人物がいっそうくっきりと屹立するのである。『パルムの僧院』を読んだ直後にスタンダールに宛てたバルザックの手紙が象徴的にそのことを物語っている。

> 『僧院』は偉大で美しい本です、わたしは追従でも羨望でもなくそう申し上げます。というのも、わたしにはこんな本はつくれないし、じぶんの仕事ではないものは素直に賞賛することができるからです。わたしはフレスコ画を描きますが、貴兄はイタリアの彫刻をつくられた。(4)（傍点引用者）

フレスコ画と彫刻――まさにスタンダールの筆が向くさきは個人の造形なのであって、かりに背景と切り離されても強烈な存在感を放つ人間像なのである。おそらくバルザックがモスカ伯の背後にメッテルニッヒを見、エルネスト四世にモデナ公を見ているのも[5]、また、この作品を、もしマキャヴェリが追放されて一九世紀に生きていたら書くであろうような『現代の君主論』として読んでいるのも[6]、そのためであろう。さらにバルザックは、「ベール氏はイタリアのある小さな宮廷と、ひとりの外交官を描くことからはじめたのだが、結局、〈君主〉の典型と首相の典型をつくりあげてしまった[7]」とも言う。要するに、「芸術家に芸術的天才がたちあらわれたとき」に現実のモデルをも離れてある種の普遍的個人を描いてしまうのである。

さきに引いたジュリアン・グラックの指摘をもう一度想い起したい。「〔……〕『赤と黒』を例にとっても、全体にわたる見かけのリアリズムにもかかわらず、バルザック流の実際のふたつの現実、すなわち金と社会的地位の上昇は、まったく妖精譚の様式で扱われていることを確認しなければならない。[8]」じつはよく似た表現がバルザックのスタンダール評にもあるのだが[9]、そもそもスタンダールは一九世紀の社会を描くといいながら、じつは描いているのは人物の動きであり葛藤であって、その外部的要因を説明的に書くことはほとんどなく、その意味では演劇的であるとさえいえるのかもしれない。社会的広がりに欠けるという印象をもつのは、おそらくそのようなスタンダールの作家としての体質からきていると思われる。

このことは、個人の神話的昇華、あるいは礼讃につながっている。強烈な個性を輝かせて他を圧倒するような個人をスタンダールはイタリアに見た。『イタリア年代記』の物語は、いわばそのような個人の列伝である。そして一九世紀にもっとも欠けているのはそのような個性の形象であり、すべてがアメリカ的に平準化されていく時代的趨勢のなかで、かれはジュリアンやファブリスという彫刻的に聳え立つような人物を造形したのである。そこには個人への礼讃がある。『イタリア年代記』がほとんど社会を描いていないように、いくら一般の人びとにも理解できる長編小説を心がけたとしても、かれの作家体質においては描くべき社会を個人が凌駕してしまうのである。スタンダールのロマネスクのありかはまさにそこにある。

一九世紀という時代にあって例外的にロマネスクなマチルドが軽蔑するのは、そのような個人の輝きを失った人間集団であり（心地よい集団は没個性的である）、彼女がもとめているのはスタンダールと同じくイタリア年代記に登場するような前近代の個性である。彼女はいう、「〔……〕しかも彼ら〔宮廷の青年たち〕は団体でなければ歩けない〔中略〕。わたしのかわいいジュリアンは逆に、ひとりでなければ行動したがらない。」[10] あるいはまた、「わたしのジュリアンの精神はまだサロンに出入りする人たちの着る、あの取るに足りない制服（*uniforme*）を着ていない」[11]。マチルドが見ているのは個人であり、その個人が属する社会集団ではない。スタンダールがラファルグのような下層階級の人間のエネルギーを称賛しつつも、その階級の社会的悲惨さを叙述したり、社会変革を意図するようなヒューマニスト的まなざしを投げかけたりすることはほとんどなかった。ファブリスにとって戦場が部分の集合でしかないように、スタンダールにとって社会はどこまでも部分でしかなく、そもそもその全体像を書ききろうというような壮大な意図はないのである。時代を書こうという精神は宿っていたとしても（さまざまな副題がしめすように）、そこにあらわれては消える小さな事実こそが大事なのであって、それらを背後から統括し統御するような時代精神や神秘的実体のようなものを想定することには心が向かなかった。その意味できわめて個人主義的であったといえるだろう。そしてこの個人主義はおそらくどこかでエゴティスムという立場とつながっているように思われる。

このことは、スタンダールという作家の価値判断がきわめて個人的感性の延長でなされる傾向にあるということとも関係がある。『産業者に対する新たな陰謀について』に関する章で述べたように、サン゠シモン主義への反駁の政治的パンフレットは、政治的・社会的論理構築のうえに敵対する主張を批判するのではなく、さまざまな言葉を弄しながらも結局は著者自身の好悪によって、すなわち論理的帰結としてではなく感性的決定によってそれを断罪したのであった。言い換えれば、きわめて政治的、社会的な事象であっても、最終的にはスタンダール個人の美学的判断によって結論が導かれるのだ。ここにあるのは究極の個人主義である。個人の感性的存在は、現実の社会に属しつつも、あたかもそれを凌駕するかのような様式で存在する。これはスタンダールの歴史認識にも共通していて、ほとんど『イタリア年代記』のように、燦然と輝く傑出した人物の列伝を並べることによって構成されるような歴史を思い描いていたのではないだろうか。『僧院』の冒頭の一行は、ボナパルトとカエサルとアレクサンダー大王という三つの名前で歴史を総括している。そこにあるのは、すなわち個人史（histoire privée）の集積が大文字の歴史、すなわち全体の歴史（Histoire générale）をつくりあげ、そして、その一つひとつの個人の歴史がそのまま物語（histoire）であるような歴史観、とでも言えようか。音楽や画家の生涯を記し、いずれも未完とはいえ『エゴティスムの回想』と『アンリ・ブリュラールの生涯』という自伝を残した事実は、個人史が全体史に埋没することなく輝くことへの確信があったことを物語る。『アンリ・ブリュラール』の冒頭で「わたし」は、ジャニコロの丘から歴史を俯瞰する。そしてその壮大な歴史と対峙させるかのように「わたし」の個人の歴史へ舞い降りていく。この「全体史と個人史の浸透」[12]はしかし、一方が他方を吸収して同化するものではない。自伝の冒頭にあって、これから語りはじめられるであろう個人史の舞台背景として永遠の都がもちだされているのだ。ミシェル・クルーゼがスタンダールの評伝に『スタンダールあるいは「わたし自身」氏』（*Stendhal ou Monsieur moi-même*）という、一見奇妙な表題を採用したのも故なきことではない。また、スタンダール自身、シャトーブリアンを「エゴティストの王者」として毛嫌いしたのも、おそらくみずからのエゴティスト的性向をよく認識していて、つねにそれを意識していたからであろう。ナポレオンとほぼ同い年のこの外交官作家への対抗意識にみえる両義性は、スタンダールのエゴティスト的自意識への深い洞察の結果のように思われる。

たとえば一般の経済現象というきわめて社会的な対象を相手にしながら、ここでもやはりエゴティストとしての精神的構えが前面に出てくる。自由主義的な経済至上主義の世界観は、自由競争を土台とするにしても、一元的な市場的価値のもとに世界を配列するという点で、個や個性の声を打ち消す力をもつ。自己の感性、独自の美学的価値観こそが他のあらゆる価値に優先するエゴティストにとって、民主主義政体もまた、多数決と得体の知れない世論の暴力的なまでの圧力によって個を抑圧する危険性を孕むものである。スタンダールは何度もこれを「専制」とよんだ。民主主義と自由主義、そしてそのうえに立つ市場経済、これらは近代が産み出した重要な原理ではあるが、それが前近代的な専制とは別の専制的権力を振りかざすことへの警戒心をスタンダールは早くからもっていた。バルザックの指摘は、バルザック自身の思想的立場を割り引いても、スタンダールのこのような警戒心を鋭く言い当てている。

> かれは当初、一種の自由主義的な意見をもっていた。しかしわたしはこの非常に先見の明のあるひとが両院をもつ政府という愚かな考えに騙されてきたとは思えない。『パルムの僧院』はある深い意味があって、それはもちろん君主制に反対するものではないということだ。かれは愛するものを冷笑する。フランス人なのだ。(13)

もちろん、これをもってスタンダールが民主主義や自由主義を否定しているというのではない。これまでも論じてきたように、その視線の先にはサン＝シモン主義やアメリカの民主主義像があったということだ。そして、そのような大衆的世論というものの集団的横暴の元凶ともいうべき新聞についても懸念を示していた。この点についてもバルザックは見落としていない。

〔……〕かれは新聞が大嫌いである。〔中略〕記事も頼まないし、文芸欄担当記者（feuilletoniste）につきまとったりもしない。かれは本を出版するたびにいつもこうであった。わたしはこのような誇り高い性格や敏感な自尊心が好きである。乞食はまだ許すべきところがあるとしても、現代の作家たちが懸命に讃辞や紹介記事をあさることについては弁護のしようがない。それは物乞いであり精神の貧困状態である。(14)

ここにいう「精神の貧困状態」は自由主義経済に囲い込まれた文学状況が産み出したものであり、スタンダールが一八二〇年代に警鐘を鳴らしていた点である。「誇り高い性格」と「敏感な自尊心」とはまさにエゴティストの条件でもある。なぜなら平等化へと進む社会にあって、価値の平準化に抗う誇り高い精神をエゴティストは堅持せねばならず、自尊心をもって固有の自己を主張しながら、しかし自身については語ることに恥じらいを感じなければならないからだ。スタンダールこそ「エゴティストの王」とよばれるべき作家なのである。

（1）Balzac, « Études sur M. Beyle », in *Œuvres romanesques complètes III*, édition établie par Yves Ansel, Philippe Berthier, Xavier Bourdenet et Serge Linkès, Gallimard, coll. « Bibliothèque de la Pléiade », 2014, pp. 619–658.

（2）*Ibid.*, p. 619.

（3）*Ibid.*, p. 655.

（4）Lettre de Balzac à Stendhal, datée du 5 avril 1839, in *Œuvres romanesques complètes III*, pp. 617–618.

（5）Balzac, « Études sur M. Beyle », p. 625.

（6）*Ibid.*, p. 622.

（7）*Ibid.*, p. 627.

（8）本書、第七章、二五八頁。

（9）Balzac, « Études sur M. Beyle », p. 641.

（10）*Le Roge et le Noir*, in *Œuvres romanesques complètes I*, édition établie par Yves Ansel et Philippe Berthier, Gallimard, coll. « Bibliothèque de la Pléiade », 2005, p. 630.

（11）*Ibid.*, p. 749.

（12）Philippe Berthier, *Stendhal et Chateaubriand. Essai sur les ambiguïtés de une antipathie*, Droz, 1987, p. 248.

（13）Balzac, « Études sur M. Beyle », p. 658.

（14）*Ibid.*, p. 656.

主要参考文献

（一）スタンダールの作品

スタンダールの著作については基本的に以下を使用した。これ以外の版を使用した場合については註に示している。

Œuvres complètes, Cercle du Bibliophile, 1967–1974, 50 vols

Œuvres romanesques complètes I, II, II, Gallimard, coll. « Bibliothèque de la Pléiade », 2005, 2007, 2014.

Œuvres intimes I, II, Gallimard, coll. « Bibliothèque de la Pléiade », 1981, 1982.

Voyages en Italie, Gallimard, coll. « Bibliothèque de la Pléiade », 1973.

Voyages en France, Gallimard, coll. « Bibliothèque de la Pléiade », 1992.

Correspondance I, II, III, Gallimard, coll. « Bibliothèque de la Pléiade », 1968, 1967, 1968.

Correspondance générale I–VI, Honoré Champion, 1997–1999.

Romans et nouvelles I, II, Gallimard, coll. « Bibliothèque de la Pléiade », 1952.

Stendhal, Paris-Londres, Stock, 1997.

Stendhal, *Chroniques pour l'Angleterre*, Publication de l'Université des Langues et Lettres de Grenoble, ELLUG, 7 vols et 1 index, 1980–1995.

（二）作品の邦訳

『スタンダール全集』全一二巻、桑原武夫、生島遼一他訳、人文書院、一九七七年〜七八年
『エゴチスムの回想』冨永明夫訳、冨山房百科文庫、一九七七年
『ローマ散歩』全二巻、臼田紘訳、新評論、一九九六年、二〇〇〇年
『イタリア紀行　１８１７年のローマ、ナポリ、フィレンツェ』臼田紘訳、新評論、一九九〇年
『イタリア旅日記〈１〉　ローマ、ナポリ、フィレンツェ　１８２６』臼田紘訳、新評論、一九九一年
『イタリア旅日記〈２〉　ローマ、ナポリ、フィレンツェ　１８２６』臼田紘訳、新評論、一九九二年
『イタリア日記（１８１１）』臼田紘訳、新評論、二〇一六年
『ある旅行者の手記』全二巻、山辺雅彦訳、新評論、一九八三年、八五年
『南仏旅日記』山辺雅彦訳、新評論、一九八九年
『ロッシーニ伝』山辺雅彦訳、みすず書房、一九九二年
『恋愛論』杉本圭子訳、岩波文庫、全二巻、二〇一五年、一六年

（三）資料・研究書、その他（本書で引用した文献のみ）

Ansel, Yves, « Sociocritique stendhalienne », in *Stendhal Journaliste anglais*, Presses de la Sorbonne Nouvelle, 2001

Ansel, Yves, « Le paysage est un miroir qu'on promène le long du roman », in *L'Année Stendhalienne*, no 3, Honoré Champion, 2004

Arrous, Michel « L'apport de l'Angleterre », in K. G. Mcwatters, C. W. Thompson, *Stendhal et l'Angleterre*, Liverpool University Press, 1987

Aurenche, Marie-Laure, *Édouard Charton et l'invention du Magasin pittoresque (1833–1870)*, Honoré Champion, 2002

Bachet, Robert, *E.-J. Delécluze témoin de son remps (1781–1863)*, Boivin, 1942

Ballanche, Pierre-Simon, *Le Vieillard et le jeune homme*,in *Œuvres de M. Ballanche de l'Académie de Lyon*, Librairie de J. Barbezat, 1830

Balzac, Honoré de, *Le curé de village*, in *La Comédie humaine*, Gallimard, coll. « Bibliothèque de la Pléiade », t. IX, 1978

Balzac, Honoré de, *Le médecin de campagne*, Gallimard, coll. « Bibliothèque de la Pléiade », t. IX, 1978

Balzac, Honoré de, *Le Curé de villahe*, in *La Comédie humaine*, Gallimard, coll. « Bibliothèque de la Pléiade », t. IX, 1978

Balzac, Honoré de, *La Recherche de l'Absolu*, in *La Comédie humaine*, Gallimard, coll. « Bibliothèque de la Pléiade », t. X, 1979

Balzac, Honoré de, *Wann-Chlore*, in *Premiers Romans de Balzac II*, Robert Laffont, «Bouquins», 1999

Balzac, Honoré de, « Études sur M. Beyle », in Stendhal, *Œuvres romanesques complètes III*, Gallimard, coll. « Bibliothèque de la Pléiade », 2014

Barbéris, Pierre, *Balzac et le mal du siècle. Contribution à une physiologie du monde moderne*, 2 vols, Gallimard, 1970

Barbéris, Pierre, *Sur Stendhal*, Éditions sociales, 1982

Barbéris, Pierre, « Stendhal et l'État », in *Europe*, no 652–653, 1983

Bardèche, Maurice, *Stendhal romancier*, La Table Ronde, 1947

Bartier, J., « Quelques reéflexions sur le saint-simonisme et sur Stendhal », in *Stendhal, le saint-simonisme et les industriels. Stendhal et la Belgique*, Textes réunis par O. Schellekens, Editions de l'Université de Bruxelles, 1979

Beaujour, Félix de, *Aperçu des États-Unis au commencement du XIXe siècle, depuis 1800 jusqu'en 1810, avec des tables statistiques*, Paris, L.-G. Michaud, Delaunay, 1814

Beaumont, Gustave de, et Tocqueville, Alexis de, *Du système pénitentiaire aux États-Unis et de son application en France, suivi d'un appendice sur les colonies pénales et de notes statistiques, par MM. G. de Beaumont et A. de Tocqueville*, H. Founier, 1833

Bénichou, Paul, *Le sacre de l'écrivain 1750–1830. Essai sur l'avènement d'un pouvoir spirituel laïque dans la France moderne*, José Corti, 1973

Bénichou, Paul, *Le temps des prophètes. Doctrines de l'âge romantique*, Gallimard, 1977

Berthier, Philippe, « Stendhal et la « civilisation » américaine », in *Stendhal, le saint-simonisme et les industriels. Stendhal et la Belgique*, textes réunis par O. Schellekens, Éditions de l'Université de Bruxelles, 1979

Berthier, Philippe, *Stendhal et Chateaubriand. Essai sur les ambiguïtés d'une antipathie*, Droz, 1987

Berthier, Philippe, *Stendhal. Littérature, politique et religion mêlées*, Classiques Garnier, 2011

Blanc, Louis, *Histoire de Dix ans. 1830–1840*, Paris, Pagnerre, 1843, t. III

Borgal, Clément, *De quoi vivait Gérard de Nerval*, Deux-Rives, 1953

Bourdieu, Pierre, *La noblesse d'État. Grandes écoles et esprit de corps*, Les Éditions de Minuit, 1989

Bourdieu, Pierre, *Les Règles e l'art*, Seuil, 1992

Brissot de Warville, Jacques-Pierre, *Nouveau voyage dans les États-Unis de l'Amérique septentrionale fait en 1788*

Broglie, Gabriel de, *Guizot*, nouvelle éd., Perrin, 2002

Brombert, Victor, *La prison romantique. Essai sur l'imaginaire*, José Corti, 1975

Callot, Jean-Pierre, *Histoire de l'École polytechnique*, Stock, 1975

Chateaubriand, François-René de, *Œuvres romanesques et voyages I*, Gallimard, coll. « Bibliothèque de la Pléiade », 1969

Chateaubriand, François-René de, *Mémoires d'outre-tombe*, Flammarion, t. I, 1982

Chollet, Roland, *Balzac journaliste, le tournant de 1830*, Klincksieck, 1983

Collot, Victor, *Voyages dans l'Amérique septentrionale, ou Description des pays arrosés par le Mississipi, l'Ohio, le Missouri et autres rivières affluentes ; observations exactes sur le cours et les sondes de ces rivières ; sur les villes, villages, hameaux et fermes de cette partie du nouveau-monde ; suivi de remarques philosophiques, politiques, militaires et commerciales ; et d'un projet de lignes fontières et de limites générales. Avec un atlas de 36 cartes, plans, vues et les fugures*, Paris, A. Bertrand, 1826

Comte, Auguste, *Lettres d'Auguste Comte à M. Valat*, Paris, Dunod Éditeur, 1870

Cordier, Auguste, *Comment a vécu Stendhal*, V. Villerelle, 1900

Crèvecœur, Michel Guillaume Jean de, *Letters from an American farmer describing certain provincial situations, manners and customs, not generally known, and conveying some idea of the late and present interior circumstances of the British colonies in North America*, London, T. Davies, 1782

Crouzet, Michel, *Stendhal ou monsieur Moi-même*, Flammarion, 1990

Crouzet, Michel, « *La Chartreuse de Parme*, roman de l'euphémisme », in *Stendhal La Chartreuse de Parme*, Actes du

Colloque international de Paris IV-Sorbonne 23–24 novembre 1996, Textes réunis par Michel Crouzet, Éditions InterUniversitaires, 1996

Crouzet, Michel, *D'un nouveau complot contre les industriels de Stendhal*, Champion, 2008

Crouzet, Michel, *Stendhal et l'Amérique*, Fallois, 2008

Crouzet, Michel, *Stendhal et le désenchantement du monde. Stendhal et l'Amérique II*, Classiques Garnier, 2011

Delécluse, Étienne-Jean, *Souvenirs de soixante années*, Michel Lévy, 1862

Del Litto, V., *En marge des manuscrits de Stendhal. Compléments et fragments inédits (1803–1820)*, Presses Uiversitaires de France, 1955

Del Litto, V., *La vie intellectuelle de Stendhal. Genèse et évolution de ses idées (1802–1821)*, Presses Universitaires de France, 1962

Del Litto, V., « Une lettre inédite de Stendhal à propos d'*Un nouveau complot contre undustriels* », Stendahl Club, no 26, 1963

Del Litto, V., « De l'étude de l'économie politique à la querelle de l'industrialisme. Notes inédites », *Stendhal Club*, no 61, 1975

Del Litto, V., « L'étude de l'économie poloitique. Nouvelle notes inédites », *Stendhal Club*, no 73, 1976

Dénier, Renée, « Introduction » à *Stendhal Paris-Londres*, Stock, 1997

Delveau, Annie, Petiot, Geneviève, « Propositions pour une analyse de la structure du Nouveau Complot », in *Stendhal. D'un nouveau complot contre les industriels*, Flammarion, 1972

Diaz, José-Luis, « L'artiste en perspective », in *Romantisme*, no 54, 1986

Diaz, José-Luis, « Manières d'être écrivain », in *Stendhal journaliste anglais*, Presses de la Sorbonne Nouvelle, 2001

Diaz, José-Luis, *L'Écrivain imaginaire. Scénographies auctoriales à l'époque romantique*, Paris, Honoré Champion, 2007

Didier, Béatrice, « L'argent dans la 'Vie de Henry Brulard' », *Stendhal Club*, no 144, 1994

Dumasy, Lise, *La Querelle du roman-feuilleton. Littérature, presse et politique, un débat précurseur (1836–1848)*, Grenoble, ELLUG, 1999

Engelsing, Rolf, *Der Bürger als Leser. Lesegeschichte in Deutschland 1500–1800*, Stuttgart, Metzler, 1974

Fayolle, Roger, « Qu'est-ce que le romanticisme ? », in *Racine et Shakespeare, étude sur le romantisme*, présentation de Roger Fayolle, Garnier-Flammarion, 1970

Felberg, Lily R., *Stendhal et la question d'argent au cours de sa vie*, Éditions du Grand Chêne, 1975

Fischer, Jan O., « Stendhal, les aristocrates et les capitalistes. Les positions sociales et politiques de Stendhal », in *Stendhal, le saint-simonisme et les industriels. Stendhal et la Belgique*, textes réunis par O. Schellekens, Éditions de l'Université de Bruxelles, 1979

Flaubert, Gustave, *Le Dictionnaire des idées reçues*, Livres de Poches, 1997

Foucault, Michel, *Les mots et les choses. Une archéologie des sciences humaines*, Gallimard, 1966

Fourcy, Ambroise, *Histoire de l'École polytechnique*, Paris, chez l'auteur à l'École polytechnique, 1828

Gelone, F. D., *Manuel-Guide des voyages aux États-Unis de l'Amérique du Nord*, Paris, Pillet, 1818

Girardin, Émile de, « Enquête commerciale, industrie littéraire », in *Musée des familles*, novembre t. II, 1834

Gleize, Jean-Marie, « Présentation », in *D'un nouveau complot contre les industriels*, Flammarion, 1972

Gracq, Julien, *En lisant en écrivant*, in *Œuvres compètes II*, Gallimard, coll. « Bibliothèque de la Pléiade », 1995

Guérin, Michel, *La Politique de Stendhal*, PUF, 1982

Hamm, Jean-Jacques, « L'industrie, l'argent et le travail dans le « Journal intime » », in *Stendhal, le saint-simonisme et les industriels. Stendhal et la Belgique*, textes réunis par O. Schellekens, Éditions de l'Université de Bruxelles, 1979

Houssaye, Arsène, *Les Confessions. Souvenirs d'un demi-siècle 1830–1880*, Dentu, 1885–1891, Slatkine Reprints, 1971

Imbs, Paul, *Trésor de la langue française*, Gallimard, 1971–1994

Janin, Jules, « Être artiste ! », in *L'Artiste*, 1re série, t. I (1), 1831

Lampedusa, Giuseppe Tomasi di, *Stendhal*, Éditions Allia, 2002

La Rochefoucauld-Liancourt, *Des prisons de Philadelphie, par un Européen*, Philadelphie, chez Moreau de Saint-Méry, 1796

Martineau, Henri, *Le Cœur de Stendhal*, Albin Michel, 1952

Michel, François, *Études stendhaliennes*, Mercure de France, 1958

Mouillaud, Geneviève, « Le pamphlet impossible. Construction et déconstruction d'une idéologie stendhalienne », in *Stendhal. D'un nouveau complot contre les industriels*, Flammarion, 1972

Mollier, Jean-Yves, « Le marché du livre en Europe au XIXe siècle : les lectorats », *in* Jean-Yves Mollier, Philippe Régnier et Alain Vaillant (sous la dir. de), *La production de l'immatériel. Théories, représentations et pratiques de la culture au XIXe suècle*, Publications de l'Université de Saint-Étienne, 2008

Mollier, Jean-Yves, « Naissance de la figure de l'éditeur », in Bertrand Legendre et Christian Robin (éd.), *Figures de l'éditeur*, Nouveau Monde, 2005

Mollier, Jean-Yves, « Histoire culturelle et histoire littéraire », *RHLF*, 2003/3 (vol. 103)

Musset, A. de, *Œuvres complètes en prose*, Gallimard, coll. « Bibliothèque de la Pléiade », 1938

Nisard, Désiré, « D'un commencement de réaction contre la littérature facile à l'occasion de la "Bibliothèque latine-française" de M. Panckoucke », *Revue de Paris*, 22 décembre 1833

Parent, François, *Lire à Paris au temps de Balzac. Les cabinet de lecture à Paris sous la Restauration*, EHESS, 1982

Paton, Andrew, *Henry Beyle (Otherwise de Stendhal). A Critical and Biographical Study Aided by Original Documents and Unpublished Letters from the Private Papers of the Family of Beyle*, London, Trübner & Co., 1874

Petit, Jacques-Guy, *Ces peines obscures. La prison pénale en France (1780–1875)*, Paris, Fayard, 1990

Picon, Antoine, *Les saint-simoniens. Raison, imagonaire et utopie*, Belin, 2002

Planche, Gustave, « La journée d'un journaliste », in *Paris ou le Livre des cent et un*, t. VI, Paris, Ladvocat, 1832

Prévost, Jean, *La création chez Stendhal*, Mercure de France, 1971

Proust, M., *Contre Sainte-Beuve*, Gallimard, coll. « Bibliothèque de la Pléiade », 1971

Rémond, René, *Les États-Unis devant l'opinion française 1815–1852*, Armand Colin, 1962

Rey, Alain, *Dictionnaire historique de la langue française*, Le Robert, 1992

Rey, Alain, *Dictionnaire culturel en langue française*, Le Robert, 2005

Roger, Philippe, *L'ennemi américain. Généalogie de l'antiaméricanisme français*, Éditions du Seuil, 2002

Royer, Louis, *Les Livres de Stendhal dans la bibliothèque de son ami Crozet*, Bulletin du bibliophile, 1923

Rude, Fernand, *Stendhal et la pensée sociale de son temps*, Gérard Monfort, 1983

Sainte-Beuve, « De la littérature industrielle », in *Revue des Deux Mondes*, septembre 1839

Saint-Simon, *Lettres d'un habitant de Genève à ses contemporains*, éd. Alfred Péreire, 1925

Saint-Simon, *Intrduction aux travaux scientifiques du XIXe siècle*, Paris, 1808

Saint-Simon, *Cathéchisme des industriels*, in *Œuvres de Saint-Simon & d'Enfantin*, t. XXXVII, Alen Otto Zeller, 1964 (réimpression de l'édition 1865–78)

Sartre, Jean-Paul, *Qu'est-ce que la littérature?*, Gallimard, coll. « Idées », 1964

Say, Jean-Baptiste, *Traité d'économie politique, ou Simple exposition de la manière dont se forment, se distribuent et se consomment les richesses*, Paris, Deterville, 1803

Schenda, R., « La lecture des images et l'iconisation du peuple », *Revue française d'histoire du livre*, no 114–115, 2002

Simon, Charles (sous la dir. de), *Paris de 1800 à 1900, d'après les estampes et les mémoires du temps*, Plon, 1900

Sismondi, Simonde de, *Nouveaux principes d'économie politique, ou De la richesse dans ses rapports avec la population*, Delaunay (Paris), 1819

Smith, Adam, *Recherches sur la nature et les causes de la richesse des nations*, Traduction nouvelle avec des notes et des observations par Germain Garnier, Paris, Agasse, 1802

Thérenty, Marie-Ève, *Mosaïques. Être écraivain entre presse et roman (1829–1836)*, Honoré Champion, 2003

Thérenty, Marie-Ève, Vaillant, Alain, *1836 : l'An I de l'ère médiatique. Analyse littéraire et historique du journal* La Presse *de Girardin*, Paris, Nouveau Monde, 2001

Turreau, Louis-Marie, *Aperçu sur la situation politique des États-Unis d'Amérique*, Paris, F. Didot, 1815

Zeldin, Theodore, *A History of French Passions 1848–1945*, Claredon Press, 1993

Zola, Émile, *Les romanciers naturalistes*, in *Œuvres complètes*, Cercle du Livre précieux, 1968, t. XI

La Pandore, samedi 3 décembre 1825

Le Nain jaune ou Journal des arts, des sciences et de la littérature, Paris, l'Imprimerie de Fain, No 341, 5 janvier 1815

Doctrine de Saint-Simon. Expodition. Deuxième année, Bureau de l'Organisateur, 1830

アザール（ポール）『ヨーロッパ精神の危機　１６８０-１７１５』野沢協訳、法政大学出版局、一九七三年

ウェクスラー（ジュディス）『人間喜劇　十九世紀パリの観相術とカリカチュア』高山宏訳、ありな書房、一九八七年

ウェーバー（ウィリアム）『音楽と中産階級　演奏会の社会史』城戸朋子訳、法政大学出版局、一九八三年

ヴェーバー『宗教社会学論選』大塚久雄、生松敬三訳、みすず書房、一九七二年

鹿島茂『職業別　パリ風俗』白水社、一九九九年

鹿島茂『かの悪名高き　十九世紀パリ怪人伝』筑摩書房、一九九七年

小倉孝誠『パリの秘密の社会史　ウージェーヌ・シューと新聞小説の時代』新曜社、二〇〇四年

桑原武夫、鈴木昭一郎編『スタンダール研究　付年譜・書誌』白水社、一九八六年

小杉隆芳「サン・シモンとサン・シモン主義者――サン・シモン学説解義・第一年度の社会思想について――」、『駒澤大学外国語論集 六』、一九七七年

クレヴクール『アメリカ農夫の手紙』秋山健、後藤昭次、渡辺利雄訳、研究社出版、一九八二年

『サン・シモン著作集』全五巻、森博編訳、恒星社厚生閣、一九八七年〜八八年

シャルレティ（セバスティアン）『サン＝シモン主義の歴史――１８２５‐１８６４』沢崎浩平、小杉隆芳訳、法政大学出版局、一九八六年
スミス（アダム）『国富論』大河内一男責任編集、玉野井芳郎、田添京二、大河内暁男訳、中央公論社、一九六八年
セネット（リチャード）『公共性の喪失』北山克彦、高階悟訳、晶文社、一九九一年
デル・リット（ヴィクトール）『スタンダールの生涯』鎌田博夫、岩本和子訳、法政大学出版局、二〇〇七年
トロロープ（フランセス）『内側から見たアメリカ人の習俗　辛ロ１８２７～３１年の共和国滞在記』杉山直人訳、彩流社、二〇一二年
ハイエク（F・A・）『科学による反革命』佐藤茂行訳、木鐸社、一九七九年
バーク（ピーター）『ヨーロッパの民衆文化』中村賢二郎、谷泰訳、人文書院、一九八八年
フーコー（ミシェル）『言葉と物　人文科学の考古学』渡辺一民、佐々木明訳、新潮社、一九七四年
ブルデュー（ピエール）『芸術の規則』全二巻、石井洋二郎訳、藤原書店、一九九五年、一九九六年
ブルデュー（ピエール）『国家貴族　エリート貴族と支配階級の再生産Ⅰ・Ⅱ』立花英裕訳、藤原書店、二〇一二年
ベニシュー（ポール）、『作家の聖別　一七五〇―一八三〇年　近代フランスにおける世俗の精神的権力到来をめぐる試論』片岡大右、原大地、辻川慶子訳、水声社、二〇一五年
中川勇治「18世紀末の“Lesewut”」、『ドイツ文学』第八三号、日本ドイツ文学会編、一九八九年
ルヴィロワ（フレデリック）、『ベストセラーの世界史』大原宣久、三枝大修訳、太田出版、二〇一三年
ロジェ（フィリップ）『アメリカという敵 フランス反米主義の系譜学』大谷尚文、佐藤竜二訳、法政大学出版

局、二〇一二年
渡辺利雄「アメリカの夢と現実」、『アメリカ農夫の手紙』、研究社出版、一九八二年
渡辺裕『聴衆の誕生　ポスト・モダン時代の音楽文化』中公文庫、二〇一二年
日本スタンダール研究会編『スタンダール変幻　作品と時代を読む』慶應義塾大学出版会、二〇〇二年

あとがき

もとより本書はスタンダールの全体像を浮彫りにするような意図で書かれたものではない。小説家の作品の内奥に分け入って細かく分析するというテキスト読解型の批評的アプローチは、今回はとらなかった。むしろ、スタンダールと経済的要因のあいだを往きつ戻りつしながら、同時代の文学が置かれていた社会的環境を叙述することに多くの頁が割かれている。とはいえ、そのような記述の過程でも、作家スタンダールの特徴めいたもののいくつかはより明確なかたちで見えてきたように思う。

この論述のいくつかの部分は、これまでに大学の紀要等に書いたものが再利用されている。しかしながら、ほとんどもとの形をとどめていない場合が多いので、個々の初出を列挙することは控える。

本書の出版は、関西大学研究成果出版補助金によっている。同補助金申請にあたっては、同僚である関西大学文学部の井上泰山教授、奥純教授、山本幾生教授にお世話になった。また、原稿のとりまとめや校正段階では、当方の不手際から関西大学出版部の宮下澄人、朝井正貴両氏のお手をずいぶん煩わせてしまった。記して感謝する次第である。

著者

二〇一六年初秋

索　引

ア

イ

ウ

ケ

コ

サ

ヘ

ホ

マ

ミ

ム

メ

モ

ヤ

ユ

ヨ

ラ

【著者紹介】

柏木　治（かしわぎ　おさむ）
1956年、和歌山県生まれ。現在、関西大学文学部教授。
専攻はフランス文学および文化論。
主要著訳書に『欧米社会の集団妄想とカルト症候群　少年十字軍、千年王国、魔女狩り、KKK、人種主義の生成と連鎖』（共著、明石書店、2015）、『文化の翻訳　あるいは周縁の詩学』（共著、水声社、2012）、『ヨーロッパ人相学　顔が語る西洋文化史』（共編著、白水社、2008）、『ヨーロッパの祭たち』（共編著、明石書店、2003）、『スタンダール変幻　作品と時代を読む』（共著、慶應義塾大学出版会、2002）、『東西文化の翻訳　「聖像画」における中国同化のみちすじ』（共編訳、関西大学出版部、2012）、『衣服の精神分析』（共訳、産業図書、1993）などがある。

スタンダールのオイコノミア
～経済の思想、ロマン主義、作家であること～

2017年3月31日　発行

著　者　　柏木　治
発行所　　関　西　大　学　出　版　部
〒564-8680 大阪府吹田市山手町3丁目3番35号
電話 06(6368)1121 / FAX 06(6389)5162
印刷所　　株式会社 図書印刷 同　朋　舎
〒600-8805 京都市下京区中堂寺鍵田町2

ISBN978-4-87354-652-0　C3098　